KB093012

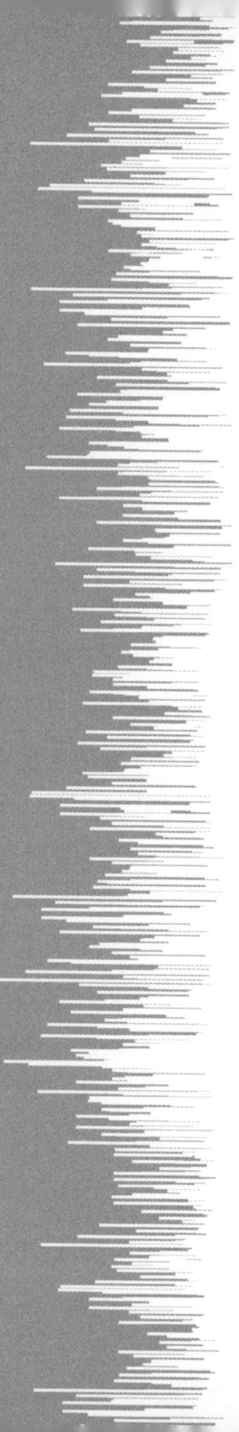

눈 밖에 난 자들

성은영 장편소설

아마존의나비

작가의 말

내 어릴 적 꿈은 배우였다. 말 그대로 꿈이었을 뿐 장래 희망까지는 아니었다. 가부장제에 찌든 가난한 집안의 딸은 꿈이 희망으로 이어질 수도 있다는 걸 꿈조차 꾸지 못했다. 어린 깜냥에도 입 밖에 내봤자 '미친년' 소리나 들을 것 같아서 아무에게도 말하지 않았다. 쓸데없이 철이 일찍 들어서 피곤했던 어린 시절이었다.

엄마는 집안에서 제일 일찍 일어나 가장 늦게 잠자리에 들었다. 그런 엄마를 할머니는 끊임없이 부려먹고 괴롭혔다. 어린 나는 엄마가 시달리다 못해 죽거나 도망가 버릴까 봐 겁났다. 그래서 할머니가 하루빨리 천벌을 받길 바라면서도 '착한 손녀'가 되려고 노력했다. 할머니 고무신을 닦아놓고 그녀의 방을 청소하고 데운 세숫물을 대령하기도 했다. 그래야 엄마를 덜 괴롭힐 것 같아서였다.

그녀가 아들, 며느리의 효도를 받으며 오래오래 살다 돌아가신 후에야 좀 더 적극적으로 엄마 편을 들지 못한 게 미안했다. '딸년'이라고 차별받으면서도 반항 한번 못 했던 스스로에게 불쑥불쑥 화가 치밀기도 했다.

어느 때부턴가 엄마의 고통을 방관하는 건 딸로서 '직무유기'라는 강박에 시달렸다. 하지만 이미 '출가외인'이 돼버린 딸이 엄마를 위해 내뱉는 말과 행동은 헛소리였고 미친 짓에 불과했다. 사실 가난한 살림에 아이 둘을 키우면서 소설을 써보겠다고 공부를 시작한 것도 미친 짓 중의 하나였다. '미친년'도 반복해서 듣다 보니 내성이 생겨서인지 견딜 만했다. 그래서 뭐 어쩌라고?

대학생이 된 딸이 과제로 영화를 만든다며 쓴 시나리오를 명색이 소설가인 내게 자문을 받아 보겠다고 보여줬다. 주인공의 엄마가 잠깐 등장했는데 아무래도 20대 초반의 딸 또래가 소화해낼 배역이 아니었다. 나는 걱정을 가장한 흑심을 품고 엄마 역을 맡아주실 분은 섭외했냐고 물었다. 안 그래도 고민이라는 딸에게 나는 그 역할 엄마가 하면 어떻겠냐고 선뜻 제안했다. 다행히 딸의 첫마디는 '엄마 연기 욕심 있었어?'였다. 나는 천기를 누설하듯, 사실은 배우가 꿈이었다고, 이 얘기 너에게 처음 하는 거라고 털어놓았다. 단박에 캐스팅된 건 덤이었다. 촬영 후 어린 스탭들에게 접대성 칭찬을 듣고 진작 시작했으면 대배우가 되는 건데, 라는 주제넘은 이야기를 하면서도 부끄럽지 않았다.

당연한 걸 말하고 행동하는 게 '미친 짓'이 돼버렸던 나의 삶은 사는 게 아니라 견디는 것이었다. 타인의 비난을 감내할 만큼 강단지지도, 설득할 만큼 지혜롭지도 못하면서 꿈틀거리고 도발하다가 상처받고 피멍이 들기 일쑤였다. 그런 중에도 나의 자아는 조금씩 성장했던 모양이다. 변변한 상 한번 타보지 못하고 팔리지도 않는 단편집을 세상에 내놓고도, 그깟 단편 니들끼리 다 해 먹어라, 난 장편으로 승부를 걸겠다, 고 큰소리치는 시건방진 무명작가가 돼 있었다.

본격적으로 장편을 쓰면서 나의 상상력이 나름 괜찮다는 걸 깨달았다(나의 깨달음은 언제나 더디고 느리다!). 길지 않은 기간에 장편 서너 편을 거뜬히 써내고는 큰소리가 허세로 끝나지 않을 수도 있겠다는 생각이 들었다. 굳이 이런 '자뻑'스러운 말을 내뱉는 것은 오랜 세월 주눅 든 삶에 진절머리가 났기 때문이다.

나는 이제 '장래 희망' 정도는 맘껏 외칠 수 있다. 장차 '대작가'가 될 나의 첫 번째 장편에 여러분을 초대한다.

차례

사라진 동영상

석태가 사라졌다. 일주일 전쯤 내 방에서 낯 뜨거운 동영상을 보며 키득거리다가 돌아간 후 연락이 끊겼다. 하루가 멀다 하고 전화질을 해서 욕지거리를 섞어가며 더러운 농담을 지껄이거나 연락도 없이 들이닥쳐 유정씨를 찾아대던 녀석이었다. 사생활 침해가 너무 심한 거 아니냐고 투덜대면 '공사다망하신 형님이 백수 자식 심심해 죽을까 봐 놀아주는 것도 모르고 뭔 개소리냐'라며 밉상을 떨곤 했다. 그러던 그가 일주일 동안이나 코빼기를 내밀기는커녕 전화조차 없었다. 그런데도 연락을 해보지 않았던 것은 내 입장에선 전혀 아쉬울 게 없어서였다. 건달 같은 놈 눈엔 백수로 보일지 몰라도, 이래 봬도 나는 추리작가 지망생이다. 아직은 단 한 줄도 쓰지 못하고 있지만, 어디까지나 '때'를 기다리기 때문이다. 글이라는 게 무작정 쓴다고 써지는 게 아니잖은가.

일단은 심신에 찌든 군기부터 빼야 했다. 그래서 나는 제대 후 줄곧 빈둥거리면서 티브이 앞을 지켰다. 내가 즐겨보는 '미드'는 다양한 장르의 시리즈물로 구색을 갖추고 있어서 심심해 죽을 일은 절대 없었다. 그래서인지 '작가 지망생'이라는 허울을 쓴 백수 생활이 이력이 붙을수록 체질에 딱 맞았다. 사실 내가 꼭 돈을 벌어야 먹고사는 것도 아니고 타의 모범이 되어야 될 입장도 아니니 급할 것도 없었다. 작가는 고독을 즐긴다고 했던가. 나는 더 고독해지기 위해 하루하루를 알차게 빈둥거렸다. 그런 내가 석태에게 전화를 걸었던 건 순전히 그와 함께 사라졌다고 추정되는 동영상 때문이었다.

문제의 동영상이 사라졌다는 걸 알아챈 건 사흘 전이었다. 줄곧 미드에 푹 빠져 있다가 분위기 환기 차원에서 스마트폰을 뒤져봤더니 동영상 파일이 텅 비어 있었다. 그 동영상은 석태가 저지른 행태를 고스란히 담은 것이었다. 사라지기 며칠 전 위험을 무릅쓰고 찍은 것으로 수시로 내 방에 들락거리던 석태한테도 극비로 했던 나만의 소중한 영상이다. 노트북에 따로 저장하지 않았던 것도 보안을 위해서였다. 사실 엄마나 유정 씨는 한집에 살아도 절대 내 물건에 손을 대지 않아서 보안 따위는 신경 쓸 필요도 없었다. 문제는 석태였다. 녀석은 허구한 날 내 노트북을 차지하고 앉아 제 것인 양 사용하곤 했다. 그 뻔뻔한 뒤통수를 후려갈기고 싶을 때가 많았지만 나는 꾹 참았다. 나는 그의 적수가 되지 못할뿐더러 내 인생이 그런대로 잘 풀리는 편이라서 매사에 너그럽기도 했다. 이게 다 유정 씨 덕분이다.

그나마 다행인 건 석태가 내 스마트폰만은 절대 건드리지 않는다는 거였다. 꼴에 사생활 침해는 '무식하고 싸가지 없는' 인간들이나 하는 짓이라나. 유정 씨한테서 주워들은 '교양 없음'을 제 방식대로 표현한 거라는 걸 나는 알았다. 덕분에 나는 스마트폰에 누구도 봐서는 안 될 동영상을 저장해 두고도 불안하지 않았다. 그런데 그 동영상이 감쪽같이 사라진 것이다. 대체 언제 누가 내 파일에 손을 댄 걸까. 카페 운영에 정신이 팔려 있는 엄마일 리는 없고 프라이버시를 중요시하는 유정 씨일 리는 더더구나 없다. 만에 하나 이 일로 유정 씨의 눈 밖에 나기라도 한다면 내 인생 자체가 꼬일 수도 있다. 평소엔 하나밖에 없는 손자라고 나를 애지중지하지만 잘못 찍히면 그날로 끝장이다. 하긴 석태가 동영상을 봤다고 하더라도 심각하기는 마찬가지지만.

나는 설마하는 마음으로 석태에게 전화를 걸었다. 워낙 감정 표출이 직접적인 인간이라 전화받는 목소리만 들어도 대충 감이 잡힌다. 그런데 전화를 받지 않는 거였다. 건달들과 어울리다 사고치고 잠수탄 건가? 흔히 있는 일이니 그러거나 말거나 상관할 바 아니었지만, 사안이 중대한 만큼 신경이 곤두섰다. 녀석이 경찰에 붙잡히기라도 하면 나까지 곤란해지기 때문이었다. 불안해진 나는 사흘 내내 유정 씨의 눈을 피해가며 스마트폰을 붙들고 늘어졌다. 눈치 빠른 그녀가 심상치 않은 낌새를 채고 더듬이를 들이대면 죄다 털리는 수가 있다.

그 자식의 주소는커녕 집 전화번호도 모르는 나로선 답답해 미칠 지경이었다. 스마트폰만 있으면 필요할 때 얼마든지 만날 수 있는데 누가 요즘 그런 걸 미리 알아둔단 말인가. 그러고 보니 우리 집엘 뻔질나게 드나들던 놈이 제집에 초대한 적은 단 한 번도 없다. 그 자식이 내 스마트폰을 뒤졌는지 아닌지는 잘 모르겠지만 '무식하고 싸가지 없는' 놈인 건 확실하다. 하여간 인생에 도움이 안 되는 인간이다. 그가 내 인생에 끼어든 건 순전히 공부하기 싫다고 내가 군대로 줄행랑을 쳤기 때문이었다.

석태는 군대 내무반 동기인데 워낙 큰 덩치에 성깔이 사나워 신병 때부터 선임들도 함부로 못 했다. 고딩 때 이미 조폭의 중간 간부 자리를 꿰찼다는 소문이 내무반 내에 전설처럼 떠돌 정도였다. 유정 씨를 닮아 골격이 왜소한 나는 늘 그의 눈치를 살펴야 했다. 석태가 내게 폭력을 휘둘렀다기보다는 내가 알아서 긴 편이었다. 그가 군화를 들고 나를 째려보면 내 군화를 닦다 말고 그의 것을 먼저 닦았다. 그래도 나는 눈치가 빨라 무사했지만 굼뜨고 눈치 없는 동기 하나는 맨날 얻어터졌다. 맞고도 개기다가 성적 괴롭힘까지 당했다는 소문도 자자했다.

유정 씨나 엄마에게나 큰소리치며 살았던 나는 석태의 무시무시한 포스에 기가 질려 밤마다 악몽에 시달렸다. 견디다 못해 면회 온 유정 씨에게 엄살을 떨었다. 그녀한테 뭘 기대했다기보다는 그냥 나의 고충을 털어놓고 위로받고 싶어서였다. 그런데 그녀는 석태가 어떤 인물인지 궁금하다며 직접 만나보고 싶다고 했다.

— 만나서 뭘 어쩌려고?

— 어쩔지는 만나봐야 알지.

— 괜히 그 자식 화만 키우는 거 아닐까?

— 그렇게 걱정되면 말고.

— 아 씨, 귀한 손자 생사가 달린 문제구만 남 얘기하듯 하고 그래.

— 남들 생사는 허투루 말해도 되고?

— 아, 진짜 뭐라는 거야.

속을 한바탕 뒤집어 놓는 그녀에게 화를 내면서도 나

는 군이 석태를 만나게 해주었다. 그녀가 유일한 아군이었으니 선택의 여지가 없었다. 마침 석태도 비번이라 내무반에서 빈둥거리고 있었다. 먹성 좋은 그를 유정 씨가 해 온 닭강정을 미끼로 꾀어냈다. 그는 닭강정을 흡입하듯 먹어치우면서도 쉬고 있는 사람을 귀찮게 불러냈다고 내내 인상을 썼다. 나는 보란 듯이 석태의 눈치를 살피면서 샐러드만 집어 먹었다. 채식보다는 육식 체질인데다 슬슬 짬밥에 염증을 일으키기 시작할 무렵이었다. 그럼에도 닭강정을 포기했던 건 내 신세가 이렇게나 비참하다는 걸 유정 씨에게 알리려는 적극적인 의도였다. 다행히 손자의 암울한 상황이 파악됐는지 그녀가 입을 꾹 다문 채 머리를 주억거렸다. 마침내 그가 마지막 한 점의 뼈다귀를 내려놓으며 트림을 했다. 나는 화장실이 급한 척 서둘러 자리를 떴다. 그녀에게는 설득할 기회를, 그에겐 설득당할 기회를 주기 위해서였다. 앞서 말했듯이 나는 눈치가 빠른 편이다.

그 후로 그는 믿기지 않을 만큼 내게 호의적으로 대했다. 더 이상 그의 군화를 닦을 필요도 없었고 그 앞에서 쫄지 않아도 되었다. 그와 친한 사이가 되었을 때 그 당시 나 몰래 유정 씨와 무슨 말을 나누었냐고 물었더니 석태는 알 필요 없다고 했다. 유정 씨도 자신과는 무관한 일이라고 시치미를 뗐다. 어쨌거나 나는 석태의 비호를 받으면서 무사히 군복무를 마쳤다.

제대 후 석태도 하는 일 없이 건달 노릇이나 하는지 허구한 날 우리 집엘 찾아와 빈둥거리다 갔다. 그때마다 유정 씨는 나와 석태를 번갈아 보며 혀를 끌끌 차면서도 푸짐하게 밥상을 차려주었다. 그래서인지 석태도 그녀를 무척 좋아했다.

나의 외할머니인 유정 씨는 '할머니'라는 호칭을 극도로 싫어했다. 그뿐만 아니라 남편이 일찍 죽었다고 혼자 키운 딸에게 자신의 성을 물려줬다. 유혜영, 내 엄마의 이름이다. 그녀도 남편 없이 나를 키웠다. 그래서 내 이름은 유귀랑이다. 얼굴도 모르는 아버지와 사별을 했는지 이혼을 했는지는 나도 모른다. 가족관계증명서에도 주민등록등본에도 아버지의 존재는 없고 내게 그 사연을 말해주는 사람도 없다. 철이 들면서 내 아버지는 어떤 사람일까 궁금했지만 막상 물어본 적은 없다. 어쩌면 아버지의 부재가 아쉬웠던 적이 없어서인지도 모르겠다. 유정 씨 소유의 통나무 카페가 장사가 잘돼 줄곧 우리 세 식구가 어려움 없이 살 수 있었고 앞으로도 그럴 것이다.

G산을 등지고 있는 '통나무 카페'는 유정 씨가 운영하던 다방의 상가 건물 부지가 시청 확장 부지로 수용되었을 때 받은 보상금으로 장만한 폐가의 사랑채를 허물고 지었다. 그녀와 만났던 남자 중에 시청 도시개발과에 근

무하는 공무원이 있었는데 G산 인근에 신도시가 들어설 계획이라고 귀띔해 주었다.

그녀는 G산 기슭에 덩그마니 들어앉은 폐가를 헐값에 사들였다. 폐가는 제법 규모가 큰 안채가 산을 등지고 있었고 그 옆에 나란히 아담한 별채가 딸려 있었다. 그리고 별채 옆에 널따란 사랑채가 기역자로 있었는데 사랑채 툇마루에 앉아 있으면 안채와 별채가 한눈에 들어오는 구조였다. 안채와 사랑채를 잇는 담이 니은자로 둘러쳐져 완벽한 미음자를 이루었는데 그 안의 꽃밭 딸린 마당이 제법 넓었다. 그리고 사랑채 뒤켠엔 텃밭이 딸려 있었다.

그녀는 우선 안채와 별채를 수리해 각각 살림집과 게스트룸으로 꾸몄다. 꽃밭을 넓혀 예쁘게 가꾸고 마당엔 시멘트를 깔아 잡풀이 나지 않게 했다. 대신 마당 가장자리에 감나무와 매화나무를 여러 그루 심어 삭막함을 없앴다. 높은 담도 헐어내고 몽당연필 모양의 통나무로 울타리를 쳤다. 사랑채는 헐어내고 텃밭과 합해 이층짜리 통나무 카페를 지었다. 카페 앞 남은 공간에는 자갈을 깔고 군데군데 소나무와 영산홍을 심어 멋을 냈다. 별채와 카페 사이의 울타리 너머로 측백나무를 빽빽하게 심어 살림집과 영업장인 카페와의 경계를 확실하게 구분 지었다.

당시엔 폐가 앞을 지나는 좁다란 오솔길이 있었는데 지금은 사람과 차량 통행이 늘어나 왕복 이 차선의 포장 도로가 뚫렸다. 다행히 감나무와 매화나무가 울타리 너머까지 웃자라 도로의 번잡스러움을 막아 준다. 유정 씨는 당시 마당 가에 나무를 심은 건 '신의 한 수'였다며 뿌듯해한다. 봄에는 매화가 흐드러지고 가을에는 감이 주렁주렁 열려 우리 가족에게 기쁨을 안겨준다. 한겨울에 피는 눈송이도 봐줄 만하다.

— 나무는 심어만 줘도 저렇게 보답을 한단다.

그 말끝에 나를 바라보는 눈초리가 항상 뜨악했다. 나무만도 못한 놈이 된 것 같은 자격지심이랄까. 그럴 땐 나무를 죄다 베어버리고 싶다.

카페 앞 정원은 주차장으로 바뀌었다. 꽃은 더 이상 피지 않지만 그때 심은 나무는 주차장 사이사이로 아직도 건재하다.

당시 그녀가 귀신이나 살 법한 집에 살림을 들이는 것도 모자라 카페까지 짓는 것을 보고 인근 사람들은 혀를 찼다. 허허벌판뿐인 산 밑에 기어들어와 법석을 떠는 게 이해할 수 없었기 때문이었다. 하지만 몇 년도 되지 않아 논밭뿐이었던 벌판에 번듯한 신도시가 형성되었다. 게다가 카페 근처엔 대학까지 들어섰다. 그들은 그때서야 발을 동동 굴렀다.

— 이럴 줄 알았으면 우리가 사둘 걸 그랬지 뭐예요.

— 등잔 밑이 어둡다는 말이 있잖아요. 외지인만 좋은 일 시킨 거죠, 뭐.

그들은 통나무 카페에 앉아 커피를 마시며 유정 씨를 향해 시샘어린 눈을 흘겼다.

카페 사장이 된 유정 씨는 주방장 한 명을 두고 직접 서빙을 맡았다. 카페는 날로 번창하여 지금은 매니저까지 두고 직원이 다섯 명이나 될 정도로 규모가 커졌다. 그녀는 2년 전에 카페를 엄마에게 넘기고 은퇴했다. 카페는 언젠가는 내 소유가 될 것이다. 나는 유정 씨의 하나뿐인 손자니까. 제대 후 줄곧 '작품 구상'을 빙자한 백수 생활을 고집하는 것도 카페를 물려받으면 어차피 운영을 맡아야 하니 실컷 놀아 두자는 차원이다. 물론 유정 씨가 내게 카페를 물려준다는 말은 하지 않았지만 나는 결국 그렇게 되리라고 믿는다. 내가 아는 한 우리 집안은 외가를 통틀어 나 이외의 혈육이 없다. 간혹 상속자 물망에 오르내리기도 한다는 반려동물조차도. 아직까지 나무가 상속자 반열에 올랐다는 말은 못 들어 봤으니 애지중지하는 감나무랑 매화나무를 경계할 필요는 없다. 살짝 신경 쓰이는 박꼭지가 있기는 한데 엄마가 버티고 있는 한 이 집안의 손주 자리는 '넘사벽'이다. 그래서 카페 대표가 되면 이 구닥다리 집도 싹 헐어내고 근사한 이층집을 지을 생각이다. 일층은 유정 씨와 엄마에게 내어주고 이층은 나만의 공간을 만들어 꼭지에게 보란 듯이 과시하며 살겠노라는 구체적인 계획까지 세워두었다.

박꼭지는 게스트룸에 얹혀 사는 대학생으로 오후 여덟 시부터 열두 시까지 카페에서 알바를 한다. 충청도 산골 출신인데 공부를 잘해 서울의 명문대에 합격하고도 집에서 등록금을 대주지 않아 4년 전액 장학금을 받는 조건으로 카페 옆 대학 사회학과에 입학했다. 뼈 빠지게 농사지어서 '딸년'을 대학 공부까지 시켜야 되겠냐는 꼭지 할머니의 주장 때문이란다. 자취방과 알바 자리를 구하러 다니던 중 카페에 들른 그녀의 사연을 듣고 가엾게 여긴 유정 씨가 게스트룸을 내주고 엄마한테 압력을 넣어 일자리까지 마련해줬다.

— 어린 여자애가 혼자 살아가기에는 너무 가혹한 세상이잖니. 비어 있는 손님방을 요긴하게 쓸 수 있어서 다행이다.

유정 씨가 이렇게까지 말했는데도 엄마는 눈치 없이 일선에서 물러났으면 잠자코 있을 일이지 무슨 오지랖이냐고 대들었다가 경영권을 도로 빼앗길 뻔했다. 나는 집안에 여대생이 들어와서 나쁠 것 없다는 생각에 유정 씨의 편을 들었을 뿐인데 그녀한테 '에미보다 속이 깊다'는 칭찬을 들었다. 나는 엄마가 유정 씨의 눈 밖에 나는 게 싫지 않았다. 어쩌면 카페가 생각보다 일찍 내 차지가 될지도 모르기 때문이었다.

꼭지는 게스트룸을 내주고 카페에 일자리까지 마련해 준 유정 씨에게 고마운 마음에 수시로 안채에 들러 그녀의 말벗을 해주고 집안일을 거들었다. 유정 씨는 말벗이야 서로 좋은 일이지만 집안일을 시키는 건 꼴난 방 하나 내주고 갑질하는 격이라며 한사코 마다했다. 대신 이불 빨래나 대청소가 있는 날엔 부를 테니 당당히 일당을 받고 알바를 하라고 했다. 꼭지는 그런 유정 씨가 보통의 어른들과는 다른 세상에서 사는 사람처럼 느껴진다고 했다. 유정 씨 같은 사람과 가족이 되면 자신도 '진짜 사람'이 된 기분일 거라나. 자신이 겪은 세상은 사람 대접을 받는 남자와 암컷 취급을 당하는 여자로 구분됐다는 거였다. 그런데 유정 씨는 자신을 '진짜 사람' 대접하는 유일한 사람이라고 했다. 그래서 그녀는 가끔 유정 씨의 손녀가 되는 꿈을 꾸기도 한단다. 나는 우연히 그녀들의 대화를 듣고 배꼽이 빠지는 줄 알았다. 아무리 꿈이라지만 제멋대로 꿀 꿈이 따로 있지, 어디 감히 유정 씨의 손주 자리를 넘본단 말인가. 절대 그럴 일은 없으니 꿈 깨라 꼭지야.

내가 꽉지를 당당히 부려먹기로 마음먹은 것도 그런 맥락에서였다. 한데 그녀는 호락호락하지 않았다. 유독 나한테만 쌀쌀맞게 구는 게 혹시 사심 때문이 아닌가 싶을 정도였다. 만약 그렇다면 헛물 제대로 켜는 거다. 비록 지금은 내가 백수지만 이 집안의 대를 이을 유일한 남자가 아닌가. 게다가 어쩌면 내 꿈인 추리작가가 될 수도 있다. 이 정도 위치에 있는 나한테 가난한 촌뜨기에 혼혈아인 박꽉지가 가당키나 한 일인가. 가슴 설레게 예쁘거나 오금 저리게 섹시하거나, 이도저도 아니면 애간장을 녹일 만큼 애교가 철철 넘치기라도 하면 또 모르겠다. 꽉지가 다녀갈 때마다 느끼는 건데 도대체가 여자로서의 미덕이라곤 찾아볼 수가 없다. 저런 애가 군식구랍시고 들어왔으니 나도 여자 복은 지지리도 없는 놈이다.

어쨌거나 지금의 나로선 사라진 석태를 찾는 게 가장 급했다. 만에 하나 내가 그 동영상을 찍었다는 게 들통나면 내 인생은 끝장이다. 가뜩이나 미투 운동인지 뭔지 때문에 독이 바짝 올라 있는 여자들이 개떼처럼 몰려들어 나를 물어뜯을 것이다. 그보다 더 무서운 건 유정 씨다. 그녀의 눈 밖에 나면 카페 상속권은 어림도 없다. 나는 아직까지, 아니 앞으로도 쭉 우리 집안의 하나밖에 없는 '남자'이며 두 여인네의 사랑을 듬뿍 받는 귀하신 몸이다. 그럼에도 불구하고 이토록 유정 씨를 두려워하는 것은 그녀가 정해놓은 '룰'에 어긋난 행동을 하면 가차 없이 아웃시키고도 남을 위인이기 때문이다. 이런 마당에 문제의 동영상이 사라졌으니 속이 타들어갈 수밖에 없다. 시계를 보니 점심때가 훌쩍 넘었다. 사라진 석태 때문에 전화통에 매달렸더니 시간 가는 줄도 몰랐다. 점심을 먹으면서 자연스럽게 석태한테 연락이 없었는지 유정 씨에게 물어봐야겠다. 밥 생각을 해서인지 갑자기 배에서 꼬르륵 소리가 났다. 나는 방문을 열고 주방 쪽을 향해 소리쳤다.

"유정 씨, 배고파. 김치볶음밥 해먹자."

아무런 대답이 없었다. 그녀는 요즘 부쩍 밥하기를 귀찮아하며 식단을 단품으로 짰다. 어제 점심은 주먹밥, 그제는 유부초밥이었다. 그래서인지 요즘 속이 허한 게 오늘은 계란 프라이를 두어 개 넣고 매콤하게 김치볶음밥이라도 해 달라해야겠다. 그녀가 언제부터 나한테 이토록 소홀해졌을까. 속이 허해서 그런지 눈물 젖은 짬밥의 악몽이 떠오르면서 끼니때마다 정성껏 밥상을 차려주던 유정 씨가 몹시 그리워졌다. 내가 제대하던 날 유정 씨는 푸짐하게 차린 식탁에 나를 앉혀 놓고 말했다. 많이 먹어. 얼른 짬밥 똥 밀어내야 몸에 밴 독기가 빠지지. 제대했다고 바로 민간인 되는 거 아니다. 사제 똥을 싸야 진정한 민간인이 되는 거지. 애지중지 키운 손자를 무상으로 빼앗아 간 국방부에 수시로 욕을 퍼부어댔다는 유정 씨 다웠다. 엄마는 더럽게 밥상 앞에서 똥 타령이냐며 인상을 썼지만 나는 전적으로 공감했더랬다. 역시 사제 밥을 먹어야 사람이다. 그랬던 유정 씨가 요즘은 짬밥보다도 못한 끼니를 내게 제공하고 있다. 연말 대목 장사에 치여 반쯤 정신줄이 나가 있는 엄마는 하나밖에 없는 아들이 어떤 대접을 받고 있는지 관심조차 없다. 이토록 푸대접 받는 현실을 더 이상 참을 수 없어 유정 씨를 상대로 반란을 일으킬 기회를 엿보던 참이었다. 손자의 균형 잡힌 영양 섭취권을 보장해달라고 말이다. 그런데 하필 동영상이 사라지는 사건이 터졌으니 아무래도 당분간은 주는 대로 먹어야 될 것 같다. 그래, 오늘은 김치볶음밥으로 만족하자. 나는 유정 씨와 김치볶음밥을 번갈아 외치며 주방으로 향했다. 주방은 텅 비어 있었다. 거실에도 그녀의 모습은 보이지 않았다. 나는 그녀의 방문을 조심스럽게 노크했다.

"유정 씨, 어디 아픈 거야?"

남의 방문을 함부로 열어서는 안 된다는 것도 그녀의 '룰' 중에 하나였다. 방문에다 귀를 대봐도 그녀의 대답은 들리지 않았다. 결국 나는 더 이상 참지 못하고 그녀의 방문을 살며시 열었다. 그녀는 책상에 앉아서 뭔가를 열심히 읽고 있었다. 나는 어처구니가 없었다. 자기가 무슨 수험생이나 취준생도 아니고, 일흔을 바라보는 노인네가 뜬금없이 책을 본다고 난린지 모르겠다. 하나밖에 없는 손자 굶겨 죽일 생각이 아니고서야. 하지만 지금은 분위기 파악이 먼저이니 경솔해서는 안 된다. 나는 그녀의 등 뒤로 다가가서 목소리를 가다듬고 물었다.

"유정 씨, 뭐해?"

그녀가 나를 쳐다보지도 않은 채 건성으로 대답했다.

"책 읽고 있잖아."

놀라는 기색이라곤 없는 걸로 봐서 내가 부르는 소리를 듣고도 무시한 것 같았다. 요즘 나한테 왜 이러는 걸까. 진짜 동영상을 본 건가? 지레 가슴이 뛰었다. 그렇다고 티 나게 행동해선 안 된다. 여차하면 석태 핑계를 대야겠다. 그 자식이 보내준 건데 아직 못 봐서 뭔지도 모르고 있었다고 시치밀 떼는 거다. 나는 순식간에 떠오른 생각에 만족했다. 내가 비록 공부는 젬병이었지만 순발력은 있는 편이다. 나는 지은 죄가 없다는 뜻으로 목소리 톤을 약간 높였다.

"갑자기 웬 독서래. 그 나이에 책 보면 눈 나빠질 텐데."

"어이구, 우리 손자가 고양이 쥐 생각을 다 하시네. 멀쩡한 녀석이 제 밥도 못 챙겨 먹는 주제에."

역시 내 밥 타령을 들었던 거다. 그래도 대답이 길어지는 걸 보니 나한테 화가 나 있는 건 아닌가 보다. 나는 그녀가 동영상에 손댔을지도 모른다는 의구심을 떨쳐내 버리고 본래의 당당한 손자 모드로 돌아갔다.

“빨리 김치볶음밥 해 먹자. 나는 배가 많이 고프니까 계란 프라이 두 개.”

나는 손가락 두 개를 펴 보이며 방긋 웃었다. 그녀가 무슨 말인가를 하려다가 말고 한숨을 내쉬었다. 나는 반사적으로 반대쪽 손가락 두 개를 마저 펴서 양쪽 관자놀이에 갖다 대고 까딱거렸다. 어렸을 때도 좀체 하지 않던 짓인데 언제부터 습관이 됐는지 모르겠다. 놀고먹어도 마냥 사랑받던 시절엔 나도 폼 깨나 잡고 살았는데 말이다. 그녀가 졌다는 표정으로 들고 있던 연필을 책갈피에 끼우고는 아이구 허리야, 하면서 일어났다. 연필까지 쥐고 독서를 한 걸 보면 중요한 책인가 보았다. 재빨리 표지를 들춰보니 『페미니스트로 살아가기』라는 제목의 책이었다. 책의 두께가 만만찮았다. 아무래도 저쪽 분야에 관심을 쏟기로 단단히 마음먹은 것 같았다. 그놈의 페미니즘이 유정 씨 방에까지 침투했다니, 내 입장에선 바람직한 상황은 아니었다. 하여간 유정 씨는 사회 현상에 너무 민감한 게 탈이다. 나이를 먹으면 무뎌지기도 하련만 ‘젊은 잡년’들이나 떠들다 말게 두고 볼 일이지 골치 아프게 뭐 저런 걸 직접 읽기까지 하나 모르겠다. 가뜩이나 여성 문제에 각을 세우던 노인네가 더 까칠해질까봐 걱정이 됐다. 그나저나 저런 책은 또 어떻게 알고 구한 걸까. 아무래도 꽉지가 의심스러웠다. 생각해보니 밥상이 부실해진 것도 그 애가 들어오고 나서부터였다. 그 애야말로 내 인생에 절대 도움이 안 되는 불청객이다. 어쨌거나 가급적 유정 씨의 독서를 막아야 된다. 나는 재빨리 그녀의 허리를 주물러주는 척하면서 알랑거렸다.

"그러게 새삼스레 독서를 한다고 그래. 가만히 있어도 삭신 쑤실 나이구만. 그러지 말고 밥 먹고 나서 나랑 미드나 보자. 범죄 시리즈물 새로 상륙한 거 있던데."

"그러자꾸나."

그녀의 대답엔 아무런 거부감도 없었다. 동영상의 존재를 모르고 있다는 확신이 들었다. 하긴, 내 스마트폰을 훔쳐보지 않은 이상 알 리가 없잖은가. 쓸데없는 의심은 정신 건강에 해로울 뿐이다.

그녀가 김치냉장고를 열자 식욕이 솟구쳤다. 나는 입맛을 다시며 그녀의 동선을 따라다녔다. 석태에 대해 물어볼 찬스를 잡아내기 위해서였다. 한데 그녀는 내게 입을 열 기회를 주지 않았다. 일없이 걸리적거리지 말고 냉장고에서 계란 좀 꺼내라는 둥 프라이팬에 기름을 두르라는 둥 고추장 뚜껑 좀 열어달라는 둥 끊임없이 나를 부려먹었다. 이럴 줄 알았으면 다 됐으니 밥 먹으라고 부를 때까지 소파에 앉아 텔레비전이나 볼 걸 그랬다. 나는 주방일이라면 숟가락 하나 놓는 것도 귀찮았다. 평생을 불평 없이 주방에 들락거리는 유정 씨랑 엄마를 보면 '설거지는 여자의 천직'이라고 한 정치인의 말이 맞는 것 같다.

"아참, 혹시 석태 연락 없었어?"

유정 씨와 식탁에 마주앉아 김치볶음밥을 반쯤 비웠을 때 문득 생각난 척하면서 물었다.

"석태가 니 친구지 내 친구냐?"

그녀 역시 별꼴을 다 본다는 투로 밥을 오물오물 씹으면서 심드렁하게 대답했다. 석태가 나보다는 그녀를 더 따르고 좋아한다는 건 나도 알고 그녀도 알았다. 그는 나 때문에 우리 집에 들락거린 게 아니라 유정 씨를 보러왔다가 내친김에 내 방에도 들러 제멋대로 휘저어놓고 떠나버리는 놈이었다. 그런데도 유정 씨한테 그의 방문을 좀 막아달라고 하소연하지 못했던 건 후환이 두려워서였다. 유정 씨가 끼지 않은 석태와 나의 관계는 빠져나갈 구멍도 없이 고양이와 맞닥뜨린 쥐의 신세나 마찬가지였다. 석태한테서 벗어나려면 내가 진짜 고양이가 되는 수밖에 없었는데 나에게는 그럴 배짱이 없었다. 그래서 나는 유정 씨의 그늘에 숨어 그의 비위를 맞춰주고 있다. 그런 석태가 동영상과 함께 내 앞에서 사라진 거다. 그녀는 왜 뻔질나게 드나들던 석태가 이렇게나 오랫동안 소식이 없는데도 무관심한 척하는 걸까. 내 입장에서는 속이 타들어갈 수밖에 없었다. 그래서인지 나도 모르게 발끈했다.

"석태가 나보다 유정 씨를 더 좋아했다는 걸 알면서도 그런 말이 나와?"

"그래서 속상했니?"

"누가 그렇대. 뻰질나게 오던 놈이 며칠 째 안보이니까 궁금하잖아. 유정 씬 안 궁금해?"

"너랑 싸웠나보다 했지."

"내가 그 자식이랑 싸울 형편이나 되나."

내 자신이 한심해서 맥이 빠졌다.

"그럼 됐네."

뭐가 됐다는 걸까. 나는 묻고 싶은 걸 꾹 참았다. 더 이상 말해봤자 의심만 살 것 같았다. 어쨌거나 그녀도 석태한테 따로 연락을 받은 것 같진 않았다. 지금으로선 그가 스스로 나타날 때까지 기다려보는 수밖에 없었다. 나는 그가 어울리는 건달들에 대해 아는 바가 전혀 없었다. 사실 영웅담 삼아 떠벌리는 이야기로 짐작했을 뿐이지 그가 진짜로 건달들의 세계에 몸담고 있는지도 확실치 않았다. 그만큼 나는 그에게 관심이 없었다. 사실 동영상만 아니라면 그가 사라진 것에 이토록 애간장을 태울 일도 없었을 거다. 오히려 내 인생에서 그가 삭제됐다는 해방감에 쾌재를 불렀을 것이다. 그런데 지금 나는 웬수 같은 석태가 사라졌는데도 동영상에 대한 오만 가지 생각으로 불안했다. 어쩌면 경찰이 들이닥칠 수도 있는데 왜 안 그렇겠는가. 누구에게 하소연할 수도 없고 정말 답답해 미칠 지경이었다. 느닷없이 유정 씨가 내 어깨를 흔들었다.

"밥 먹다 말고 왜 그래. 무슨 우환거리라도 있는 사람처럼."

깜짝 놀라 정신을 차려보니 밥숟가락을 입에 물고 멍때리고 있었다. 이러다 정신 쇠약이라도 걸리는 거 아닌지 모르겠다.

"우환은 무슨. 볶음밥이 너무 맛있어서 넋이 나갔던 거지."

나는 후다닥 남은 밥을 먹어치우고 소파로 옮겨 앉았다. 머리가 복잡할 때는 장면 전환 빠른 미드가 최고다.

설거지를 마친 유정 씨가 내 옆에 앉았다. 그녀와 나는 범죄 시리즈물을 연속으로 봤다. 화면에서는 세상에서 일어날 수 있는 모든 끔찍한 일들이 벌어졌으며 수사관들은 과학적 근거와 추리력을 총동원해 범인을 찾아냈다. 더러는 돈과 권력을 이용해 법망을 빠져나가는 경우도 있었는데 그런 놈들은 대부분 유사한 범죄를 또다시 저질러 수사관들을 자괴감에 빠뜨렸다. 점심을 먹은 이

후 나는 해가 지는 줄도 모르고 살인, 강간, 폭력이 난무하는 드라마를 보면서 수사팀과 함께 범인을 추적해 나가는 재미에 푹 빠져들었다. 유정 씨는 집안일을 하면서 틈틈이 옆자리를 지켰다.

모범 가장인 줄 알았던 남편이 알고 보니 연쇄 살인마였다는 황당한 사건이 마무리되고 광고가 떴다. 유정 씨가 무거운 한숨을 내쉬며 티브이를 껐다. 왜 보고 있는 티브이를 끄고 난리냐며 펄펄 뛰는 나를 그녀가 의미심장한 눈빛으로 쳐다봤다.

"남들이 쓴 것만 보지 말고 너도 이제 슬슬 써보는 게 어때?"

"뭐래."

"추리소설 쓰겠다며. 정 힘들면 내가 도와줄까?"

"갑자기 부담스럽게 왜 이래. 알아서 하니까 빨리 리모컨 내놓고 먹을 거나 가져와."

"너 자꾸 까불면 골로 가는 수가 있다."

"내가 왜? 나 이 집안에 하나밖에 없는 귀한 손자라는 거 잊었어?"

흉악한 사건들을 많이 봐서 그런지 낮에 쪼그라들었던 간이 다시 부풀어 오르고 있었다. 피가 낭자한 사건들이 저렇게나 많이 터지는데 그깟 동영상 좀 찍었다고 죽이기야 하겠냐 싶었다. 유정 씨도 내가 다시 넉살 좋은 손자의 모습으로 돌아온 게 기분 좋은지 표정이 밝아진 것 같았다. 역시 사람은 변함이 없어야 대접을 받는다.

“그렇다 치고, 내 얘기 들어주면 치맥 쏠게.”

“진작 그럴 일이지. 내가 또 남 얘기 들어주는 게 취미잖아.”

나는 잽싸게 스마트폰을 집어 들었다. 모름지기 황폐해진 영혼을 치유하는 데는 치맥만 한 것도 없다. 그녀가 내 심정을 꿰뚫어 본 듯 반반이랑 이천 불러, 했다. 나는 그녀의 통 큰 모습에 항상 감동받는다고 설레발치며 반반이랑 오천을 시켰다. 무일푼인 백수는 충분히 생맥 ‘이천’을 ‘오천’으로 알아들을 수 있는 처지였다. 남으면 킵해뒀다가 잠 안 올 때 ‘드라마 몰아보기’ 하면서 마시면 된다. 그녀가 눈을 크게 뜨고 손가락 두 개를 펼쳐 보였다. 나도 손가락으로 V를 만들어 흔들어주었다.

사이좋게 첫 잔을 원샷으로 비우고 각자 닭다리와 날개를 집어 들었다. 유정 씨는 닭의 날개만 먹었다. 본인은 자유주의자로서 상징적인 의미를 담고 있다고 했지만 엄마는 그녀의 타고난 바람기 때문이라고 했다. 먹잘 것도 없이 바르기만 번거로운 날개가 별로인 나로선 아무려나 상관없었다. 터프한 첫 잔으로 볼이 발그레해진 그녀가 빈약한 날개에서 가느다란 뼈를 발라내며 입을 뗐다.

"너 제대하기 며칠 전 밤이었어. 넌 느려터진 국방부 시계를 째려보며 똥줄이 타들어갈 때겠구나. 하얀 털모자와 털목도리, 털장갑을 끼고 한적한 밤거리를 혼자 걸었단다. 눈 쌓인 거리에 칼바람이 불었지. 가로수에 매달린 눈송이가 흩날려 얼굴에 사정없이 부딪히더구나. 목에 두른 목도리를 콧잔등까지 끌어올렸지만 눈으로 날아드는 눈가루는 피할 방법이 없었지. 털장갑 안의 손가락은 이미 마비 상태였어. 버스와 전철은 끊긴 지 오래였고, 택시조차 보이지 않았단다. 왜 그 시간에 추운 밤거리를 혼자 걸었냐고는 묻지 마라. 나한테도 사생활이라는 게 있잖니. 어쨌든 그렇게 한참을 걷는데 어느 순간 어쩌면 혼자가 아닐지도 모른다는 생각이 들더구나. 뒤를 따르는 게 사나운 바람뿐만이 아닌 것 같았어. 소름이 돋았지. 뒤를 돌아봐야 할지 앞만 보고 가야할지 판단이 서지 않더라. 괜히 돌아봤다가 자극할 수도 있잖아. 그게 사람이든 짐승이든 말이야. 게다가 얼굴이나 가슴 쪽보다는 털모자를 쓴 뒤통수나 가방을 맨 등허리를 공격당하는 게 덜 위험할 것 같기도 하고. 공격을 당하는 즉시 엎어져서 죽은 척하면 안심하고 그냥 떠날지도 모르잖아. 운 좋게 눈이 수북이 쌓인 곳으로 처박히면 뇌진탕에 걸리거나 고운 얼굴이 망가질 일도 없을 테고 말이야.

그 와중에도 설마 이 추위에 그쪽도 맨살을 드러내야 가능한 짓거리를 저지르진 않겠지 싶어 한결 마음이 놓이더라. 자극하지 않으려고 발걸음이 빨라지지 않도록 주의하면서 앞만 보고 걸었단다."

유정 씨는 여기까지 말해놓고 날개 뼈를 핥았다. 그래서 어떻게 됐냐고 물으니 보다시피 여태껏 멀쩡히 살아 있잖니, 하곤 이쑤시개 같은 뼈 사이에 끼인 살점을 빼내려고 쪽쪽거렸다. 나는 인내심을 발휘하여 진짜로 누가 따라오긴 한 거냐고 다시 물었다.

"무슨 추리작가가 팩트를 날로 먹으려고 들어. 그래서야 어느 세월에 추리소설을 쓰누."

"장난해? 지금 그 얘기가 왜 나와. 돈이 없는 것도 아니고 나 좀 놀고먹는 게 그렇게 배 아파?"

나의 신경질에도 아랑곳 않고 그녀가 티브이를 다시 켰다. 공교롭게도 막 새로운 사건이 발생하여 경찰차가 사건 현장으로 달려가고 있었다. 라스베이거스의 새벽, 고급 호텔 쓰레기 집하장에서 나체의 여자 시신이 발견되었다. 요란한 사이렌 소리가 희미해지면서 온몸이 멍투성이인 젊은 여자가 갖가지 오물들과 뒤섞여 널브러져 있는 화면이 클로즈업되었다. '쭉쭉빵빵'한 몸매에 짙은 화장을 한 미모의 여자였다. 사타구니에 돌돌 말린 검정색 스타킹이 끼어 있어 치모인지 스타킹인지 분간이 가지 않아 더욱 선정적이었다. 절묘한 연출이었다. 게다가 쓰레기와 벌거벗은 미녀라니, 나도 모르게 침이 꼴깍 넘어갔다. 하필 그때 유정 씨와 눈이 딱 마주쳤다. 나를 보는 눈초리가 심상치 않았다. 침 넘기는 소리가 맥주 마시는 소리보다 크게 나긴 했지만 그게 뭐 어쨌다고? 비록 시체 역할이지만 미모의 여자가 홀딱 벗고 보란 듯이 누워 있는데 신체 건강한 사내 자식이 그걸 보고 침이 안 넘어간다면 그게 비정상이지. 나는 맥주잔을 들어 벌컥벌컥 들이키곤 뭐가 잘못됐냐는 듯한 표정을 지어 보였다. 그녀가 한숨을 내쉬더니 티브이 쪽으로 시선을 돌렸다. 그러거나 말거나 나는 맛나게 치맥을 먹으면서 수사관들과 함께 범인을 추적해 나갔다.

유정 씨가 하품을 하며 방에 들어가고 엄마가 카페 영업을 마치고 들어와 잠자리에 든 후에도 나는 텔레비전 앞을 지켰다.

이름의 유래

새벽녘에야 잠자리에 든 나는 오줌이 마려운데 화장실 문이 잠겨 있어 애를 먹는 꿈을 꾸다 깨어났다. 진짜로 오줌보가 터질 지경이었다. 생맥주 삼천을 마시고 잤으니 당연했다. 화장실에서 시원하게 방광을 비우고 나서 습관적으로 석태한테 전화부터 걸어보았다. 역시 받지 않았다. 대체 어디서 무슨 짓을 하고 있는 걸까. 하도 사고를 치고 다녀 집에서 금족령이라도 내린 걸까. 건달들과의 접촉도 끊게 하려고 스마트폰까지 압수했는지도 모른다. 나는 석태 못지않게 성격이 포악스러울 것 같은 그의 아버지 손에 스마트폰이 박살나는 상상을 해보았다. 그렇게만 된다면 더 이상 바랄 게 없었다. 보통은 아들이 아버지의 성격을 닮는다고 하니 전혀 근거 없는 상상만 은 아니었다. 내 아버지는 어떤 사람이었을까. 훤칠한 호남형에 성격까지 좋은 한량의 모습이 아른거렸다. 내 마음과는 달리 유정 씨한테 사위로서 환영받을 타입은 아닌가 보았다. 나한테 아버지 성조차 물려주지 않은 걸 보면 말이다. 여자들은 예쁜 얼굴, 좋은 몸매만으로도 충분히 대우를 받는데 남자는 능력까지 갖춰야 한다니 너무 불공평하다. 대체 페미니스트들은 어째서 이런 뻔한 사실을 외면하는 걸까. 언제 기회가 되면 이 문제에 대해서 유정 씨하고 진지하게 대화를 해봐야겠다. 물론 석태를 찾아서 동영상이 유출되지 않았다는 걸 확인한 후에나 가능한 일이지만 말이다.그나저나 집안이 너무 어둡고 조용하다. 시계를 보니 한 시가 훌쩍 넘어 있었다. 설마 밤 한 시일 리는 없고, 나는 창가로 다가가 커튼을 열어 보았다. 함박눈이 내리고 있었다. 집 앞뜰에도 통나무 카페에도 눈이 소복이 쌓여 그림 같은 풍경을 연출하고 있었다. 점심시간이라는 걸 확인하고 나니 허기가 밀려들었다. 잠만 잤는데도 배꼽시계는 정확하게 작동했다. 그런데 유정 씨가 여태 나를 깨우지 않았다니 이상한 일이었다. 그녀는 눈 쌓인 날엔 나를 억지로 끌고나가 눈사람을 만들어 카페 앞에 세워야 직성이 풀리는 사람이었다. 눈사람이 자신의 가시밭길 인생을 장밋빛으로 바꿔

줬다나 뭐라나. 그래서 그녀는 큰일을 도모할 땐 항상 겨울을 선택한다고 했다. 함박눈이 펑펑 내리는데도 그녀가 카페 앞마당에 보이지 않는다는 건 예삿일이 아니었다. 내 배꼽시계만큼이나 한결같던 유정 씨의 습관이 변해가고 있다. 왠지 좋은 징조는 아닌 것 같아 불안했다. 나는 방을 나서며 목청껏 그녀를 불렀다.

"유정 씨, 배고파. 얼른 밥 먹고 눈사람 만들자."

대답이 없다. 손자고 함박눈이고 안중에도 없이 독서삼매경에 빠졌나 보다. 저 놈의 책을 불이라도 싸지르고 싶다. 나는 이번에도 그녀의 방문을 똑똑, 두드렸다. 역시 못 들은 척이다. 나는 문을 벌컥 열고 소리를 꽥 질렀다.

"귀 먹었어?"

그런데 방은 텅 비어 있었다. 눈 온다고 혼자 기분 내러 나갔나 보다. 혹시나 해서 주방에 가보니 식탁은 깨끗했다.

"아 씨, 밥이나 좀 차려놓고 나가지, 배고파 죽겠구만."

나는 투덜대며 그녀에게 전화를 해봤다. 받지 않았다. 엄마한테 전화를 걸었다. 바쁠 때 전화하면 신경질 부릴 테지만 어쩔 수 없다.

"바쁜데 왜 전화질이야!"

엄마는 덩치에 비해 목청이 엄청 크다. 물론 뱃살도 만만치 않지만. 그렇다고 같이 목청을 높이면 나만 손해다. 사실 '꽁밥' 먹는 것도 나름 기술이 필요하다. 나는 허기져 죽을 지경이라는 듯 목의 힘을 쫙 뺐다.

"혹시 유정 씨 거기 있어?"

"집에 있는 유정 씨를 왜 여기서 찾아."

"일어나봤더니 없어. 이렇게 눈이 쌓였는데 눈사람도 안 만들고 어딜 간 거지?"

"기분 내러 나갔다가 눈먼 놈팽이라도 꿰차고 있나 보지 뭐."

유정 씨의 타고난 미모와 바람기 때문에 자신의 인생이 꼬인 거라고 믿는 엄마가 비아냥대는 투로 말했다. 딸한테 한 점의 미모도 물려주지 않은 것도 독점욕이 강해서라며 아직도 눈을 흘기는 엄마다웠다. 나는 그럴 수도 있겠다고 생각하며 고개를 끄덕거렸다. 유정 씨가 일흔을 앞둔 나이에도 미모가 뛰어난 건 사실이니까. 사생활 보호 차원에서라도 전화질을 해서는 안 되겠다.

"그건 그렇고, 나 배고픈데 어떡하지?"

"넌 대체……, 엄마 정신없이 바쁘니까 정 차려 먹기 싫으면 이쪽으로 건너와."

"밥 차리기도 귀찮은데 나가려면 세수도 해야 되고 옷도……."

시끌벅적하던 전화기 건너편이 조용하다. 화면을 들여다보니 이미 전화는 끊어져 있었다. 그 바람에 군식구까지 합해 여자가 셋이나 되는데 달랑 남자 하나 있는 걸 굶겨 죽일 셈이냐고 항의할 기회를 놓쳐 버렸다. '군식구'는 물론 꼭지다. 이럴 줄 알았으면 꼭지한테 점수 좀 따 놓을 걸 그랬다. 하긴 주인집 아들을 투명 인간 취급하는 애한테 뭘 바라는 게 아니지. 어제 먹다 남은 치킨이라도 데워 먹을까 하다가 그조차 귀찮아서 참을 수 있는 데까지는 참아보기로 했다. 어차피 할 일이 있는 것도 아니고 빈둥거리는 마당에 뱃심이 필요한 것도 아니니까.

여느 때와 마찬가지로 심신에 찌든 '군기'를 빼낼 목적으로 침대와 소파를 번갈아가며 뒹굴었다. 끼니를 걸렀으니 작품 구상은 뒷전으로 미루고 군기 빼는 일에나 집중해도 되겠다는 당당함도 한몫했다. 뭐 평소에도 그런 편이지만 오늘은 특히 그렇다는 거다. 게다가 함박눈이 내리는데도 방구석에서 뒹굴 수 있는 것도 유정 씨의 부재 덕분이었다. 허기 대신 따뜻한 집안의 아늑함을 얻었다고 생각하니 견딜 만했다. 의미도 없는 오락 프로그램을 틀어놓고 널브러져 있는데 초인종이 울렸다. 드디어 밥 차려줄 '여자'가 나타난 모양이다. 나는 잽싸게 뛰어나가 현관문을 열었다 기겁하여 다시 닫았다. 하얀 털모자와 털목도리, 털장갑을 낀 여자가 뒷모습을 보이고

서 있었다. 어젯밤 유정 씨가 들려준 이야기에 나오는 바로 그 복장이었다. 함박눈이 펑펑 내리는 배경까지 똑같았다. 저 복장은 흰색을 좋아하는 유정 씨 스타일이었지만 나는 그녀가 아니라는 걸 확신했다. 그녀는 절대 초인종을 누르지 않는다. 제집 초인종을 눌러 가족에게 문 열기를 강요하는 것은 민폐이며 권위주의적인 태도라고 했다. 열쇠를 이용할 때엔 어쩔 수 없이 민폐를 끼칠 경우가 발생하겠지만 디지털 도어록으로 바뀌었는데도 그런다는 건 구제불능의 사고방식이란다. 그러니까 유정 씨는 백 퍼센트 아니었고 아담한 뒤태로 보아 엄마일 리도 없었다. 대낮에 귀신이 찾아올 리는 없고 대체 누구지? 나는 기어들어가는 목소리로 누구시냐고 물으며 인터폰의 모니터를 살폈다. 그때 별안간 여자가 휙 돌아서더니 빽 소리를 질렀다.

"빨리 문 안 열고 뭐해요, 추워 죽겠구만."

모니터에 불쑥 들어찬 얼굴은 박꾹지였다. 그녀가 저토록 당당하게 우리 집에 나타날 상황은 아니었다. 나는 찜찜한 기분으로 현관문을 열었다. 그녀가 양손으로 볼을 감싸 쥐고 눈을 흘기며 들어섰다. 눈빛이 예사롭지 않았다. 그렇다고 기 싸움에서 밀리면 다 털리는 수가 있다.

"너 뭐냐. 유정 씨랑 친하게 지내더니 복장까지 따라

하기로 한 거냐."

나는 길을 터주며 빈정거렸다. 이십 대 초반의 여대생이 일흔이 가까운 노인을 따라하다니, 아무리 유정 씨한테 푹 빠졌다지만 나이 파괴도 정도가 있는 것 아닌가. 하긴 세상 천덕꾸러기가 난생처음 사람 대접을 받았으니 그녀로선 유정 씨가 하느님과 동격일 수도 있겠다 싶기는 했다. 그녀는 내 말엔 대꾸도 없이 모자를 벗어 옷에 묻은 눈을 털었다.

"웬일이냐? 유정 씨 집에 없는데."

"알아요. 그러니 사장님이 그쪽 점심 차려주라고 했겠죠. 그쪽 밥 때문에 과외 가다가 되돌아왔잖아요."

꼭지가 신경질을 내며 주방 쪽으로 갔다. 얘가 또 분위기 파악을 못 하고 함부로 도발한다. 나는 그녀의 등 뒤로 늘어진 털목도리 끝자락을 잡아챘다.

"뭐, 그쪽? 나이도 어린 게, 넌 위아래도 없냐?"

"나이 많은 게 벼슬이에요? 해 놓은 밥도 못 차려 먹는 주제에."

그녀가 뒤도 안 돌아보고 쏘아붙이면서 목도리를 풀어버렸다. 목도리가 바닥으로 떨어지면서 나는 달아난 강아지의 빈 목줄을 잡고 있는 꼴이 돼 버렸다. 보는 사람이 없는데도 뻘쭘했다.

"너 죽을라고 용쓰냐? 니 편 들어줄 유정 씨 없다니까?"

"안다고요 글쎄. 그쪽 밥 때문에 왔다고 했잖아요. 직원을 사적으로 부려먹는 것도 노동권 침해예요."

"어쭈구리, 갈 데 없는 촌년을 거둬주고 일자리까지 준 사람이 누군데 노동권 타령이래. 그리고 자꾸 그쪽 그쪽 할래?"

"언젠 이름 부르지 말라면서요."

꼭지가 밀리지 않고 톡 쏘아붙였다. 나는 할 말을 잃고 버벅거렸다. 내 입으로 했던 말이 어제 일처럼 또렷했다.

그녀가 게스트룸에 짐을 풀고 인사 차 안채에 들렀을 때였다. 유정 씨의 소개로 서로 통성명을 하는 과정에서 나의 웃음보가 터졌다. 별로 길지도 않은 머리를 정수리까지 끌어당겨 묶은 까무잡잡한 여자애가 '박꼭지여유' 하면서 인사를 90도로 하는데 민속 주점의 출입문에서 달랑거리는 조롱박을 연상시켰기 때문이었다. 촌티 줄줄 흐르는 여자애가 나의 웃음소리에 기가 죽어 절절매면 어쩌나 싶었다. 한데 그녀는 기가 죽기는커녕 송아지 같은 눈을 말똥말똥 뜨고 천연덕스럽게 말하는 것이었다.

— 앞으로 자주 보겄네유, 귀랑 씨.

이번에는 어처구니가 없어서 픽, 웃음이 나왔다. 콩알만 한 기집애가 겁도 없이 대한민국 육군 병장 출신과 맞먹자는 거 아닌가. 하긴 하룻강아지도 호랑이를 알아야 무서워하는 법이지, 라고 결론을 내린 나는 마침 유정 씨가 차를 준비한다고 주방으로 간 틈을 타 점잖게 타일렀다.

— 박꼭지라고 했나? 나이 어린 여자애가 어른 이름 함부로 부르는 거 아니다. 앞으로 조심해.

— 나이 어린 남자애는 어른 이름 함부로 불러도 되구유?

그녀가 당돌하게 맞받아쳤다. 모자라서 그러는 건지 넘치는 건지 판단이 서지 않았다. 그래도 그때까지만 해도 그녀에 대한 호기심으로 살짝 흥분까지 됐었다. 제대 후 줄곧 빈둥거렸더니 무료하기도 하던 참이었다. 차차 길들여지겠지, 하는 마음도 있었다. 그래서 하하, 웃으며 너그럽게 받아넘겼더랬다. 한데 길이 들기는커녕 점점 나의 고유 영역인 유정 씨의 손주 자리까지 야금야금 치고 들어왔다. 그렇다고 따지고 들만큼 티가 나는 것도 아니어서 누구에게 하소연할 수도 없었다. 분명히 나를 향해 드리워지는 그림자를 느끼면서도 그 정체가 무엇인지 도무지 파악이 안 된다고나 할까. 생각할수록 분통이 터졌다. 이게 다 유정 씨 때문이라고 나는 생각했다.

꼭지 말대로 엄마나 내가 사적으로 그녀를 부려먹는 걸 유정 씨는 용납하지 않았다. 꼭지는 카페 종업원이지 사장 집 가사 도우미가 아니라는 거였다. 엄마가 오갈 데

없는 애 방도 거저 빌려줬는데 주인집 일 좀 거들어주면 그 애도 떳떳하고 피차 좋은 거 아니냐고 유정 씨에게 따졌다가 하마터면 쫓겨날 뻔했다.

— 꼭지는 내 손님이다. 손님이 손님방에 머무는데 대가를 치러야 되냐? 그러는 너는 내 집에서 평생을 얹혀 살면서 무슨 권리로 그렇게 떳떳한 거냐? 이 집의 주인은 나다. 그렇게 주인 행세가 하고 싶으면 당장이라도 니 집 장만해서 니 아들 데리고 나가라.

유정 씨의 서슬에 엄마는 한마디라도 더 보탰다가는 카페 사장 자리도 내 놓으라고 할까봐 겁이 났는지 금방 꼬리를 내렸다. 그 후로 엄마는 최소한 유정 씨 앞에서는 절대 꼭지를 객식구 취급하지 않았다. 엄마 때문에 나까지 쫓겨날 뻔했다는 걸 알게 된 후 나도 꼭지를 대할 때 유정 씨의 눈치를 살펴야 했다. 그렇다보니 여간 스트레스가 아니었다. 오늘이야말로 꼭지의 기를 꺾어놓을 절호의 찬스였다. 내가 꼭지를 부른 것도 아니니 나중에 유정 씨가 알더라도 엄마 핑계를 대면 그만이었다. 너무 강압적으로만 나갔다가 밥상도 차리기 전에 뛰쳐 나가버리면 곤란했다. 우선 호칭으로 서열을 확실하게 해두고 싶었다.

"마침 배도 고프고 심심하던 참인데 니가 찾아오니까 반가운 마음에 헛소리가 다 나오네. 근데 너 오빠 없지?

내가 오빠 해줄까?"

"오빠 같은 거 필요 없어요."

어찌나 쌀쌀맞은지 평화롭게 유영하던 집안 공기가 착 가라앉으면서 뒤통수가 싸늘해졌다. 그녀 성질머리에 감동까지는 애초에 바라지도 않았다. 아무리 그래도 제가 하늘처럼 여기는 유정 씨의 하나밖에 없는 손자가 그렇게까지 배려를 해주면 못 이기는 척 고개라도 끄덕여 줄줄 알았다. 혹시 동영상에 대해 알고 저러는 건가? 설마, 그럴 리가 없다. 그렇다면 유정 씨도 알았을 테고 그녀가 내색하지 않고 외출했을 리가 없다. 나는 잠시나마 겁을 집어먹고 쫄았던 스스로에게 부아가 치밀어 올랐다.

"나도 니 오빠 노릇하고 싶은 생각 없거든. 내가 너보다 나이가 많으니까 그냥 오빠라고 부르란 뜻이야."

"오빠도 아닌데 어떻게 오빠라고 불러요."

"다른 여자애들은 다 그렇게 불러."

"다른 애들 따라하고 싶지 않아요."

"무슨 애가 배배 꼬여가지고는. 너 왕따지."

"백수도 만만찮은 왕따잖아요."

꼭지는 한마디도 지지 않았다. 상경한 지 일 년도 채 안 됐는데 말꼬리를 길게 늘이는 사투리도 온데간데없이 간결했다. 석태는 대구에서 중학생 때 올라왔다는 데도 흥분하면 경상도 사투리가 튀어나오는데 말이다. 어느 땐 촌구석에서 차별받고 자란 애 맞나 싶었다. 대체 저 박꼭지의 정체는 무엇일까. 나는 점점 그녀가 의심스러워졌다.

"됐으니까 얼른 밥이나 차려."

그녀가 찌개 냄비를 열었다 닫더니 가스레인지의 불을 켰다. 나는 손을 씻으러 화장실로 가다 말고 주방으로 되돌아섰다. 가뜩이나 불만이 많은 그녀가 밥그릇에 침이라도 뱉을까 봐 찜찜했다. 아니나 다를까 꼭지가 행주로 식탁을 닦으면서 구시렁거렸다.

"하는 일도 없이 빈둥거리면서 해놓은 밥 좀 챙겨 먹으면 손모가지가 부러지기라도 한대? 사지 멀쩡한 놈이 바쁜 지 엄마한테 배고프다고 징징거리기나 하고. 저 재수탱이 땜에 나만 과외 늦게 생겼네. 암튼 저런 싸가지를 손자라고 둔 유정 씨만 불쌍하지. 얄미운데 침이나 캭 뱉어버릴까 보다."

예감은 항상 나쁜 쪽으로만 들어맞는다. 나는 꼭지의 등 뒤로 다가가서 귓속말로 물었다.

"방금 뭐라고 했냐?"

엄마야, 하고 돌아서려는 그녀의 양 어깨를 잡아 눌렀다. 두 손으로 행주를 움켜쥔 그녀의 몸이 빳빳하게 굳었다.

"석태가 너 보고 싶어하더라. 부를까?"

뜻밖에도 그녀의 몸에서 긴장이 풀어지는 게 느껴졌다. 석태의 이름을 듣고도 이렇게 침착한 걸 보니 간이 어지간히 커지긴 한 모양이었다.

석태가 꼭지를 본 건 지난 가을이었다. 건달들과 술집에 갔다가 사업하는 아버지가 몰래 만나는 여자와 함께 있는 장면을 목격한 그가 엄마에게는 비밀로 한다는 명목으로 목돈을 받아냈다며 나를 찾아왔다. 우린 백수 신분에 어울리지 않게 한우 고기에 술까지 거나하게 마셨다. 기분이 한껏 고양된 나는 이차를 가자는 석태를 이끌고 꼭지가 다니는 대학 캠퍼스로 향했다. 백수 처지에 '한우'에 맞먹는 이차를 쏠 돈도 없었다. 취기로 몽롱해진 상태에 가을 밤바람까지 쐬고 나니 석태에게 꼭지를 소개시켜주고 싶어졌다. '한우'에 대한 보답 차원에서나, 밉살스러운 꼭지를 곤경에 빠뜨릴 수도 있다는 차원에서나 내 나름 절묘한 생각이었다. 내가 아는 한 누구든 석태한테 찍혀서 무사할 수 없었다. 꼭지가 석태에게 고분고분할 리가 없었고 그런 꼭지를 예쁘게 봐줄 석태도 아니었다.

중간고사 기간이라 그런지 캠퍼스는 늦은 시간인데도 분주한 분위기였다. 도서관 앞 벤치에 앉아 맥주 한 캔을 다 비워갈 무렵 꼭지가 우리 앞을 지나갔다. 시험 기간에 그녀는 학교 도서관에서 공부하다 알바 시간에 맞춰 카페로 출근했다. 내가 아는 체를 하자 그녀가 건성으로 고개를 까딱하고는 잰걸음으로 멀어져갔다. 하지만 상관없었다. 중요한 건 석태가 그녀를 봤다는 거였다. 예상대로 석태가 누구냐고 눈짓으로 물었다.

— 우리 집에 얹혀사는 앤데 보다시피 좀 뺏뺏해. 소개시켜 줄까? 촌년인데 나름 재밌거든.

나는 얻어먹은 것에 대한 답례로 그녀에 대한 정보를 자세하게 알려주었다. 특히 왜 이름이 박꼭지가 됐는지를.

'박꼭지'는 그녀의 할머니 김언년이 지어준 이름이었다. 노총각 박복환이 베트남 아가씨 꾸웬과 결혼하여 그녀를 낳았다. 꼭지는 춘분을 앞두고 태어났는데 농사꾼들 입장에서는 파종에 대비해 거름을 내고 땅 뒤집기를 하느라 한창 바쁜 시기였다. 복환은 동네 사람들과 돌아가며 품앗이를 해야 되는 입장이라 출생 신고를 하러 면사무소까지 갈 겨를이 없었다. 머나먼 이국땅에 시집와 딸을 낳았는데도 출생 신고를 하지 않는 것에 불만을 품은 꾸웬이 당장 출생 신고를 해주지 않으면 아이를 데리고 베트남으로 돌아가 버리겠다고 떼를 썼다. 할 수 없이 복환은 언년에게 부탁을 했다.

— 어렵더래두 엄니가 읍내를 좀 댕겨오시야 쓰겄네유.

— 뭐시여? 새파란 여편네랑 하냥 사니께 늙은 에미는 눈에 뵈두 않는겨?

— 아따, 엄니는 어째 폭폭헌 소리만 혀싸신대유. 막 말루다가 뀐이 언내 데리고 달아나뻔지문 좋겄슈? 지는 인자 뀐 읎신 못살어유.

— 허이구, 눈꼴 시려라.

손자가 태어나기를 학수고대했던 언년은 까짓 쓸모없는 손녀딸을 데리고 가거나 말거나 상관하고 싶지 않았지만, 평생 일궈먹던 밭뙈기를 떼어 팔아 결혼시킨 아들이 홀아비 신세가 될까봐 겁이 났다. 가뜩이나 제 아내한테 푹 빠져 사는 복환이 나쁜 마음을 먹을지도 모르는 일이었다. 언년은 이게 다 뀐인지 꿩인지가 어린 나이를 내세워 나이 든 서방한테 여우 짓을 해서 그런 거라고 생각했다.

언년은 아직은 뼛속을 파고드는 이른 봄바람을 맞받으며 십 리 길을 걸어 면사무소까지 갈 생각을 하니 부아가 치밀었다. 이미 장롱 깊숙이 들어간 솜바지를 도로 꺼내 입을 수도 없었다. 이래저래 심사가 꼬인 그녀는 아들 부부한테 딸아이 이름은 뭐로 할 것이냐고 묻지도 않고 훌쩍 집을 나섰다. 무학인 언년을 위해 대신 출생 신고서를 작성해주던 면사무소의 담당자가 손녀딸의 이름이 어떻게 되냐고 물었다. 거친 숨을 몰아쉬며 끊어질 듯 아픈 등허리에 주먹질을 해대던 언년이 퉁명스럽게 말했다.

— 어채피 넘의 집 사램 될 딸년 이름이 뭐면 워띠우. 그짝이 알아서 적당히 져 주슈.

담당자는 그래도 남의 손녀딸 이름을 어떻게 아무 상관도 없는 자신이 지을 수가 있냐며 혹시 아이의 부모가 지어놓은 이름이 있지 않느냐고 물었다. 언년은 애 아범은 농사일이 바빠서 딸년 이름까지 생각할 형편이 못 되고, 동남안지 동냥아친지 하는 나라에서 시집 온 '퀀'인지 '꿩'인지는 더욱 그럴 사정이 안 되니 더 이상 말시키지 말고 얼른 출생 신고나 해 달라고 딱 잘라 말했다. 담당자는 괜히 남의 일에 관여했다가 구설수에 오르고 싶지 않아 어떻게든 할머니가 잘 생각해 지어보시라고 권했다. 남의 손녀딸 이름을 욕 안 먹을 수준으로 지을 자신도 없었다.

— 얼래, 그 냥반 참 별것두 아닌 것 갖고 사람 성가시럽게 혀쌌네. 내 이름은 언년이요. 친정 할아버지가 첫 울음소리로 지지배라는 걸 알고 당신 집안이서 이름값 헐 일 없는 '언 년(어떤 년)'이 태어났다고 그 자리서 졌답디다. 헌디도 나는 이름 갖고 원망 한 번 안 혔단게. 입때껏 살믄서 이름 땜시 낭패 본 일이 없었은게. 평상 이름 쓸 일 없는 팔자로 타고났으니께 헐 수 없잖유. 안 그려도 자손 귀헌 집안이구만, 어째피 한시상 살어갈라문지도 신간 편허고, 집안 좋은 일 쪼깨 시키느라고 거 머

시냐 넘들 다 달고 나오는 꼭따리 하나 척 허니 달고 나오문, 항렬 따서 이름도 딱 맞게 지어주고 좀 좋냔 말유.

담당자는 가락까지 붙여가며 손녀딸 본 신세 한탄을 하는 할머니를 어떡하든 잘 설득하여 갓 태어난 아이가 커서 부모를 원망하는 사태를 막고 싶었다.

— 할머니 심정은 알겄는디유, 기왕 딸로 태어났으니께 곱게 자라서 좋은 냄편 만나 떵떵거리문서 살라고 이뻐고 좋은 이름으로다가 지어주시지유. 요새는 세상이 좋아져서 아들 딸 차별이 있는 것두 아니구유.

— 암만 시상이 바뀌어두 집안 대를 이슬라문 아들이 첫자지유. 애 아범도 외동이라 깨딱허다가는 대가 끊기게 생겼는디 시방. 시상 읎서두 담번이는 손자를 봐야닝게 거 머시냐 옳거니, 꼭따리라고 지슈. 꼭따리 달린 동상보라고. 갸 애비가 박 씨니께 박꼭따리라고 얼른 쓰슈.

— 할머니, 요새 애기들은 이름을 그렇게 함부러 져주믄 야중에 난리난단게유.

— 난리는 왜정 때고 육이오 때고 숱허게 적꺼봤으니께 그짝이서 걱정헐 거 없구유, 나는 시방 그리 알구 이만 갈튜.

꼼짝없이 악역을 맡게 된 담당자는 쌩하니 멀어져가는 언년의 뒤통수에 대고 다급하게 외쳤다.

— 정 그러시면 꼭따리는 사투리니께 표준말로다가

올릴게유?

이미 출입문 밖으로 빠져나간 할머니를 물끄러미 바라보고 있던 그는, 나는 분명 물어봤은게, 라고 혼잣말을 한 뒤 출생 신고서 이름난에 '박꼭지'라고 또박또박 써 넣었다. 뒤늦게 꼭따리가 꼭지로 둔갑한 걸 알게 된 언년은 '꿩'이 또 딸을 낳으면 '베락 맞어 뒈질' 것이라고 악담을 퍼부었다. '꼭지'는 왠지 낯설고 입에 착 달라붙질 않아 삼신할매가 알아듣지 못하면 어쩔 거냐는 거였다. 그래서인지 몰라도 꾸웬은 다음 해 겨울에 또 딸을 낳았다. 언년은 노발대발하며 면사무소에 불을 싸지른다고 펄펄 뛰다가 그러기만 하면 농약을 마시겠다는 복환의 협박에 마지못해 주저앉았다.

다행히 농한기에 태어난 둘째 딸의 출생 신고를 하러 간 복환은 첫째의 이름자를 넣어 예쁘게 지어주기로 마음먹었다. '꼭'자를 넣어 예쁜 이름이 나오기는 틀렸으니 '지'자를 붙들고 한참을 고민하고 있었는데, 마침 이웃 마을에 사는 사람이 자기네 소가 어젯밤에 암송아지를 낳았다며 동네 잔치를 한다는 소리를 들었다. 또 딸을 낳았다고 언년한테 지청구를 귀가 따갑게 들었던 그로서는 암송아지를 낳은 소가 여간 부러운 게 아니었다.

'우리 딸들은 송아지보다 못한 팔자로세.'

그의 입에서 송아지보다 못한 대접을 받으며 자랄 딸

들이 가엾은 생각에 신세 한탄이 절로 나왔다.

'차라리 저 사람 송아지로 태어나지 왜 해필 못난 애비 딸로 태어난 겨.'

그가 출생 신고서의 이름난을 들여다보며 한숨을 내쉬다가 돌연 머리를 주억거렸다. 천덕꾸러기로 태어난 딸아이에게 이웃 마을에 경사를 몰고 온 '송아지'라는 이름을 붙여주면 좋겠다는 생각에서였다. 큰딸의 이름자를 따서 짓겠다는 원래의 목적도 이루게 되니 도랑 치고 가재 잡는 격이었다. 그는 이름난에 '송아지'라고 정성 들여 써넣고 난 후에야 자신이 박 씨라는 걸 깨달았다. 화들짝 놀란 그가 '송' 자 앞에 '박' 자를 써 넣었는데 이번에는 이름이 네 자나 되는 게 걸렸다. 이름이 꼭 세 자일 필요는 없다는 것쯤은 그도 알았지만 두 딸 이름을 위아래로 나란히 써 놓았을 때 작은딸 이름자 하나가 툭 튀어나온다는 게 영 개운치가 않았다. 당장 지워버리고 새로 쓸 요량으로 담당자한테 지우개를 빌려달라고 했다가 함부로 지우지 못하게 하려고 볼펜을 준건데 지우개를 찾아 뭣에 쓰려고 하느냐는 핀잔을 들었다. 고심 끝에 그는 볼펜으로 '송'자를 새까맣게 칠했다. 그렇게 '송'자를 지우고 보니 '송아지'보다 그냥 '아지'가 훨씬 예뻤다. 그는 싱글벙글하며 '박 [illegible]아지'라고 쓰인 출생 신고서를 담당자에게 제출했다. 담당자의 지시대로 까맣게 칠한 부분에 지

장을 찍으면서도 빨리 꾸웬에게 달려가 알리고 싶어 다리가 근질근질했다.

그날 밤 부부는 둘째 딸에게 예쁜 이름을 지어준 것에 격양되어 아기를 품에 안고 아지야, 아지야, 부르다가 무심코 '바가지' 하고는 깜짝 놀랐다. 출생 신고서를 제출하면서도 '송'자를 지운 [illegible]에 가려 성과 이름을 붙여 발음해보지 못했던 탓이었다. 그 바람에 두 딸이 커서 나란히 학교에 다닐 때, 언니는 '바가지에 붙은 박꼭지'로, 동생은 '꼭지 떨어진 바가지'라는 별명으로 놀림을 받았다. 그런데도 꼭지는 꾸웬의 부탁으로 아지에게 꼭 붙어 다니면서 챙겼고, 아지는 언니가 귀찮다며 도망 다니기 바빴다.

복환과 꾸웬은 기어코 아들을 낳아야 한다는 언년의 성화에 못 이겨 세 번째 아이를 가졌는데 태명부터 아예 '만'자 항렬을 따 '박수만'이라고 지어놓았다. 이번에는 무슨 일이 있어도 아들을 낳아 '박수'만 받는 사내대장부로 키워야 한다는 언년의 의지였다. 태명 덕분인지 셋째는 아들이었다. 그 후로 꼭지와 아지는 남동생한테 박수받치는 찬밥 신세가 되었다.

그날 이후 석태는 수시로 꼭지 주변을 얼쩡거렸고, 꼭지는 그런 석태를 피해 다니느라 전전긍긍했다. 하지만 나는 언젠가는 꼭지가 석태의 덫에 걸릴 거라는 걸 확신했다. 그래서 즐겨보던 범죄 드라마의 새로운 시즌을 기다리는 것만큼이나 기대가 컸다. 그가 마음만 먹는다면 박꼭지 정도야 쥐도 새도 모르게 요절을 내고도 남지 싶었다. 역시나 그는 나의 기대를 저버리지 않았다. 내가 생동감 넘치는 나만의 동영상을 갖게 된 것도 다 석태 덕분이었다. 한데 그 소중한 동영상이 석태와 함께 사라진 것이다. 그것은 함부로 사라져서도, 석태가 봐서도 절대 안 되는 '작품'이었다. 스마트폰에 잠금 장치를 안 해놓은 게 제일 후회가 됐다. 밖에 나다닐 일이 없으니 분실할 일도 누가 훔쳐볼 일도 없을 거라고 안이하게 생각한 탓이다. 우리 집 여자들은 믿어도 석태까지 믿으면 안 되는 거였다. 그 자식은 무슨 일을 저질러도 놀랍지 않을 인간이었다. 꼭지가 석태를 부르겠다는 엄포에 바짝 주눅이 들었는지 기어들어가는 소리를 했다.

"놔 줘요, 밥 차리게."

밥 얘기가 나오자 기다렸다는 듯 뱃속에서 꼬르륵 소리가 났다.

"그래, 일단 먹고 보자."

나는 못 이기는 척 손아귀의 힘을 풀고 한 발 물러섰다. 그녀가 냉장고에서 밑반찬을 꺼내 식탁에 늘어놓은 다음 냄비 받침 위에 보글보글 끓는 찌개 냄비를 옮겨 놓은 후 전기밥솥을 열었다.

“꼭따라, 뒤에서 지켜보고 있으니까 밥그릇에 침 뱉지 마라.”

나는 멸치볶음에서 삐죽이 튀어나온 멸치 똥을 가려내며 말했다. 근래 들어 유정 씨는 내가 멸치 똥을 싫어하는 걸 뻔히 알면서도 통째 그냥 볶았다. 불만을 터뜨리면 멸치는 통째로 먹어야 몸에 좋다며 단박에 무질렀다.

— 잔 멸치도 아니고 미꾸라지만 한 멸치 똥을 어떻게 먹어.

— 꼭꼭 씹어서 먹어. 다 살이 되고 피가 되는 거니까.

나는 유정 씨가 언제부터 돌변했는지 가늠이 되지 않았다. 귀한 손주 식성에 맞춘다고 똥뿐만이 아니라 머리까지 떼어 달달하게 볶아주던 그녀였다. 그런데 언제부턴가 국물용으로나 쓸 멸치를 볶음용으로 둔갑시켜 놓곤 한 마리를 먹더라도 큼직한 걸 먹어야 먹은 것 같아서, 라는 억지를 늘어놓았다. 밥을 푸는 꼭지의 뒤통수를 보다가 문득 아무래도 저 애가 들어오면서 이상한 조짐이 생긴 거 아닌가 싶었다. 괜히 오버하는 것일 수도 있지만 말이다.

꼭지가 밥그릇을 내 앞에 탁, 내려놓았다. 여전히 주눅 든 표정인데 하는 말은 가시가 돋쳐 있었다.

“그쪽 그러는 거 보면 우리 할머니 생각이 나요. 심술

맞고 야멸차고 자기보다 센 사람 앞에선 꼼짝 못 하면서 약한 사람 무시하는 거. 어째 키워준 유정 씨 안 닮고 마주친 적도 없는 시골 할머니를 닮았나 몰라."

"너 나한테 관심 있었냐?"

"설마요. 이나마 상대해주는 것도 유정 씨 덕분인 줄이나 아세요."

"말끝마다 유정 씨, 유정 씨 하면 내가 겁낼 줄 아냐? 그리고 유정 씨가 유별난 거야. 너네 할머니랑 나는 그냥 평범한 거고. 암튼 유정 씬 다 좋은데 여자들 기를 너무 살려놔서 탈이라니까. 자기도 남자 꽤나 밝히면서 말야."

"무슨 말을 그렇게 해요? 설거지는 직접 해요."

그녀가 소리를 빽 지르고는 벗어놨던 외투를 집어 들었다.

"무슨 여자애가 목소리가 그렇게 크냐. 남자들 목소리 큰 여잔 질색인데. 하여간 여자는 젖탱이하고 엉덩이만 크면 되는데 말야. 요즘 여자애들은 도대체가 여자로서의 미덕이라고는 눈을 씻고 봐도 없단 말야. 보아하니 너도 시집 잘 가긴 글러먹은 거 같다."

나는 혀를 끌끌 차며 그녀의 삐쩍 마른 몸을 위아래로 훑었다. 약이 빠짝 오른 꼭지가 떨리는 목소리로 반격했다.

"그거 성희롱인 거 알아요? 나한테 그러는 거 반드시

후회할 날이 올 테니까 두고 보세요."

"왜, 유정 씨한테 이르기라도 하게? 누가 보면 니가 이 집 손녀인 줄 알겠다."

"유정 씨 손자인 게 무슨 벼슬이라도 되는 줄 알아요?"

"그럼 언년 씨 손녀가 벼슬이냐? 그래서 이름이 박꼭지구만. 너 내 이름이 귀랑이라는 거 잊었냐? 공부도 잘했다면서 무슨 뜻인지 몰라?"

'귀랑貴郞'이란 이름은 아비도 없이 귀한 아들이 태어났다고 엄마가 고심 끝에 지었다. 유정 씨가 요즘 애들 이름을 누가 그렇게 촌스럽게 짓냐며 핀잔을 줬지만 엄마는 물러서지 않았다. 나 또한 남들의 반응이야 어떻든 내 이름이 싫지 않았다. 하지만 이렇게까지 요긴하게 써먹을 날이 올 줄은 몰랐다. 유정 씨와 다르게 엄마는 언제나 내 편이었다.

꼭지가 곧 울 것 같은 표정으로 입을 씰룩거렸다. 나는 내친김에 밋밋한 그녀의 젖가슴을 노골적으로 쳐다보며 염장을 질렀다.

"너무 열 받지 마라. 덜 자란 박, 꼭지 떨어질라."

"저질."

그녀가 한마디 내뱉고는 외투와 털목도리와 장갑을 싸잡아 들었다. 이 강추위에 외투 입을 사이도 없는 걸 보니 나랑 같은 공간에서 단 일 초도 머물고 싶지 않은

가 보았다. 그렇다면 내 의도가 제대로 먹힌 거다. 여자들에게 성적 수치심을 주면서 성취감을 느끼는 건 건강한 남자들의 본능이니까 죄의식 따위 느낄 필요 없다고 배운 게 중딩 땐지 고딩 땐지 기억도 나지 않는다. 어쩌면 여자애들의 치마를 들추며 뛰어놀던 초딩 때부터였는지도 모른다.

싱글맘인 엄마는 유정 씨의 경제력을 등에 업고 나의 뒷바라지에 열과 성을 다했다. 유치원 때부터 대입 때까지 극성스러운 엄마들과 몰려다니면서 정보를 공유하고 학교 일에 간섭했다. 일명 '헬리콥터맘'이라고 했는데 예전으로 치면 '치맛바람' 정도다. 아이들도 당연히 끼리끼리 어울렸고 말썽을 피우고도 이리저리 빠져나가는 특권을 누렸다. 자식 일에 비교적 무관심한 부모를 가진 아이들은 그런 우리를 '마마보이'라며 아니꼽게 봤다. 그런 시기 어린 시선에 수치심을 느끼는 까칠한 아이들도 있었지만 나는 엄마의 극성이 체질에 딱 맞았다. 간혹 도가 지나쳐 유정 씨를 자극하기도 했지만 엄마가 버티고 있는 한 나는 집 안에서도 안전했다.

유치원 때부터 산만하다는 소리를 들었던 나는 초등학생이 되자 몸에 밴 장난기가 시간과 장소를 가리지 않고 발동했다. 잠시라도 가만히 있으면 몸이 근질근질해 견딜 수 없었다. 남자애들과 주먹질을 하다가 서로 코피를 터뜨리는 것도 하루 이틀이지 까딱하다가는 골병들어 죽을 지경이었다. 내 몸이 상하지 않게 괴롭힐 수 있는 대상을 골라야 했다. 역시 만만한 상대는 여자애들뿐이었다. 그중에서도 특히 예쁜 여자애들을 골려먹는 게 재미도 있을뿐더러 안전하기도 했다. 지금이야 어림도 없는 얘기지만 그때까지만 해도 '예뻐서 그랬다'고 하면 웬만한 건 무사통과였다. 저학년 놀이로 전통을 자랑하는 '치마 들추기'는 건강한 사내애들의 특권에 속했다. 대부분의 여자애들도 디엔에이에 각인돼서인지 얼굴을 가리고 울기만 할 뿐 담임이나 엄마한테 이르지도 않았다. 어쩌다 당차게 고자질을 하는 애들도 있었지만 교사도 부모도 크게 문제 삼지 않았다. 피해 당사자가 유난스레 법석을 떨 경우에도 엄마들끼리 만나서 훈훈하게 해결을 봤다.

— 예쁜 여자애한테 관심을 끌고 싶은데 요령부득이다 보니 짓궂은 장난을 좀 쳤나 봐요. 아시다시피 우리 애 인물도 빠지지 않잖아요. 애가 눈이 높아서 웬만한 여자애는 거들떠보지도 않는데 따님이 너무 예뻐서 눈에 콩깍지가 꼈나 봐요. 글쎄 만화 영화에 나오는 공주님같이 생겨서 진짜 사람인지 확인해보고 싶었다네요. 댁에도 아드님이 있다니까 아시겠지만 사내애들 호기심 못 말리잖아요. 그나저나 아역 배우 오디션에 내보내보지 그러

세요? 자기 주장이 확실하고 당찬데다 엄마를 닮아서 얼굴이 조막만 한 게 화면발도 잘 받을 것 같구만. 어머, 이럴 게 아니라 미리 싸인 받아놔야 되는 거 아닌가 몰라.

— 아유, 입에 발린 말씀이라는 걸 알면서도 기분이 나쁘진 않네요. 사실 우리 애가 어릴 때부터 워낙 귀찮게 구는 남자애들이 많아서 좀 예민해요. 너무 예쁜 것도 탈이라니까. 가뜩이나 여자애 키우기 힘든 세상이잖아요. 앞으로 좋으면 좋다고 말로 하라고 하세요. 못된 애들 접근 못 하게 보디가드 노릇도 좀 해주고요.

— 당연하죠. 우리 애가 다른 건 몰라도 제 여자는 확실하게 지킬 겁니다, 호호.

— 애들 말은 들어보지도 않고 너무 나가시는 거 아니에요? 이러다 사돈 맺자는 말 나오겠네.

— 못 할 것도 없죠. 까짓 거 말난 김에 사돈 맺읍시다. 하하.

엄마는 고급 레스토랑에서 식사 대접을 하며 마음에도 없는 호들갑을 떨어댔다. 집에 와서는 내게 눈을 흘기면서도 유정 씨한테는 비밀로 하라고 입단속을 시켰다.

고학년으로 올라가면서 엉덩이가 커진 여자애들은 치마를 잘 입지 않았다. 치마를 입는 경우에도 성숙한 여자애들의 치마를 들추기엔 왠지 부담스러웠다. 그렇다고 장난을 그만두자니 학교 생활이 너무 밋밋했다. 그래서 생각해낸 게 만만해 보이는 여자애들을 골라 봉긋하게 솟아오르기 시작한 젖가슴을 손가락으로 찌르고 도망치는 거였다. 갑자기 습격을 당한 애들은 주저앉아 울음을 터뜨리거나 불같이 화를 내면서 욕을 해대기도 했다. 하지만 어른들 귀에 들어가 벌을 받는 일은 생기지 않았다.

우리 패거리들은 더욱 의기양양해져서 공격 대상의 범위를 넓혀갔다. 그러다가 여성단체 활동가의 딸을 건드리는 바람에 일이 커지는 사건이 발생했다. 정의감 충만한 활동가는 제 아이를 놀린 것만 응징하는 걸로 끝내고 싶어하지 않았다. 전교 여학생들을 대상으로 설문조사까지 해서 그동안 당하고도 말 못 한 피해자들의 사례를 수집했다. 그러고는 학교 폭력을 방관한 교장을 교육부에 고발하고 언론에 공개하겠다고 설레발을 쳤다. 궁지에 몰린 학교 측에서는 부랴부랴 범인 색출에 나섰다. 한데 범인 대부분이 '극성맘'들의 자식들이라는 걸 알고 난감해했다. 그중에서도 나는 주동자로 찍혀서 엄마가 선두에 서서 '자식 구하기 프로젝트'에 나서야 했다.

활동가가 속한 여성 단체에 드나들며 봉사 활동을 하고 학교에 거액의 장학금을 기부하기도 했다. 피해자 부모한테 찾아가 싹싹 비는 것도 엄마들의 몫이었다. 덕분에 우리는 피해자들한테 사과하는 걸로 면죄부를 받을 수 있었다. 대신 반성문을 스무 장씩 써서 제출하고 한 달동안의 화장실 청소가 벌로 주어졌다. 하지만 우리들은 전혀 피해를 보지 않았다. 반성문은 글쓰기에 소질 있는 엄마들이 써준 것을 베껴 제출했고 화장실 청소도 자식 사랑이 차고 넘치는 엄마들이 돌아가며 대신했다. 한 가지 아쉬웠던 건 유정 씨의 귀에까지 들어가는 바람에 하룻밤을 꼬박 마당에 꿇어앉아 벌을 섰다는 거다.

어릴 때부터 꽃미남이라는 말을 듣고 자랐던 나는 중학교에 진학하자마자 여자애들이 줄을 설 정도로 인기가 많았다. 타 학교에서도 나를 보려고 찾아오는 여학생들이 있을 정도였다. 콧대가 하늘로 치솟았던 내게 웬만한 여자는 눈에 들어오지도 않았다. 허구한 날 죽이 맞는 애들끼리 짝지어 다니며 놀기에 바빴다. 공부를 하러 학교에 왔다가 나 때문에 놀기만 하다 집에 가는 여학생들이 늘기 시작했다. 그런 여학생들과 어울리다가 성적이 곤두박질치는 남학생들도 많아졌다. 하지만 전적으로 내 탓만은 아니었다. 공부보다는 노는 게 훨씬 쉽고 재미있다는 게 문제라면 문제였다. 그런데 마냥 노는 것도 쉽지만은 않은가 보았다. 노는 데 싫증을 느끼고 다시 공부에 매진하는 녀석도 간혹 생겼다. 나는 '노는 그룹'에 진입한 친구들이 이탈하는 불상사를 막기 위해 나름 머리를 써야 했다. 무엇보다 남녀 비율이 중요했다. 남자에 비해 여자가 너무 많으면 긴장감이 떨어져 분위기가 시들해졌다. 반대의 경우엔 너무 살벌해져 불안했다. 그렇다고 너무 짝이 맞으면 소개팅 분위기로 흘러 맥이 빠졌다. 그 바닥에 딱히 정해진 황금 비율이 있는 것도 아니어서 늘 신경이 쓰였다. 상황에 따라 분위기를 잘 파악해 적정 성비를 맞춰야 했다. 그런 의미에서 나를 쫓아다니는 여자애들은 요긴했다. 적당히 비위를 맞추며 사귀다가 인물별로 점수를 매겨 적재적소에 투입시키고 빼냈다. 더러는 충성도 높은 친구와 엮어주기도 했다. '뚜쟁이'라며 욕을 퍼붓고 떠나는 치도 있었지만 나 좋다는 여자들은 얼마든지 있으니 상관없었다.

한번은 별로 예쁘지도 않은 애가 내 주변을 맴돌며 치근덕거렸다. 친구들이 기다렸다는 듯 눈 높은 척은 혼자 다하더니 잡식성이 됐냐며 놀려댔다. 나는 창피했지만 대놓고 화를 낼 수도 없어서 '편식은 정신 건강에 해롭다'며 눙치고 넘어갔다. 그런데 여자애는 눈치도 없이 나만 보면 방실방실 웃으며 손을 흔들어 댔다. 참다못한 나는 별명이 '방실이'가 돼 버린 여자애를 요긴하게 써먹기로 마음먹었다.

— 니들 내가 차린 밥상에 숟가락 한번 얹어볼래? 뭐 진수성찬은 아니지만.

— 편식은 정신 건강에 해롭다며 새꺄.

친구들이 호기심에 가득 찬 얼굴로 눈알을 굴렸다. 나는 부모님이 동생을 데리고 해외 여행을 떠난 친구 집에 '방실이'를 초대했다. 좀 이른 감은 있어도 노는 애들한테 술과 담배는 기본인 나이었다. 그런데 방실이한테는 낯선 모양이었다. 담배 연기를 얼굴에 대고 후, 불었더니 눈물까지 찔끔거리며 기침을 해댔다. 술도 입에 대보지 않았다고 했다. 하지만 음악과 춤만으로도 분위기가 무르익었고 열기는 뜨거웠다.

나의 친절에 기분이 좋아진 방실이는 사이다에 소주를, 환타에 맥주를 조금씩 섞어줘도 기꺼이 마시며 분위기를 맞춰주었다. 나중에는 아예 소맥을 권해도 '원샷'을 때렸다. 친구들은 그런 그녀에게 '최고'를 외치며 박수갈채를 보냈다. 방실이는 그 와중에도 틈틈이 나를 쳐다보곤 했는데 그때마다 나도 씩, 웃으며 '엄지 척'을 해주었다. 취기가 오른 그녀는 점점 이성을 잃어갔고 나중에는 자신이 무슨 짓을 당하고 있는지조차 깨닫지 못했다. 새벽녘에야 정신을 차린 방실이가 옷이 풀어헤쳐진 자신을 발견하고 비명을 질렀다. 나는 당연히 방실이 근처에도 가지 않았다. 대신 휴대폰으로 동영상을 찍었다. 함부로 입을 놀리면 학교에 퍼뜨리겠다는 협박용이었다. 말 그대로 협박용일 뿐 그때까지만 해도 순진한 편이었던 나는 유포할 생각은 없었다. 나를 바라보는 방실이의 표정이 불쌍하기도 하고 찜찜하기도 해서 금방 지워버리기까지 했다. 그런데 다음날 하굣길에 교문을 나서기도 전에 그녀가 불쑥 나타나서 외치는 거였다.

— 유귀랑 나는 너 때문에 죽는 거야.

— 뭐…….

내가 대꾸할 사이도 없이 다짜고짜 면도날로 제 팔목을 긋더니 비명을 질러대다 입에 거품을 물고 쓰러졌다. 그녀는 나 때문에 죽으려고 한 게 아니라 나를 죽이려고 찾아온 거였다. 운동장으로 쏟아져 나오던 학생들이 순식간에 벌떼처럼 몰려들었다. 마침 교무실에서 하교하는 학생들을 내다보고 있던 약삭빠른 교감이 잽싸게 뛰어나와 흥분한 학생들을 교문 안으로 몰아넣고 교문을 잠가버렸다. 눈치 빠른 학생 주임이 뒤따라 나와 '전화 사용 금지!'를 외치며 눈에 띄는 휴대폰을 닥치는 대로 압수했다. 교감의 호출을 받은 양호 교사가 뛰어나와 응급 처지를 하고 대기하고 있던 승용차에 태워 인근 병원으로 이송했다. 교무 주임의 지시를 받은 담임 교사들이 우르르 몰려나와 운동장에 흩어져 있는 제 반 학생들을 몰고 교실로 들어갔다. 운동장에 남은 학생은 교복에 튄 피를 보며 그대로 얼어붙은 우리 패거리들뿐이었다. 교장의 호출을 받은 교감이 끙, 신음소리를 내뱉고 자리를 뜬 뒤 우리는 학생 주임이 휘두르는 지시봉을 피해가며 교무실로 끌려갔다.

하지만 이번에도 '극성맘'들의 활약으로 무사히 넘길 수 있었다. 잘생긴 얼굴 때문에 여자애들이 꼬여서 우리 아들도 피해자라는 엄마의 주장이었다. 평소 그 애가 나를 따라다녔다는 증언도 잇따랐다. 그리고 나는 그 애를 건드리지도 않았다는 사실에 초점을 맞췄다. 당시엔 영상을 찍는 게 크게 범죄가 되지도 않았다. 게다가 유포하기 전에 삭제해 버려 증거물도 남지 않았다. 다만 그 애가 나로 인해 파티에 참석했고 '전교생이 알게 될까 봐' 두려워 자살 기도를 했다는 진술이 내 발목을 잡았다. 다른 엄마들도 할 말이 많았다.

— 남자애들끼리 노는데 여자애가 싫다는 귀랑이를 따라와 어쩔 수 없이 끼워줬다더라.

— 여자애가 겁도 없이 권하지도 않은 술을 마시고 해롱거리는 바람에 혈기 넘치는 남자애들이 충동적으로 실수를 한 거다.

— 여자애가 평소에도 워낙 헤펐다더라.

— 품행이 단정치 못한 여자애 하나 때문에 앞길을 망치게 생겼으니 우리 애들도 피해자다.

피해자 코스프레로 억울함을 호소하는 한편, 뒤로는 가능한 인맥을 동원하여 학교 관계자에게 압력을 넣었다. 학교 측에서도 사건이 교문 밖으로 빠져나갈까 봐 전전긍긍했다. 전교생에 함구령을 내리고 비상대책위원회를 구성했다. 물론 '극성맘'들이 주축이었다. 대책이라야 징계위원회에 압력을 행사하는 것뿐이었다. 앞길이 창창한 학생들이 헤픈 여자애 하나 때문에 범죄자 낙인을 찍을 수는 없다는 명분이었다. 방실이가 다니는 학교에서도 똑같은 입장인지 침묵을 지켰다. 결국엔 양쪽 학교 교장들의 주선으로 집안 형편이 어려운 방실이 부모에게 적지 않은 위로금을 지급하는 선에서 마무리됐다. 다행히 유정 씨의 귀에 들어가지 않아 집에서도 무사할 수 있었다. 카페가 한창 번성하던 시기라 그녀는 집안일까지 신경 쓸 겨를이 없었기 때문이었다.

중학교에 다니는 내내 크고 작은 '여자 사고'를 치자 엄마는 나를 남고에 입학시켰다. 하지만 나는 아쉬울 게 없었다. 어차피 학교 내에서만 노는 건 아니었다. '인 서울'이 목표인 엄마는 나를 줄기차게 학원으로 내몰았다. 학원엔 나처럼 공부하기 싫지만 억지로 떠밀려온 여학생들이 '열공'하는 학생들보다 많았다. 나는 학원에 출석 체크만 한 뒤 이런저런 핑계를 대고 빠져나가 여자애들과 어울렸다. 학생을 돈으로 보는 학원은 별로 신경 쓰지 않아도 되었다. 성가시게 굴면 학원을 옮긴다고 협박하면 그만이었다. 학생들 편에 설 학원들은 얼마든지 있었다.

고2 때 서울에서도 입시 명문으로 손꼽히는 유명 학

원의 분점이 인근 신도시에 들어섰다. 소문을 들은 엄마는 극성을 발휘하여 실력도 안 되는 나를 웃돈까지 얹어 가며 등록시켰다. 하지만 나는 인근 학교에서도 우수한 학생들만 모인 그룹에 끼여 할 수 있는 게 없었다. 분명 내가 아는 한글과 숫자로 적힌 국, 영, 수, 과학이 해독 불가능한 외계어로 들리니 가뜩이나 없던 학구열이 바닥을 쳤다.

학원비를 냈으니 가서 머릿수만 채우다 오는 나날이 계속되었다. 수업은 알아들을 수 없으니 딴 생각만 들었다. 당연히 여학생들에게 눈이 갔다. 그리고 그곳에서 난생 처음 가슴을 설레게 하는 여자애가 눈에 들어왔다. 빼어나게 예쁘진 않았지만 하얀 피부에 총명해 보이는 눈동자가 마음을 사로잡았다. 인근 남녀 공학의 교복 왼쪽 가슴에 '이다솜'이라고 쓴 명찰이 새겨져 있었다. 나는 그녀와 사귀기로 마음먹고 작업에 들어갔다. 내 꼬임에 안 넘어온 여자애가 없었으니 이번에도 자신감이 충만했다. 하지만 그녀는 내게 눈길조차 주지 않았다. 내가 옆에서 무슨 짓을 하든 공부에만 열중했다. 귀갓길에 따라가 말을 걸어도 대꾸도 없이 앞만 보고 걸었다. 나의 '추파'를 외면하는 여자애를 난생처음 맞닥뜨리자 적잖이 당황스러웠다. 뜬금없이 외롭고 서글퍼졌다. 그동안 느껴보지 못한 낯선 감정이었다. 나는 어떡하든 그녀가 나한테 관심을 갖게 하려고 무진 애를 썼다. 다솜인 그런 나를 투명 인간 취급했다.

처음에는 자존심이 상해서 도전했지만 나중에는 그 일이 나의 목표가 돼버렸다. 잠자리에 들면 무심한 다솜의 표정이 떠올라 잠들 수가 없었다. 다솜보다 훨씬 예쁘고 친절한 여자애들이 접근해왔지만 귀찮게만 느껴졌다. 내가 언제부터 인간미 없는 '지공충(지독한 공붓벌레)'을 좋아했다고 이러는지 이해할 수가 없었다.

나는 친구들한테 부지런히 '뇌물'을 먹이면서 다솜에 관한 정보를 입수했다. 그녀는 시장통에서 채소를 파는 할머니와 단둘이 살았다. 부모가 서울에서 의류 사업을 하다가 망해 큰 빚을 지고 야반도주하면서 할머니한테 맡겨졌다고 했다. 어쩌다 보내오던 양육비마저 끊겨 수년 전부터 할머니가 G산 기슭의 버려진 땅에 직접 채소를 심어서 내다 판다고 했다. 장학금을 받지 못하면 대학 진학이 어렵기 때문에 기를 쓰고 공부만 할 수밖에 없는 형편이었다. 학원비도 각 학교의 전교 1등에게 주는 전액 장학금을 받고 다닌다고 했다.

나는 어떡하든 가엾은 다솜을 돕고 싶었다. 그래서 엄마한테 공부 잘하는 다솜에게 과외를 받고 싶다고 졸랐다. 학원은 산만하여 집중할 수가 없다는 핑계를 댔다. 개인 과외를 받으면 '인 서울'을 하게 될지도 모른다는 헛소리까지 했다. 대입의 'ㄷ'자도 뻥끗하지 않던 내가 '인 서울'을 입에 올리자 엄마가 흥분했다. 당장 명문대 출신의 입시 전문 강사를 찾아보겠다며 수선을 떨었다. 모양 빠지게 동급생한테, 그것도 여자애한테 어떻게 과외를 받냐는 거였다. 나는 잠자코 있다가 유정 씨와 셋이서 앉은 식탁 앞에서 능청을 떨었다. 남녀 차별에 유난히 민감한 그녀의 도움을 받을 수 있겠다는 계산에서였다.

— 유정 씨, 왜 사람들은 남자가 여자한테 뭔가 배우면 모양 빠진다고 생각할까?

김에 밥을 큼지막하게 싸서 입어 넣고 오물거리던 엄마가 갑자기 캑캑거리며 손으로 가슴을 쳤다. 유정 씨가 컵에 물을 따라 엄마에게 건네며 가당치도 않다는 듯 말했다.

— 사람들이라는 말로 일반화시키지 마라. 못난 남자들의 못난 생각일 뿐이니까.

— 남자 아닌데. 유정 씨도 잘 아는 여잔데.

— 누구?

유정 씨가 눈을 크게 뜨고 나를 빤히 쳐다봤다. 나는 손가락으로 엄마를 가리켰다. 유정 씨의 날카로운 시선이 엄마의 얼굴에 매섭게 꽂혔다. 그새 물 한 컵을 다 비운 엄마가 아랫입술을 깨물며 내게 눈을 흘겼다.

— 얜, 내가 언제?

— 다솜이…….

— 어머머, 얘 잔머리 쓰는 것 좀 봐. 엄마, 얘가 글쎄 동급생한테, 그것도 여학생한테 과외를 받고 싶다잖아. 그게 말이 돼?

— 왜 말이 안 돼? 그 학생이 동급생 과외를 맡을 정도로 공부를 잘하나 보구만.

— 걔네 학교에서 전교 일등을 독차지 하는 애야. 근데 시장 바닥에서 채소 장사하는 할머니랑 단둘이 산대. 어차피 도움도 안 되는 학원에 바칠 돈을 그 애한테 주면 어떻겠냐고 했더니 모양 빠진다고 명문대 출신 강사를 알아본대잖아. 내 실력에 고액 과외라니 돼지 목에 진주 목걸이 아냐?

엄마와 나를 번갈아 보던 유정 씨가 나의 '자백'에 공감한다는 듯 머리를 끄덕거렸다.

— 제 주제를 잘 파악하고 있는 걸 보니 아무 생각 없이 등하교만 한 건 아닌가 보다. 공부까지 대신 해줄 거 아니면 애 하고 싶은 대로 하게 둬라.

당시만 해도 유정 씨의 경제력에 기대 살았던 엄마는 반박도 못 하고 입만 삐죽거렸다. 그렇게까지 해서 허락을 받아냈지만 막상 '동갑내기 과외'는 물건너가고 말았다. 당사자인 다솜이가 나의 제안에 전혀 관심을 보이지 않았다. 거절하는 이유라도 말해주면 대책 마련을 해

보겠으나 대화 자체가 성립되지 않으니 답답해 미칠 지경이었다. 배수진을 치는 심정으로 '일주일에 한 번만이라도 시간을 내준다면 미친 듯이 공부해서 성적을 올릴 것이며, 성적이 오르면 과외비를 올려 받을 수도 있을 거'라는 감언까지 동원했는데도 끄떡도 하지 않았다. 가난한 그녀가 돈의 유혹까지 무시할 줄은 정말 몰랐다. 더 이상 뭘 해도 안 통한다는 뜻이었다. 안 그래도 친구들한테 돌았냐, 뭘 잘못 먹었냐, 심지어는 죽을병이라도 걸렸냐, 는 근심 어린 질다를 받고 있던 참이었다. 미치지 않고서야 '어쩌다'도 아니고 '매번' 전교 1등을 하는 '지공충'에게 꽂히는 게 말이 되냐는 거였다. 비로소 설득력 있는 충고가 귀에 들어왔다. 정신을 차리고 보니 다솜이를 향해 들끓던 감정이 물거품처럼 사라져버리고 그동안의 시간 낭비와 감정 소모에 대한 피해 의식만 남았다. 어떡하든 보상을 받고 싶었다. 가난뱅이한테 돈을 뜯어내기는 글렀으니 상처라도 줘야 직성이 풀릴 것 같았다. 나는 안면을 싹 바꾸고 악담을 퍼부었다.

— 거지 같은 게 자존심만 충만해가지고 꼴값이 대박이다. 몸도 불편한 노친네 등골이나 빼먹는 개싸가지가 공부 잘한다고 출세할 것 같냐? 가난뱅이에다 인물까지 별로인 여자애가 퍽이나. 꼴에 눈만 높아가지고 시집도 못 가고 평생 잘난 놈들 따까리나 하다 인생 종 치기 딱이지.

— 나쁜 자식.

얼굴이 벌개진 그녀가 내 따귀를 후려치고 쌩하니 돌아섰다. 막 학원 수업을 마치고 쏟아져 나온 인근 학교의 학생들이 그 꼴을 보고 휘파람 섞인 야유를 퍼부어댔다. 망신도 그런 '개망신'이 없었다.

나는 패거리들을 동원하여 다솜이를 괴롭히기 시작했다. 시장 바닥에서 웅크리고 앉아 채소를 파는 할머니와 다솜이가 친구들과 어울려 떡볶이, 순대, 햄버거 먹는 걸 찍은 후 '악마 편집'하여 주변 사람들이 보게 했다. 혼잡한 버스에 접근하여 성추행하고 카메라에 담기도 하고 심지어는 학원의 여자 화장실에 몰래 들어가 있다가 볼일 보는 장면을 찍어 같은 학교 남학생들한테 보내주었다.

전교 1등을 도맡아 하는 다솜이를 재수 없어 하는 학생들이 알아서 퍼뜨려 주었다. 당사자가 알게 됐을 때는 전교생이 영상을 본 후였다. 충격을 받은 다솜의 성적이 떨어지자 교사들까지 알게 됐다. 즉시 범인 색출에 나섰지만 헛수고였다. 돌아다니는 동영상을 다운받아 봤을 뿐 누가 찍었는지는 모른다는 대답뿐이었다.

당시엔 불법 촬영 단속이 심하지 않던 때라 우리도 그다지 쫄지 않았다. 다솜이는 다음 학기에 전교 1등을 놓쳤고 장학금을 받지 못해 학원에도 나가지 못했다. 당연히 그 애랑 마주칠 일도 없었다. 나는 다른 여자애들과 어울리면서 곧바로 다솜이를 잊었다. 졸업 후에야 대학 진학을 포기하고 은행에 취직했다는 소문을 들었다. 오래전 일인데 꼭지를 보면 가끔 다솜이가 떠오른다. 그 애가 왜 내 제안을 받아들이지 않았는지는 아직도 이해 불가다.

엄마의 극성은 나의 대입에서 멈췄지만 그것도 생존 전략이 있는지 날이 갈수록 진화하여 요즘엔 대학 강의실까지 침범한단다. 자식에 대한 사랑이 넘쳐나 나라까지 뒤흔드는 정치인들을 보고서야 엄마의 극성은 아무것도 아니라는 걸 깨달았다. 사실 엄마의 극성이 멈춘 건 나의 성적이 엄마의 기대에 미치지 못했기 때문이었다. 유정 씨가 공부엔 재능도 관심도 없는 애니 헛심 빼지 말라고 그렇게 말해도 듣지 않더니 '인 서울만이라도'라는 실낱같은 희망마저 툭 끊어지자 맥없이 나가떨어졌다. 정작 당사자인 나는 대입에 낙방을 하거나 말거나 수능에서 해방된 것만으로도 날아갈 것 같았다.

내 스스로 생각해도 돈만 버리기 딱인데도 그렇게 공부하기 싫다는 나를 굳이 서울 인근의 전문대 국문과에 들어가라고 강요했다. 어차피 '지잡대'라 무슨 과를 나와도 안 먹힐 바에야 '글쟁이'라도 만든다는 취지였다. 문창과는 경쟁률이 높아 명함도 못 내미는 처지였다. 다행히 국문과는 비인기 과목이라 정원 미달이었다. 그런데도 '글쟁이'는 아무나 된다더냐는 유정 씨의 말에 '내 아들은 아무나'가 아니라고 우겼던 엄마였다. 싹수 없기로는 둘째가라면 서러운데다 허영만 들어찬 백수건달 노릇도 아무나 하는 건 아니니 그 말도 틀린 건 아니더구나, 라는 게 최근의 유정 씨 반응이다. 나는 그녀의 싸늘한 논평을 듣고도 아무 말도 하지 못하는 처지가 되었다.

어쨌거나 여자를 대하는 태도만큼은 석태도 그렇고 내가 아는 대부분의 남자들 성향으로 봐서 나만 잘못 배운 건 아닌 것 같다. 본능은 스스로도 진화하는 법인지 인격 모독까지 해주면 묵은 체증이 내려가듯 통쾌감까지 느낀다. 이런 걸 오르가슴이라고 표현하는 치들도 있다.

지난여름, 집 앞에서 담배를 피우며 빈둥거리고 있다가 카페에서 나오는 여대생과 마주쳤다. 인근 대학교 로고가 새겨진 민소매 티셔츠를 입고 있었다. 대학 다니는 게 무슨 자랑이라고 티를 내고 다니나 싶은 게 꼴불견이었다. 민소매에 짧은 반바지 차림이었는데 다이어트를 심하게 했는지 깡마른 체형이었다. 바지 밑으로 쭉 뻗은 늘씬한 다리까지는 봐줄 만했는데 납작한 엉덩이랑 빈약한 젖가슴이 영 밥맛이었다. 나처럼 군 복무까지 마친 남자들이 군기 좀 빼겠다고 놀고먹으면 한심한 백수 취급하면서 골빈 여대생들이 민폐를 끼치면서 거리를 활보하는 건 당당하게 생각하는지 모르겠다. 나는 여대생이 지나가기 무섭게 울리지도 않은 스마트폰을 귀에 대고 말했다. 물론 그녀가 들을 수 있을 만큼의 볼륨으로.

— 황태 덕장 다녀왔다고? 맞아, 건조도 적당히 해야지, 너무 비쩍 말라도 손이 안 간다니까. 어디 뜯어먹을 데가 있어야 입맛이 돌 거 아냐. 안 그러냐, 킥킥.

예상대로 그녀가 획 돌아서더니 내 쪽을 향해 노려봤다. 나는 전화기에 대고 잠깐만, 하고는 통화 중인데 뭐가 잘못됐냐는 듯 스마트폰을 흔들어보였다. 그녀가 할 말을 잃고 미적거리다가 돌아섰다. 하지만 내 행동을 믿고 돌아선 게 아니라는 걸 나는 알았다.

— 아냐, 누가 자기 보고 하는 소린 줄 알았나봐. 도둑이 제발 저렸나보지 뭐. 그러니까, 너무 말라비틀어져서 껍질도 잘 벗겨지더라고? 아, 땡볕에 껍데기가 저절로 떨어져나가서 벗기고 말고 할 것도 없다고? 꼴에 그것도 보여주고 싶은 게 많았나보다야. 그럼 한번 먹어보던가. 비쩍 말랐어도 비린 맛에 먹으면 되지 뭐.

그녀가 감히 돌아보지도 못하고 구두굽이 부러져라 탁탁 소리를 내면서 멀어질 때까지 나는 스마트폰을 상대로 혼잣말을 하며 낄낄거렸다. 그때 누군가 등짝을 후려쳤다. 어떤 새끼야, 하고 돌아보니 유정 씨가 쯔쯧, 혀를 차고 있었다. 나는 친구하고 통화하고 있는데 왜 방해하고 난리냐며 큰소리를 치고 후다닥 집으로 들어갔다. 그 후 나는 각종 '남초' 사이트에 '황태 덕장'이라는 제목으로 경험담을 올리며 두고두고 우려먹었다. 내 닉네임은 '귀하신 郞'이다.

ㄴ 보라고 벗어놓고 본다고 지랄하니 남자들 서러운 세상ㅜㅜ

ㄴ 귀하신 郞님, 대박. 비쩍 말랐어도 비린(어린) 맛에 먹는 거라니

ㄴ 젖탱이도 없는 년이 나시 입는 거 못봐주죠.

ㄴ 귀하신 郞님 엄지 척임돠!!!!!!!!

ㄴ 님아, 뚱뚱한 년이 숏팬츠 입는 것보단 훨 나음.
얼마 전 암퇘지가 기저귀 차고 뒤뚱거리는 거 봤음.
우웩 토 쏠림.

사이트에선 이런 종류의 댓글과 좋아요가 폭주했다. 그날 밤 나는 감정이 고양돼 밤잠을 설쳤다.

나는 꼭지한테 가장 모욕적인 말이 '딸년'이라는 걸 잘 알았다. 어릴 때부터 딸이라고 천대받은 트라우마 때문이었다. 내친김에 나는 현관 쪽으로 내닫는 그녀를 향해 비아냥거렸다.

"그러니까 왜 건드려, 미친한 딸년 주제에 감히 고귀한 아들을."

휙 뒤돌아선 그녀가 나를 표독스럽게 쏘아보다가 말없이 현관문을 빠져나갔다. 그 순간 석태의 연락 두절이 떠오르면서 마음이 요동치기 시작했다.

소설 『냉장고』

날이 어두워져도 유정 씨는 돌아오지 않았다. 밖을 내다보니 약해진 눈발이 허공을 맴돌고 있었다. 창문 틈새를 비집는 바람 소리가 매서웠다. 쌓인 눈이 얼어붙고 있었다. 외박이라도 하려나? 엄마가 말한 '눈먼 놈팽이' 때문에 전화를 해보기도 껄끄러웠다. 날이 이렇게 험한데 밤늦도록 어디서 뭐하고 있는 것일까. 안절부절못하고 있는데 배에서 다시 꼬르륵 소리가 났다. 엄마는 열 시나 돼야 카페에서 돌아올 것이고 꼭지도 알바를 하고 있을 시간이었다. 그럼 내 저녁은? 배가 고픈데도 아무도 내 곁에 없다니 새삼 화가 났다. 사생활 보호고 뭐고 나는 유정 씨에게 전화를 걸었다.

뜻밖에도 가까운 곳에서 그녀의 전화벨 소리가 들렸다. 뭐야, 집에 들어와 있었던 거야? 낮엔 분명 전화벨 소리를 못 들었었다. 나는 전화기를 든 채 벨소리가 나는 방향으로 다가갔다. 그녀의 방 책상 위였다. 스마트폰은 수북한 신문 쪼가리와 몇 권의 책과 노트가 흐트러져 있는 틈을 비집고 자리 잡은 흰색 노트북 옆에 놓여 있었다. 역시 흰색인 스마트폰은 그나마도 벨이 울리지 않았더라면 눈에 띄지도 않을 뻔했다. 평소 깔끔한 편도 아닌 그녀가 흰색을 선호하는 걸 보면 납득이 가지 않았다. 나는 스마트폰의 벨을 종료시키고 그녀의 방을 휘 둘러봤다. 열어젖힌 장롱과 이부자리가 흐트러진 침대, 한쪽 벽면에 자리 잡은 옻칠을 한 나무 궤짝, 그 위에 죽 늘어선 남자들의 사진, 방구석에 벗어던진 옷가지와 가방과 모자와 장갑, 책상 위에 수북이 쌓인 신문 쪼가리와 아무렇게나 던져놓은 책과 메모지. 평소에 보았던 그녀의 방과 다를 게 없었다. 엄마와 싸우는 이유 중 하나였다. 무슨 노인네가 자기 방 하나 정리할 줄 모르냐는 거였다. 그러면 그녀는 무슨 젊은애가 인정머리 없는 늙은이 저승길 떠나듯 티끌 하나 없이 사냐고 받아쳤다. 엄마가 '아이구, 어련하시겠어' 하며 뒷모습을 보이면 상황은 쉽게 종료되었다. 엄마는 매번 하나마나한 도전을 하면서도 포기할 줄을 몰랐다. 유정 씨 또한 누가 뭐래도 자신의 생각이나 생활 방식을 고집스레 지켰다. 두 사람은 안 맞아도 너무 안 맞았다. 그런데도 파탄나지 않고 한집에서 살 수 있는 건 내가 여태껏 어느 쪽으로도 기울지 않고 대처했기 때문이다. 그러니까 나는 우리 집안의 평화를 위해 평행을 유지해야 하는 사명감을 갖고 태어난 셈이다. 덕분에 두 여인의 사랑을 한 몸에 받고 있다.

사람이 죽을 때가 되면 변하기도 한다던데 이 방 주인은 최소한 죽을 때는 아닌 것 같아 일단은 안심이 됐다. 생각해보면 그녀는 여느 노인들과 다른 점이 많았다. 일찍 자고 일찍 일어나지 않았고 막장 드라마를 즐겨보지도 않았다. 백수인 내게 잔소리도 하지 않았으며 정치적 성향도 보수적이지 않았다. 엄마가 '노인네'라는 말을 먼저 꺼내지만 않으면 '젊은것들이' 어쩌고 하는 소리도 하지 않았다. 그리고 그녀는 진보 성향의 신문을 구독했고 노트북 앞에 앉아 '독수리 타법'이지만 키보드를 열심히 두드리기도 했다. 그런 모습은 엄마에게 카페를 물려준 후 주민자치센터에서 컴퓨터를 배우기 시작하면서부터였다. 아직 사십대인 엄마에게서도 볼 수 없는 모습이었다. 그렇다고 그녀가 문청이었냐 하면 딱히 그렇지도 않았다. 언젠가 물어본 적이 있는데 그런 거 배우지도 못했고 관심도 없다고 딱 잘라 말했다. 그렇다면 그녀는 뭘 끄적거렸던 걸까. 그녀의 사랑을 한 몸에 받고 자란 내가 여태 아무것도 모르는 건 무심해서가 아니라 본인이 밝히기를 꺼려했기 때문이었다. 그녀는 남의 사생활에 참견하지 않는 대신에 자신의 사생활도 지키고 싶어했다. 가족이라는 이유만으로 자신의 영역을 함부로 침해하는 것도 폭력에 해당한다나. 먹물의 양이 고등학교 중퇴가 전부인 그녀가 구사하는 언어의 수준이 솔직히 대학 나온 엄마나 나보다 훨씬 나았다.

나는 그녀의 책상 앞에 삐딱하게 놓인 의자에 앉았다. 그녀는 이곳에 앉아 무슨 공부를 했기에 그토록 남달랐던 것일까. 신문 쪼가리들을 살펴보니 대부분 페미니즘과 인권에 관한 기사와 칼럼을 스크랩한 것이었다. 밑줄까지 그어져 있는 걸 보니 꼼꼼하게 읽은 것 같았다. 그렇게 열심히 읽을 정도로 중요한 거면 깔끔하게 정리를 해놓든가, 이렇게 팽개쳐놓고 버리지도 않는 걸 보면 매사에 호불호가 확실한 그녀의 속셈을 알다가도 모르겠다. 뭐 특별한 내용이라도 있나 싶어 뒤적거리다가 '무시당하기와 살해당하기'라는 제목이 눈에 띄어 들여다봤다. 유명 대학의 영문학 교수가 캐나다의 작가가 쓴 수필을 인용해 쓴 칼럼이었다[1]. 내용인즉, '남자는 여자한테 무

1) 윤초원, 경향신문 정동칼럼, 2018년 1월 25일자

시당할까 봐 두려워하고 여자는 남자한테 살해당할까 봐 두려워한다'는 거였다. 여자들한테 무시당해서 살해했다는 '강남역 살인 사건'까지 들먹이며 한마디로 모든 남자들을 싸잡아 비난하는 글이었다.

그러게 애초에 남자를 무시하지 않았으면 여자들이 살해당할 일도 없었을 것 아닌가. 그들도 사람인데 오죽했으면 사람을 죽일 생각까지 했을까. 살인죄를 무릅쓰고 그런 짓을 할 수밖에 없었던 남자들의 고충은 언급돼 있지 않았다. 하긴 남자들이 여자들의 몸을 좋아해서 보고 만지는 것도 여성 혐오라고 몰아붙이니 말 다했다. 내내 남자들 보호 아래 애 낳고 살림하는 재미에 푹 빠져 잘만 살아오다가 별안간에 무슨 권리를 찾겠다고 난리들인지 모르겠다. 나만 해도 여자들이 설치는 바람에 군 복무까지 마치고도 백수 신세를 면치 못하고 있다. 책 한 권 안 읽는 주제에 추리작가를 꿈꾸는 것도 내 스펙으로 취직하기는 애저녁에 글러먹었기 때문이었다. 나야 유정씨 덕분에 밥 굶을 걱정은 없으니 작품 구상을 핑계 삼아 이대로도 만족하지만 가장 노릇을 해야 하는 멀쩡한 남자들이 남자 하나 잘 만나 평생 팔자 늘어질 여자들한테 일자리를 빼앗겼으니 열 받는 것도 당연하다. 결국 모든 문제의 시초는 여자다. 물론 칼럼을 쓴 교수도, 인용한 작가도 여자였다. 하여간 이래저래 여자들이 문제다. 또

다른 칼럼은 책을 좀체 읽지 않는 나도 알 정도로 유명한 소설가의 소설 내용을 트집 잡은 것으로 '냄새로만 존재하는 여자들'[2)]이었다. 도대체 소설에서 여자의 몸 이야기를 하지 않는 소설이 무슨 재미란 말인가. 여자의 몸에서 남자들에게서는 맡을 수 없는 갖가지 냄새가 나는 건 사실 아닌가. 심지어 남자 고유의 냄새였던 담배 냄새조차도 아무렇지 않게 풍기고 다니면서 무슨 말이 그렇게 많은 건지. 몇 줄 읽다가 같잖아서 구겨버렸다.

이번에는 아무렇게나 쌓아둔 책의 표지를 살펴보았다. 어제 그녀가 읽고 있던 『페미니스트로 살아가기』의 저자는 사라 아메드라는 페미니스트 작가였다. 다른 책도 여성학자 정희진의 『페미니즘의 도전』, 만화가 재키 플레밍의 『여자라는 문제』등으로 역시 페미니즘에 관한 것들이었다. 앞의 책 두 권은 두툼한 두께에 질려 거들떠보고 싶지도 않았다. 세 번째 그림책은 사이즈도 작은데다 두께도 만만하여 대충 넘겨보았다. 코믹한 그림까지 넣어서 강조한 내용은 결국 역사를 바꿀 만한 위인들이 대부분 남자인 이유는 남자들이 여자들을 억압하고 기회를 주지 않아서라는 거였다. 남자들의 후광으로 사치를

2) 오혜진, 한겨레 2030 잠금해제, 2017년 6월 11일자

즐기며 편안한 삶을 잘 살아놓고 생트집을 잡는 것으로밖에 안보였다. 결말엔 '위대한 남자들의 목록을 적고 그 옆에 위대한 여자들의 목록을 적으면 남자들이 거의 모든 면에서 우월하다는 사실이 명확해진다고 했다'는 다윈의 말을 비꼬는 것으로 끝을 맺었다. 내가 볼 땐 비꼴 일이 아니라 남자들의 우월성에 감탄할 일이었다. 아무래도 남성 혐오는 열등감의 다른 표현이 아닐까 싶었다.

그 외에도 '오지란'이라는 작가의 『냉장고』라는 소설이 한 권 섞여 있었다. 이것도 페미니즘에 관한 건가 싶어 들여다보니 딱히 그런 것 같지는 않았다. 작가가 '듣보잡'인데다 여자인 걸로 봐서 티브이의 예능 프로그램을 흉내 내 요리에 얽힌 이야기를 소설이랍시고 쓴 게 아닌가 싶었다. 프로필 사진을 보니 오십은 족히 돼 보이는 아줌마가 어색하게 웃고 있었다. 뒤늦게 등단했는지 그 나이에 신인이었다. 보나마나 애들 다 키워놓고 할 일 없으니 그동안 살림한 경험을 소설로 써보겠다고 나선 모양이었다. 살림도 기계가 알아서 다 하는 세상이니 아줌마들이 취미로 책도 보고 글도 쓰고 그러다가 운 좋게 등단도 했지 싶었다. 그러고 보니 여자들이 개나 소나 작가랍시고 나서서 페미니즘이 어떻고 젠더가 어떻고 설쳐댄다는 글을 내가 자주 들어가는 사이트에서 본 기억이 났다. 여성

작가가 압도적으로 많은 것도 남자들은 가장 노릇하느라 글쓰기에 전념할 수 없으니 상대적으로 유리한 여자들한테 등단 기회가 더 주어진다는 거였다. 오지란이라는 아줌마처럼 말이다. 그게 어디 문단뿐일까. 남자들이 머리 팍팍 돌아갈 나이에 군대에서 썩고 있을 때 여자들은 대학 졸업하고 취업 준비하여 차지한 일자리들이 수두룩했다. 그래놓고 유리 천장이 어떻고 독박 육아가 어떻고 경력 단절이 어떻고 말들은 잘한다. 거대한 냉장고를 쳐다보고 서 있는 여자 뒷모습이 들어간 표지만으로도 유치하기 짝이 없었다. 극단적인 여성주의 성향에 소설 고르는 안목하며 내가 평소 알고 있던 유정 씨 답지 않았다. 그녀가 비록 남다른 성향을 가졌지만 최소한 손자를 끔찍이 사랑하는 할머니인 것만은 틀림없었다. 언제부터 그녀가 '꼴페미'가 됐을까. 어쩐지 식탁 메뉴도 그렇고 요근래 나를 대하는 태도가 미심쩍긴 했었다. 아무리 되작여 봐도 꼭지의 출현밖에는 의심되는 사건이 없었다. 그나저나 전화기도 챙기지 않고 어딜 간 걸까. 밤이 깊어지면 더 추워질 텐데 옷은 단단히 입고 나간 건가? 지금 누가 누굴 걱정하고 있는 건지 모르겠다. 방바닥에 나뒹구는 하얀색 털모자와 털목도리와 털장갑 때문인가 보다.

　나는 그녀의 방을 나와 주방으로 갔다. 배가 너무 고픈데다 보다 만 미드가 신경 쓰여서 가만히 있을 수 없었다. 냉장고엔 반찬류를 제외하곤 어제 밤에 먹다 남은 치맥이 전부였다. 내 기억으론 맛있는 부위는 다 골라먹고 퍽퍽한 살만 남은 거였다. 언제부터 집에 이렇게 먹을 게 없었더라? 그러고 보니 이 또한 달라진 것 중에 하나였다. 얼마 전까지만 해도 나를 위한 주전부리랑 음료수 따위를 냉장고에 빵빵하게 채워놓곤 했었는데 언제부턴가 냉장고의 빈 공간이 넓어지기 시작했다. 그런데도 불만을 터뜨리지 않았던 것은 단품이나마 하루 세 끼를 꼬박꼬박 챙겨주는 그녀가 늘 집에 있었기 때문이었다. 그녀가 있다는 건 원하는 것도 언제든 구할 수 있다는 것과 마찬가지였다. 미리 사다놓든 그때그때 대령하든 그녀의 소관이지 내가 참견할 문제가 아니었다. 그녀가 외출할 때도 식탁에 밥상 정도는 차려져 있었다. 내가 알고 있던 유정 씨는 나를 중심으로 움직였다. 그런데 지금은 그녀도 없고 먹을 것도 없다. 순간 박꼭지의 얼굴이 뇌리를 스쳐지나갔다. 나쁜 조짐이 감지될 때마다 왜 자꾸 꼭지 얼굴이 떠오르는지 모르겠다. 내가 오버하는 건지도 모른다. 머리를 세차게 흔들었지만 한 번 떠오른 영상은 쉽게 지워지지 않았다.

나는 할 수 없이 만 하루가 지난 닭 튀김과 생맥주를 꺼내들고 티브이 앞에 앉았다. 쓸데없는 생각을 지우는

데엔 티브이만 한 것도 없었다. 나는 리모컨의 전원 스위치를 누르고 치킨 한 점을 물어뜯었다. 냉장고에서 오랜 시간 엉겨 붙은 기름은 입 안 온기로는 좀체 용해되지 않았다. 애초에 데워왔으면 모를까 이미 소파에 엉덩이를 붙이고 티브이까지 켠 마당에 다시 주방으로 가는 게 귀찮았다. 그래도 맥주가 있으니 어떻게든 넘어가겠지. 하지만 아무리 맥주를 들이켜도 딱딱하게 굳은 닭 튀김은 좀체 넘어가지 않았다. 이걸 먹고 배를 불렸다가는 토사곽란이라도 일으킬 것 같았다. 티브이에선 친근한 수사반장이 악당의 총에 맞을 위기에 처해 있었다. 이토록 긴박한 상황인데도 집중이 되지 않았다. 나는 입안에서 끈질기게 맴도는 닭살을 뱉어내고 신경질을 부렸다.

"유정 씬, 대체 어딜 가서 여태 안 들어오는 거야."

그때 전화벨이 울렸다. 제대 후에도 유일하게 연락하는, 같은 사이트에서 야한 농담을 주고받으며 시시덕거리는 대학 동기였다. 몰론 그도 백수다. 그가 다짜고짜 '대박'을 외치며 설레발을 쳤다. 내가 보내준 동영상을 야동 웹하드 사이트에 올렸더니 조회 수가 장난 아니란다. 다름 아닌 석태와 함께 사라져버려 내 피를 말리던 문제의 동영상을 말하는 거였다. 저런 걸 베프랍시고 믿고 비밀을 공유했다니, 뒷골이 당겼다. 나도 모르게 버럭 소리를 질렀다.

"야 미친 새꺄, 너 혼자 보라고 그렇게 신신당부했는데 그걸 올리면 어떡하냐. 당장 지워 새꺄."

녀석이 실실 웃으며 이미 제 손을 떠나 소용없다고 했다. 사안의 심각성을 전혀 깨닫지 못하고 있었다.

"아, 개빡쳐. 석태가 알면 나 죽어 새꺄."

"석태? 아, 그 터프한 변태남? 남자는 뒤태만 찍혀서 누군지 모를 거야. 걱정하지 마."

"모르기는 새꺄, 전화도 안 받고 행불 상탠데 동영상 보고 겁나서 잠수 탄 거 아냐?"

"설마, 그런 걸 무서워할 놈이 니 집에 얹혀사는 여자애를 조졌겠냐?"

"하긴 빵에 갈 때 가더라도 나를 살려두고 잠수 탈 새끼가 아니지. 그건 그렇고 넌 의리를 밥 말아 먹은 배신자 새끼야."

"너도 어차피 돈벌이로 찍은 거 아냐? 돈 들어오면 원작료 줄 테니까 넘 열 받지 마라."

"사람을 뭘로 보고 그딴 개소리야. 니 베프가 쪽팔리게 몰카 찍어서 돈벌이할 정도로 궁한 놈으로 보이냐?"

"백수 주제에 가오잡기는 쉐끼."

"잡을 만하니까 잡는 거지 새꺄. 니 베프 잘나가는 카페의 유일한 상속자시라는 거 잊었냐?"

"그럼 왜 찍었냐?"

“촌년이 하도 꼴같잖게 굴길래 석태 새끼 부추겨서 조져놓고 전리품으로 찍었다 인마. 혼자 보기 아까워서 베프랍시고 보내줬더니 그걸 고새 팔아 먹냐? 순 양아치 새끼. 그나저나 그년이 알면 살인날 텐데 어쩌냐? 우리 할머니한테 걸리면 카페고 뭐고 국물도 없어. 까딱했다간 내 인생 종친다고 새꺄.”

“짜식 쫄기는. 노인네가 야동 몰카를 어떻게 알겠냐고요.”

“그건 그런데 우리 유정 씨가 보통 노인네가 아니라는 게 문제지. 오죽하면 할머니를 할머니라 부르지 못하고 꼬박꼬박 유정 씨라 하겠냐. 하긴 할배도 아니고 낼모레 칠십 할매가 미치지 않고서야 야동 사이트 뒤지겠냐만.”

“킥킥. 내 말이. 그니까 걱정 붙들어 매고 맘 푹 놓고 있어 인마.”

“암튼 조심하고 걸리더라도 내 얘기하면 죽는다. 통장에 돈 찍히면 술이나 찐하게 사 쨔샤, 낯짝 가렸어도 실황 아니냐. 그래, 그럼 너만 믿고 끊는다.”

나는 비죽비죽 웃으며 전화를 끊었다. 녀석과의 통화가 오히려 졸아 있던 배짱을 두둑하게 해주었다. 그래, 이제 석태 따위한테 신경 쓰지 말자. 유정 씨 앞에서도 기죽지 말자, 혼잣말을 중얼거리고 있는데 뒤쪽에서 방문 열리는 소리가 났다. 유정 씨 방 쪽이었다. 허기가 지니 환청이 들리나 싶으면서도 소름이 돋았다. 나는 살그머니 쿠션을 끌어안고 뒤를 돌아보았다. 조금 전까지도 비어 있던 그녀의 방에서 누군가 걸어 나오고 있었다. 이젠 헛것까지 보이나 싶어서 처음엔 놀랍지도 않았다. 눈을 한차례 비비고 나서야 공포가 밀려들었다. 헛것인 줄 알았던 '누군가'는 바로 유정 씨였다. 평소와 다름없는 실내복 차림의 그녀가 내게로 다가오고 있었다. 아무리 침착하려고 해도 으 으악, 비명이 터져 나왔다. 그녀가 다가와 내 손을 잡고 왜 그러느냐고 물었다. 그녀를 뿌리치며 한바탕 발버둥을 치고 나서야 진정이 됐다. 그나저나 친구 녀석과의 통화를 생각하면 차라리 귀신인 게 나을 뻔했다. 배짱부리기는 글러먹었다. 분명 방문 열리는 소리가 들렸으니 유정 씨가 닫힌 방안에 있었다고 믿고 통화 내용을 못 들었기를 바랄 수밖에.

"애도 아니고 무슨 꿈을 그리 요란하게 꾼다니."

그녀가 빤히 내 얼굴을 쳐다보며 혀를 찼다. 이 나이에 개꿈이나 꾸다가 가위눌리는 어린애 취급을 당했는데도 하나도 쪽팔리지 않았다. 나는 아직도 잠이 덜 깬 척 멍청한 표정을 지으면서 물었다.

"내가 진짜 꿈꾸는 걸로 보여?"

"테레비 보다 잠든 거 아니었어? 집안이 조용하길래 자는 줄 알았지."

역시 통화 소리를 못 들은 거다. 그렇다면 기죽을 필요가 없었다.

"어딜 종일 싸돌아다니다가 소리도 없이 들어온 거야. 깜짝 놀랬잖아."

"무슨 소리야. 종일 방에서 책 보고 있었는데."

"지금 농담해? 그게 말이 되냐고."

"내가 책 좀 보는 게 그렇게 말이 안 되는 거니?"

"그게 아니라 조금 아까까지 내가 그 방에서…….

나는 나머지 말을 삼켰다. 그녀의 빈방에 무단 침입했었다는 걸 실토해 좋을 게 없었다. 게다가 딱 한 번뿐인데 자칫 상습범으로 오해를 받을 수도 있었다.

"아니, 어떻게 종일 쫄쫄 굶고 책만 볼 수가 있냐는 거지."

"굶긴 왜 굶어. 아침을 늦게 먹어서 점심을 거른 건데."

뭐야, 그럼 내가 방안에 있는 유정 씨를 못 봤다는 건가? 책상 앞엔 내가 앉아 있었으니 분명 아닐 테고 침대에 누워 있는 걸 못 본 건가? 방이 워낙 어수선한 데다 그녀는 아직도 날씬한 체형이니까 이불을 덮고 있었으면……. 그럼 침대에 누워서 책을 봤다고? 나는 할 말을 잃고 멍하니 그녀를 바라봤다. 그녀가 아직 잠이 덜 깬 거냐며 내 볼을 꼬집었다. 아팠다. 차라리 꿈을 꾼 거였으면 좋겠다. 그 와중에도 배에선 꼬르륵 소리가 났다. 꿈이든 생시든 잠시 접어두고 허기부터 채우고 싶었다. 어떻게 이 상황을 수습해야 좋을지 몰라 망설이고 있는데 마침 그녀가 치맥을 가리키며 먼저 입을 열었다.

"난 출출해서 저녁 먹을 건데 넌 이거 먹고 되겠어?"

"아니. 허기가 져서 맥주를 좀 마셨더니 아직도 비몽사몽이네. 우리 같이 저녁 먹자."

그녀가 고개를 끄덕이더니 주방으로 갔다. 어쨌거나 저녁밥을 먹게 돼 다행이었다. 수사반장은 총을 맞았는지, 범인은 잡았는지 모른 채 다 지나가버리고 광고가 떴다. 아직 시즌이 끝나지 않았으니 죽진 않았겠지. 젠장, 범죄 수사물을 보면서 이런 생각을 하다니 진짜 맥 빠진다.

식탁 위엔 김치찌개인지 두부찌개인지 분간이 가지 않는 찌개 냄비만 달랑 놓여 있을 뿐 '미꾸라지볶음'조차 보이지 않았다. 내가 낮에 먹다 남은 김치찌개에 물을 붓고 두부를 듬뿍 썰어 넣은 것 같았다. 어째 밥상을 순식간에 차리더라니. 맛을 보니 밍밍했다. 사달이 날 때 나더라도 할 말은 해야겠다.

"찌개 맛이 왜 이래."

"치맥 먹어서 밥맛이 없는 모양이네. 난 괜찮으니까 가서 테레비나 봐."

와, 졌다. 요즘 나한테 왜 이러는지 모르겠다. 역시 동영상 때문인가? 다른 이유가 떠오르질 않으니 자꾸 이런 생각이 들 수밖에 없었다. 어떡하든 석태 자식을 찾아야지 이러다간 내 명에 못 살 것 같았다. 나는 더 이상 반박도 못하고 밥그릇에 찌개를 듬뿍 퍼 넣고 식탁 귀퉁이에 있는 고추장을 가져다 비볐다. 그녀도 도저히 먹을 수가 없는지 몇 번 깨작거리더니 숟가락을 놓았다. 내가 얼마나 성격이 좋은지 보여주고 싶었다. 나는 보란 듯이 잡탕밥을 맛나게 퍼먹었다. 그녀가 그런 나를 빤히 쳐다보다가 느닷없이 물었다.

"석태는 아직도 연락이 안 되는 거니?"

그 바람에 벌겋게 비빈 밥에 사레가 걸려 콧구멍에서 불이 났다.

"어? 어. 그런데 그건 왜?"

"니가 먼저 물었잖아. 석태 연락 없었냐고. 생전 좋아하지도 않던 애를 왜 나한테 찾나 싶어서. 니들 무슨 일 있었니?"

"걔하고 나 사이에 무슨 일이 있겠어. 늘 오던 놈이 연락을 딱 끊으니 궁금해서 그런다고 했잖아. 고추장을 너무 넣었나. 매워서 더 이상 못 먹겠네."

나는 일부러 숟가락을 탁 소리 나게 놓고 냉수를 벌컥벌컥 들이켰다. 내가 밥을 먹다 말아서인지 그녀가 약간 미안한 표정을 지으며 말했다.

"하긴 매일 짖던 이웃집 강아지도 조용해지면 이상하다는 생각이 들기는 하지. 그건 그렇고 내가 추천하는 책 한번 읽어볼래? 어쩌면 추리소설 쓰고 싶다는 너에게 도움이 될지도 몰라."

"무슨 책인데?"

"그냥 소설인데 재밌어."

"갑자기 무슨 소설을 읽으라고 그래. 추리물엔 범죄 드라마가 최고야."

"미드만 보지 말고 책도 한번 읽어봐. 니 인생에도 도움이 될 거야."

"추리소설도 아니라며 뭔 도움이 된다고 그래."

"추리소설 못지않게 재밌다니까."

"아, 글쎄 싫……. 알았으니까 그 대신 오늘은 나랑 미드나 보자."

나는 선심 쓰듯 제안했다. 사이좋게 앉아 미드를 보다가 분위기가 무르익으면 혹시 석태가 집 전화번호나 주소를 남겨놓지 않았는지 물어볼 생각이었다. 그리고 요즘 나한테 소홀해진 이유가 따로 있는지도 떠보고 싶었다. 한데 그녀의 마음은 딴 데 가 있는 모양이었다.

"또? 난 책 봐야 되는데."

"그 나이에 고시 공부라도 해? 난 책 대신 미드나 볼게."

"그럼 나 대신 니가 설거지해주면 안 될까?"

"미쳤어? 얼마 되지도 않는구만. 하기 싫으면 그냥 놔두면 되잖아. 나중에 엄마가 하게."

"온종일 일하고 온 니 엄마는 퍽도 하고 싶겠다."

"어차피 유정 씨 없으면 엄마가 해야 될 일이잖아."

나는 그녀의 혀 차는 소리를 뒤로하고 소파에 가서 길게 누웠다. 하다하다 이젠 설거지까지 시켜먹으려 든다. 며칠 전에는 화장실 청소를 하다 말고 나와서는 계속 서서 소변볼 거면 청소도 직접 하라고 트집을 잡았다.

"왜 오줌 싸는 것까지 시비야."

"앉아서 누면 좋잖아. 튀지도 않고 냄새도 덜나고."

"애초에 서서 싸게 생겨 먹었는데 어떻게 앉아서 싸. 남자가 쪽팔리게."

"쪽팔릴 것도 쌨다. 뭐 대단한 거 달렸다고 혼자 오줌 누면서까지 남우세 걱정이라니."

"대단하지 그럼. 남자들까지 엉덩이 까고 오줌 싸면 공중 화장실을 두 배는 더 만들어야 될 거 아냐. 군부대는 또 어떻고. 세금 낭비는 둘째 치고 군사력 낭비도 엄청나겠는데. 막말로 적군이 쳐들어오는데 언제 혁대를 풀렀다 맸다 하냐고."

"못된 짓 할 때는 잘만 끌렀쌌더만. 그러고 적군은 오줌 안 눈다니? 니 말 들으니 허리띠 끌렀다 맸다 하느라 바빠서 전쟁 일으킬 새도 없겠구나. 그럼 국방의 의무도 없어질 테고 좀 좋으냐."

"아, 진짜 뭐라는 거야."

"서서 싸는 게 그렇게 중하면 참견 안 할 테니 앞으로 니가 쓰는 화장실 청소는 니가 하라는 소리야."

되로 주고 말로 받은 격이었다. 그렇다고 내가 오줌을 앉아서 싸거나 직접 화장실 청소를 하고 있다는 뜻은 아니다. 어차피 화장실인데 좀 더럽고 냄새 좀 나면 어떠랴 싶어 그냥 놔두고 있다. 정 냄새가 심해지면 누구든 나서서 하겠지. 문제는 그녀가 날이 갈수록 나한테 불만 내지는 요구 사항이 많아지고 있다는 거다. 손자 사랑이 차고 넘치던 우리 유정 씨가 말이다. 이 시점에서 또 박꾁지의 되바라진 얼굴이 떠올랐다. 아무래도 그 애의 뒤를 캐 볼 필요가 있을 것 같다.

티브이를 켰더니 밥 먹는 사이에 또 한 편이 끝나고 광고 시간이었다. 공짜 드라마는 광고가 너무 많아서 짜증난다. 이래서 돈 주고 사서 봐야 되는데 '하는 일도 없이 돈까지 들여가며 테레비를 본다'는 유정 씨 잔소리 때문에 요 근래엔 종편 방송의 편성표에 의존하고 있는 실정이다. 사실 공짜도 볼거리는 차고 넘친다. 다만 한참 집중하고 있는데 광고가 치고 들어와 맥을 끊어놓는 게 문제다. 그깟 돈 얼마나 된다고 월정액 가입도 반대다.

어쩌면 돈이 아까워서가 아니라 내가 하는 행동마다 태클을 걸고 싶어서인지도 모르겠다. 제대 직후 때만 해도 분명 안 그랬었다.

광고가 채 끝나기도 전에 유정 씨가 책과 귤 봉지를 들고 와 탁자에 내려놓고 내 발치에 앉았다. 과일을 봉투째 가져다 놓는 것도 '달라진 것' 중 하나다. 예전엔 제철 과일을 골고루 사다가 깎고 썰고 멋을 내 예쁘게 담아냈었다. 요즘엔 칼질하기 귀찮다고 직접 까먹을 수 있는 귤만 그것도 어쩌다 사다 논다. 그나저나 아까 냉장고를 뒤졌을 때는 분명 없었는데 어디서 난 걸까. 이걸 물어봐야 되나, 말아야 되나. 하긴 방에 사람이 있는 것도 못 봤는데 귤쯤이야 뭐. 괜히 물었다가 눈썰미가 젬병이라고 핀잔이나 듣겠다 싶어 그냥 패스하기로 했다. 마침 광고가 끝나고 드라마가 시작됐다. 나는 귤 봉투를 잡아당기며 자세를 바로잡았다. 그녀도 책을 들었다 도로 내려놓고 텔레비전 화면에 눈길을 주었다.

이번 사건은 어린아이를 유괴해 자신의 딸로 키운 유괴범이 그 딸한테 살해당하는 걸로 시작됐다. 연쇄 살인을 다룬 이 사건은 단순한 인과응보를 넘어 나쁜 놈들 주변엔 나쁜 놈만 꼬인다는 속설의 진수를 보여주었다.

사건의 전말은 이렇다. 유괴범의 단짝 친구가 예쁜 아가씨로 자란 유괴범의 딸에게 흑심을 품는다. 유괴범은,

비록 유괴해 왔을망정 엄연히 자신의 딸로 자란 아이에게 치근덕거리는 친구가 괘씸하여 한바탕 난투극을 벌인다. 기진맥진한 두 남자가 잠시 떨어져서 피 칠갑이 된 서로의 얼굴을 노려보며 설전을 벌인다.

— 감히 내 딸을 넘보다니, 인간쓰레기 같은 놈.

— 이런, 남의 딸을 훔쳐다 키운 유괴범 주제에 그런 말을 하다니 놀랍군.

— 시작은 나빴어도 난 그 애를 사랑으로 키웠어.

— 훙. 나도 시작은 불순했지만 그녀를 사랑한다네.

— 그 더러운 입 닥쳐!

그때 홀연히 총을 들고 나타난 딸이 아빠인 줄 알았던 유괴범을 가차 없이 쏴버린다. 그녀는 즉사한 유괴범을 노려보며 짧고 강한 한마디를 날림으로써 유린당한 자신의 인생에 대한 분노를 표출한다.

— 당신이나 닥쳐.

그녀는 자신을 사랑한다는 유괴범의 친구 말을 믿고 그의 연인이 되어 2인조 강도가 된다. 한데 유괴범의 친구는 강도질한 돈을 독차지하려고 연인이 된 그녀의 가슴에 방아쇠를 당긴다. 눈을 부릅뜬 채 죽은 그녀를 바라보며 그도 한마디를 남긴다.

— 아임 쏘리, 허니.

하지만 잠시 후 그조차 싸늘한 주검으로 발견된다.

하루 동안에 이루어진 기막힌 연쇄 살인 사건의 마지막 가해자는 그들의 범죄를 눈감아주고 대가를 받기로 한 구역 담당 경관이었다. 경관이 체포되자 유정 씨가 혀를 끌끌 차더니 저 중에 누가 제일 나쁜 놈 같냐고 내게 물었다.

"당연 유괴범 친구지."

"왜 그렇게 생각해?"

"사람을 두 번씩이나 배신했잖아. 싸나이는 의리거든."

"그럼 유괴범은?"

"그래도 유괴한 애를 딸로 키워줬잖아. 강간하거나 죽일 수도 있었는데."

"그럼 딸이 은혜를 원수로 갚은 거네?"

"그러니까 배신자를 따라갔겠지. 유유상종 몰라?"

"유유상종이라……. 그럼 그 나쁜 놈을 죽인 경관은 정상 참작해줘야 되겠네?"

"미쳤어? 정의를 수호해야 할 경찰이 돈에 눈이 멀어 사람을 죽였는데 무슨 정상 참작이야. 저런 놈은 평생 감방에서 썩어야 돼."

그녀가 말없이 고개를 끄덕였다. 나의 정의감에 감동을 받은 표정으로 읽혔다. 기분이 좋아진 나는 그녀가 가지고 온 책을 집어 들었다. 그건 다름 아닌 낮에 그녀의 방에서 봤던 『냉장고』였다. 이게 재미있다고? 재미를 빙

자해 이제 나한테 요리까지 시킬 셈인가? 어쩐지 그녀의 불순한 의도가 깔려 있는 것 같아 영 찜찜했다. 그나마 페미니즘에 관련된 책이 아니어 다행이었다.

"유치하게 뭐 이런 걸 읽으라고 그래. 아줌마가 요리하는 얘기 쓴 거 같구만."

"니 눈엔 이게 요리 에세이 같아 보이니?"

"제목도 그렇고 표지로 봐서도 딱 그렇잖아. 아줌마가 냉장고로 뭘 하겠어."

"상상력이 그렇게 빈곤해 갖고 무슨 추리소설을 쓴다고……. 영양가 없이 미드만 맨날 보면 뭐해. 일단 읽어보고 얘기하자."

그녀가 쌀쌀맞게 말하고는 쌩하니 방으로 들어갔다. 헐, 내가 뭘 어쨌다고 저러는지 모르겠다. 노년기 우울증인가? 그 바람에 석태 집에 대해 물어볼 기회도 놓쳐버렸다. 돌아가는 분위기로 봐서는 일단 이 책을 읽어보는 게 신상에 좋을 것 같다. 아쉽지만 오늘은 이 정도로 미드 시청을 마무리해야 되겠다. 나는 텔레비전을 끈 후 귤 봉지와 책을 집어 들고 내방으로 자리를 옮겼다. 이건 뭐 출세를 위한 시험 공부도 아니고, 유명하지도 않은 소설 나부랭이를 강제로 읽게 생겼다. 여자들한테 밥 얻어먹기 힘든 세상이 됐으니 어쩔 수 없다. 나는 대학 졸업 후 처음으로 책상 앞에 앉아 게임도 아닌 '책'을 읽었다. 내일 아침에 해가 서쪽에서 떠도 내 잘못은 아니다.

『냉장고』는 요리와 관련된 내용이 전혀 아니었다. 그리 길지 않은 장편인데 평소 책을 도통 읽지 않는 나한테도 잘 읽혔다. '여자 작가' 답지 않게 거침없는 서사에 속도감까지 있었다. 남자들이 주인공 여자를 무시하고 함부로 부려먹는 가족 소설이었다. 어째 유정 씨가 '강추'하더라 했더니 '오지란'인지 하는 작가도 다름 아닌 '꼴페미' 축에 들었다. 남자들을 비판하려는 의도가 분명하게 드러났다. 그런데 거부감이 들면서도 욕하면서 자꾸 보게 되는 막장 드라마처럼 중독성이 있었다. 비록 경장편이지만 만화책도 아니고 소설책 한 권을 하룻밤 만에 다 읽기는 난생처음이었다.

도입은 어린 딸을 키우는 이혼녀가 눈먼 아버지를 수발하는 걸로 시작됐다. 오빠들이 셋이나 있지만 나몰라라 하고 있다. 남아 선호 사상이 투철한 가부장적인 집안에서 온갖 차별을 받고 자란 여자가 아버지를 떠맡은 건 오로지 아버지의 공무원 연금에 의지하기 위해서다. 대학 교육까지 마친 아들들은 좋은 직장을 얻어 가정을 꾸리고 남부럽지 않게 살아간다. 반면 '딸년'이라는 이유로 고등학교만 겨우 마친 여자는 아이 딸린 이혼녀가 되어 힘든 생활을 꾸려나간다. 그런데도 아버지와 오빠들은 도와주기는커녕 집안 망신이라며 가족 취급도 하지 않는다. 평생을 가족을 위해 희생하면서도 경제권을 쥐지 못한 엄마는 불쌍한 딸을 도와주지 못해 냉가슴을 앓는다. 엄마가 아버지의 폭력에 시달리다 병들어 죽자 삼형제가 나서서 홀로 남은 아버지를 여동생에게 떠넘긴다. 대신 아버지의 연금을 생활비로 쓰게 해주겠다고 선심 쓰듯 큰소리친다. 아버지는 여자가 딸아이를 데리고 집으로 들어오자 아들들한테 집문서를 포함한 모든 재산을 나눠줘 버린다. 자신의 재산이 타성바지인 손녀딸한테 흘러갈까 봐 걱정이 돼서다. 게다가 생활비도 제대로 주지 않고 장도 직접 봐온다. 그런데 재산을 분배받은 첫째와 둘째 아들은 아이들 교육을 핑계로 각각 캐나다와 미국으로 이민을 가버리고 셋째마저 사업하는 장인을 돕는다고 처가로 들어간다.

아들들이 모두 떠나버리자 아버지는 여자가 자신한테 소홀하다며 구박을 하고 욕설을 퍼붓는다. 그리곤 여자 앞에서 잘난 아들들 자랑을 늘어놓는다. 하지만 '금쪽같은' 아들들은 코빼기도 내비치지 않고 어쩌다 전화 안부만 물을 뿐이다. 여자는 당장에라도 뛰쳐나가고 싶지만 딸아이의 장래를 위해 꾹꾹 참는다. 아이를 키우면서 돈을 벌 길이 막막하기 때문이다. 마지못해 아버지의 뒤치다꺼리를 하면서 지옥 같은 삶을 살아가던 어느 날, 여자에게 반전의 기회가 온다. 아버지가 빙판길에 넘어져

반신불수가 된 것. 덩치 큰 아버지의 병 수발까지 하려니 여자의 삶은 더욱 고달파진다. 게다가 외부와 단절된 아버지의 분노가 여자에게 향한다. 견디다 못한 여자는 아버지가 쓰는 수건에 능소화 꽃가루를 묻혀 눈병을 유발시킨다. 그리곤 안약 대신 오염된 물을 눈에 넣어주고 설사약을 먹인다. 거동이 불편하여 병원에 갈 수도 없는 아버지의 눈병은 점점 악화되고 연일 계속되는 설사에 건장하던 체력이 급속도로 쇠약해진다. 결국 아버지는 실명이 되고 여자의 도움 없이는 화장실에 갈 수도 없는 지경에 이른다.

여자는 이제 아버지의 횡포를 견디는 게 하나도 힘들지 않다. 어릴 적 엄마에게 휘둘렀던 폭력을 떠올리며 악다구니를 써도 대응할 기력이 없는 아버지를 보는 게 통쾌할 뿐이다. 여자는 눈먼 아버지의 은행 일을 대신 보면서 연금 통장에 모든 공과금을 자동 이체시키고 인터넷뱅킹으로 입출금도 자유롭게 해 놓는다. 그뿐만 아니라 오빠와 올케들의 전화를 대비해 아버지의 욕설을 녹음해 놓았다 들려준다. 그들은 전화할 때마다 입에 담지 못할 욕설을 듣게 되자 전화조차 하지 않고 아예 인연을 끊어버린다. 여자는 자신의 계획대로 순조롭게 돼가고 있는 게 의아할 정도다.

모든 준비를 마친 후 여자는 양문형 대형 냉장고를 구

입한다. 냉장고가 배달되자 냉동실의 칸막이를 모두 제거하고 급냉 코스로 설정해 놓는다. 잠시 후 잠들었던 아버지가 깨어나 밥을 달라며 욕을 하고 물건을 집어던진다. 여자는 아버지가 좋아하는 잡채를 담아 식탁에 올려놓고 아버지를 부축해 나온다. 잡채 냄새에 기분이 좋아진 아버지는 순순히 여자가 유도하는 대로 이끌려나온다. 주방까지 다다른 여자는 아버지를 식탁 대신 냉장고 앞으로 이끈다. 냉기가 뿜어져 나오는 냉동실 앞에 도착해서야 이상한 낌새를 차린 아버지가 주춤한다. 여자는 완력으로 아버지를 냉동실에 밀어 넣는다. 그리곤 재빨리 문을 닫고 미리 준비해둔 실리콘으로 문의 테두리를 봉해버린다. 잠시 후 들썩이던 냉장고가 잠잠해진다. 여자는 이제 아버지의 연금으로 딸을 키우며 편안하게 살 생각으로 기대에 부풀어 있다. 고령화 시대이니 아버지가 오래 산다고 이상하게 생각할 사람은 아무도 없을 것이라며 스스로 위안한다. 여자는 굳게 닫힌 냉장고에 대고 아버지에게 마지막 멘트를 날린다. 어쩌면 자기 자신한테 하는 말인지도 모른다.

— 이게 다 아버지 때문이에요. 그러니 저를 탓하지 마세요.

여자가 뒤돌아서는 순간 그 자리에 얼어붙는다. 자고 있는 줄 알았던 딸아이가 방문 앞에 서서 자신의 행동을 고스란히 지켜보고 있었기 때문이었다.

소설은 아이의 바짓가랑이에서 오줌이 흘러나오는 장면으로 끝을 맺었다. 어린 여자애가 제 엄마가 할아버지를 냉동시켜 죽이는 꼴을 봤으니 오줌을 지릴 만도 했다. 아버지를 냉동실에 가두는 것도, 그것을 아이가 지켜보는 것도 끔찍한 상황이었다.

유정 씨는 꿈자리 뒤숭숭하게 뭐 이런 황당한 소설을 추천해준 것일까. 그녀의 말대로 재미있어서? 내 입장에선 아버지를 산 채로 냉동실에 가둬 죽이는 이야기가 그리 재미있지만은 않았다. 아니면 반전이 담긴 범죄물이라서? 사실 여자가 집의 규모에 맞지 않게 커다란 냉장고를 사고 냉동실의 칸막이를 모두 꺼낼 때 혹시나 하는 생각이 들긴 했다. 그래도 끝까지 무슨 반전이 있겠지 싶었다. 그야말로 반전이 없는 게 반전이었던 소설이었다. 피를 보지 않고 시체 처리도 깔끔한 게 기발하기는 했지만 재미를 느끼기엔 너무 끔찍했다. 나에게는 흉악범들이 저질렀던, 피가 낭자하게 흐르고 살점이 튀는 범죄물보다 더 소름끼쳤다. '여자'가 흉악스럽지 않고 너무 평범한 여자라서 그런지도 모르겠다. 흉악범은 나와 동떨어진 느낌인데 왠지 여자는 내 주변 인물 같은 느낌이랄까. 여하튼 유정 씨가 『냉장고』를 추천한 이유를 꼭 알고 싶었다. 일단 자고 나서 물어봐야겠다. 불을 끄고 이불 속으로 기어드는데 유정 씨와 오줌을 지리는 여자 아이가 오버랩됐다. 박꾹지면 모를까 왜 유정 씨가 그 아이와 겹쳐 보이는 걸까. 티브이는 밤새 봐도 피곤한 줄을 모르겠던데 책을 봤더니 몹시 지쳤다. 나는 곧바로 잠에 빠져들었다.

노트북과 스마트폰

내 생일인데 나만 쏙 빼놓고 생일 파티를 하는 황당한 꿈을 꿨다. 유정 씨와 엄마, 꼭지, 그리고 웬 낯선 여자가 모여 앉아 내 생일을 축하한다며 케이크를 자르고 샴페인을 터뜨린 후 갈비찜을 먹고 있었다. 나는 그런 줄도 모르고 텔레비전만 보고 있었다. 꿈속에서도 내 생일은 보름이나 남아 있었다. 뒤늦게 내가 주인공이라는 걸 깨닫고 주방에 가보니 식탁이 말끔하게 치워져 있었다. 어떻게 이럴 수 있냐고 화를 내는데 도통 목소리가 나오지 않았다. 그녀들도 나를 본체만체했다. 나는 분통이 터져 펄쩍펄쩍 뛰다 주방 문턱에 걸려 고꾸라지면서 잠이 깼다. 정신을 차려보니 침대에서 굴러 떨어져 있었다. 얼마나 대차게 떨어졌는지 온몸이 뻐근했다. 침대로 다시 기어 올라가 시계를 보니 11시 40분. 정오가 되기도 전에 잠이 깬 건 올겨울 들어 처음이었다. 열 받는 꿈 탓인지 밤샘 독서로 인한 피로감 때문인지 머리가 몹시 지끈거렸다. 책을 읽으면 머리가 맑아진다는 말은 헛소리였다. 사람들이 싫어하는 것엔 다 이유가 있다.

갑자기 갈비찜 냄새가 솔솔 코를 자극해왔다. 꿈에서 맛도 못 본 것에 한이 맺혀 환취 현상까지 나타나나 보다. 냄새가 진짜든 아니든 배에선 여지없이 꼬르륵 소리가 났다. 다시 잠들기는 글렀다. 기다시피 침대에서 빠져나와 커튼을 열어보니 또 눈이 내리고 있었다. 마당 가장자리를 에워싼 감나무와 매화나무 가지에 눈꽃이 탐스럽게 피어 있었다. 유정 씨가 좋아하는 풍경이었다. 거실 창문에 달라붙어 밖을 내다보고 있을 유정 씨의 모습이 그려졌다. 나는 살그머니 방문을 열어보았다. 예의 냄새가 뭉텅이로 달려들었다. 그러니까 갈비찜 냄새는 꿈에 사무쳐 느껴진 환취가 아니었다. 분명 우리 집 주방에서 풍기는 현실의 냄새였다. 잠결에도 냄새를 맡고 그런 꿈을 꾼 모양이었다. 빈한한 음식 섭취에 녹다운돼 있던 회가 요동쳤다. 나는 유정 씨를 부르며 후다닥 거실로 튀어나갔다. 예상대로 그녀는 소파에 팔짱을 끼고 앉아 창밖을 내다보고 있었다. 그런데 얼굴빛이 어두워 보였다. 그녀가 설경을 감상하면서 심각한 포즈를 취하고 있다니 별일이었다. 연이틀 눈이 오는데도 눈사람을 만들지 않는 것도 낯설었다. 그나마 독서를 한다고 방에 틀어박히지 않은 게 다행이었다. 나는 그녀 옆에 바짝 다가앉으며 무슨 일이 있냐고 물었다. 그녀가 한 뼘쯤 떨어져 앉으며 나를 빤히 쳐다보았다. 한심함과 가엾음이 뒤엉킨 표정이라고나 할까? 자신한테 엉기는 손자가 사랑스러운 표정이 아닌 것만은 확실했다. 이렇게 눈이 오는데도 어째서 기쁜 얼굴이 아니며 대체 눈사람은 왜 안 만드는지 물을 수조차 없었다. 백수 생활을 오래하다 보면 저절로 알아지는 것도 있다. 눈치가 빨라야 절간에서 새우젓이라도 얻어먹는다는 진리 같은 거 말이다. 나는 갈비찜 냄새나 눈사람 대신 『냉장고』로 말머리를 잡았다. 아름다운 팩트를 외면하고 잔혹한 픽션을 논해야 된다는 현실이 고통스러웠다. 배에선 끊임없이 꼬르륵거렸다.

“유정 씨가 읽어보라고 한 책 다 읽고 잤어. 잘했지?”

“그래? 어땠어?”

그녀가 반가움인지 놀라움인지 모를 반응을 보였다. 일단 분위기 전환엔 성공한 셈이다. 그런데 내가 언제부터 그녀의 눈치를 이렇게나 봤더라? 반사적으로 험상궂은 석태의 얼굴과 문제의 동영상이 떠올랐다. 이래서 죄

짓고는 맘 편히 못 산다는 말이 있나보다.

"재밌긴 한데 좀……."

"좀 뭐? 괜찮으니까 느낀 점을 솔직하게 말해봐."

생각해보니 내가 솔직하게 말하지 못할 것도 없었다. 유정 씨가 직접 쓴 것도 아니고 국민 작가 수준의 유명세를 탄 작가도 아닌데 내가 뭐란다고 그녀가 기분 나빠할 이유가 없었다. 사실 그런 '듣보잡'이 쓴 책을 잠까지 설쳐가며 끝까지 읽었다는 것만으로도 칭찬받을 일이었다.

"너무 황당하더라. 딸이 아버지를 냉동실에 가둬 죽인다는 게 말이 돼? 무슨 막장 드라마도 아니고 말야."

"아버지가 아내랑 딸한테 한 짓은 말이 되고?"

"옛날 어른들 다 그랬잖아. 그런 집안에 여자로 태어났으면 어느 정도는 감수를 해야 되는 거 아닌가. 아무튼 요즘 여자들 기가 너무 쎄졌다니까. 어떻게 아들도 아니고 딸이 아버지를 그렇게……."

"너 좋아하는 갈비찜 했는데 먹을래?"

그녀가 말허리를 댕강 자르고 끼어들었는데 내 입장에선 그렇게 고마울 수가 없었다. 이제야 비로소 꿈에 그리던 '할머니'를 되찾은 기분이었다. 나는 감격에 겨운 나머지 대답도 못 하고 머리만 세차게 끄덕거렸다. 독서를 한다고 머리가 맑아지는 건 아니지만 얻어지는 게 있다는 것만은 사실이었다. 미드만 보지 말고 책도 좀 읽으라는 그녀의 충고에 이렇게나 깊은 뜻이 담겨 있을 줄이야. 나는 주방으로 향하는 그녀의 뒤를 졸랑졸랑 따라갔다. 곧 냄새의 실체인 갈비찜이 눈앞에 나타났다. 꼭지도 낯선 여자도 없는 나만의 식탁에 말이다. 꿈은 반대라는 말이 실감났다.

그녀의 갈비찜 솜씨는 여전했다. 문제는 요즘 들어 실력 발휘를 너무 안 한다는 거였는데 어차피 2주 뒤엔 내 생일이니까 또 해달라고 해야겠다. 그녀는 말없이 건너편에 앉아 먹지도 않고 나만 바라봤다. 맛있는 음식을 먹을 땐 말이 필요 없는 법이다. 나는 음 소거된 분위기에서 부지런히 갈비를 뜯었다. '인생 뭐 있어, 이런 게 행복이지' 따위의 낡은 문장들이 떠오르는데도 싫지 않았다. 이제 겨우 이십 대 후반에 접어든 내가 말이다.

소파에 길게 늘어진 채로 눈을 떴을 때는 짙은 어둠이 깔려 있었다. 스마트폰을 열어보니 일곱 시가 넘어 있었다. 집안에 살아있는 거라고는 텔레비전 화면뿐이었다. 소파에 앉아 미드를 보다 잠이 든 모양이었다. 밤이 됐는데도 불도 켜지 않고 커튼도 치지 않은 걸 보니 주방을 치우고 방으로 들어간 유정 씨도 아직 나오지 않은 것 같았다. 갈비를 배불리 먹은 후 텔레비전을 보다 잔 일밖에 없음에도 때가 되니 또 배가 고팠다. 백수 입장에서는

'일하지 않은 자 먹지도 말라'는 말이 가장 끔찍하다. 사실 할 일이 많은 사람들이야 바빠서 끼니를 거를 수도 있겠지만, 그래서 더욱 보람찬 하루였다며 뿌듯해 할 수도 있겠지만, 빈둥거림이 전부인 백수들은 끼니까지 거르면 진짜 하루가 너무 허무하고 헛헛하다. 그래서 더 끼니에 집착하는지도 모른다. 일하지 '못하는' 자야말로 먹는 것에 열중해야 된다. 그래야 삶이 비참해지지 않는다. 그런 의미에서 나는 또 한 끼를 챙기기 위해 유정 씨를 목청껏 불렀다. 대답이 없다. 요즘 쭉 그래왔으니 그러려니 하고 그녀의 방문을 두드렸다. 역시 반응이 없다. 뭐 좋은 거라고 습관이 됐나 보다. 어쩌면 작품 구상은 그만하고 직접 써보라는 충고를 받아들이지 않는 것에 대한 화풀이인지도 모르겠다. 사실 그녀의 충고가 아니더라도 나도 하루빨리 멋진 작품을 써서 유명 작가가 되고 싶다. 다만 아직 때가 되지 않았을 뿐이다. 엄마말대로 나는 대기만성 타입인 것 같다. 엄마가 나를 위로하는 차원에서 하는 말이라는 걸 알면서도 그 말에 안주했다. 한데 정작 이해심이 남다른 유정 씨가 나서서 트집을 잡을 줄은 꿈에도 몰랐다.

나는 충동적으로 방문을 벌컥 열었다. 방안에 그녀는 없었다. 책상 앞에도 침대 위에도 보이지 않았다. 또 나중에 딴소리할까 봐 침대 밑이나 장롱 안까지 샅샅이 뒤져보았다. 일흔이 가까운 그녀가 그런 곳에 숨어 있을 리 만무했지만, 또다시 내 자신을 의심하고 싶지 않아 화장실을 열어보고 엄마 방까지 들여다보았다. 심지어는 내 방에도 들어가 보았다. 아무데도 그녀는 보이지 않았다. 이제 그녀가 집안에 없다는 것이 명백했다. 나는 그녀에게 전화를 걸었다. 이번에도 전화벨은 그녀의 책상 위 흰색 노트북 옆에서 울렸다. 책상 위가 어수선하고 너저분한 것도 여전했다. 어제와 다른 점이 있다면 노트북이 열려 있다는 거였다. 그렇다면 멀리 가지는 않았을 터였다. 카페에 커피라도 마시러 갔나 싶어 엄마한테 전화를 해보았다. 엄마는 내가 말하기도 전에 다짜고짜 왜 또? 하며 신경질을 부렸다. 오늘도 역시 바쁜가 보다.

"혹시 유정 씨 거기 있어?"

"왜 날마다 전화해 유정 씰 찾아?"

"있어야 될 사람이 없으니까 찾지."

"카페 손님 많을 땐 얼씬도 않는 거 몰라서 그래?"

"아는데 집에 없으니까……."

이번에도 할 말이 남았는데 전화가 끊겼다. 그녀가 카페에 없는 걸 확인했으니 내 저녁밥은 어떻게 하는 게 좋을지 물을 참이었다. 낮에 먹다 남은 갈비를 먹을까 했지만 태우지 않고 데울 자신이 없어 망설여졌다. 아점을 든든하게 먹었으니 일단 기다려보기로 했다. 전화를 두고 갔으니 조만간 돌아오지 싶었다. 가까운 마트에 간 건지도 모른다. 나는 그녀의 방을 다시 한번 둘러보고 소파로 되돌아왔다. 추운 겨울밤에 내가 할 수 있는 건 텔레비전 보기와 게임 말고는 없었다. 잠깐 소파에서 뒹굴다 허기를 잊기 위해 방으로 들어와 게임에 열중했다.

문득 정신을 차려보니 새벽 한 시였다. 거실을 내다보니 내가 켜놓았던 불이 꺼져 있었다. 유정 씨가 들어왔는지 확인하고 싶었지만 자고 있는데 깨우는 것도 예의가 아닌 것 같아 그만두었다. 평소엔 잘 시간이 아닌데도 자꾸 몸이 늘어졌다. 아무래도 어제 독서로 날밤을 새운 게 무리가 됐나 보다. 냉수 한 컵으로 허기를 달래고 잠자리에 들었다.

일어나보니 엄마는 벌써 나가고 없었다. 유정 씨는 거실에도 주방에도 보이지 않았다. 나는 서둘러 그녀의 방문을 두드렸다. 조용했다. 열어보니 역시 비어 있었다. 책상 위는 어제와 다름없는 상태였다. 열린 노트북 옆에 놓인 스마트폰도 그대로였다. 그렇다면 어젯밤 들어오지 않은 게 분명했다. 노인네가 이 추운 날씨에 어디서 밤을 지낸 걸까. 엄마는 알고 있는 걸까. 나는 또 엄마에게 전화를 걸었다. 나도 욕먹는 게 싫지만 어쩔 수가 없었다. 엄마는 이제 포기했는지 신경질을 부리지 않았다.

"바쁘니까 용건만 말해."

"혹시 나가기 전에 유정 씨 봤어?"

"아니."

"어젯밤 안 들어온 거 같은데 걱정도 안 돼?"

"무슨 소리야. 밤새 뭘 하는지 불 켜놓고 있다가 새벽에야 잠든 거 같더만. 갈비찜 있길래 데워서 상 차려놨으니까 밥 달라고 전화하지 마. 오늘은 진짜 바빠."

또 일방적으로 끊었다. 이놈의 연말연신지 뭔지 빨리 지나가야지 이러다 진짜 왕따 되겠다. 그나저나 밤새 그녀의 방에 불이 켜져 있었다니 들어오긴 한 것 같다. 나는 분명 불을 끄고 나왔었으니까. 그런데 언제 또 나간 걸까. 평소대로라면 엄마는 열한 시쯤 나갔을 테고 나는 열두 시에 일어났다. 그렇다면 한 시간 사이에 자고 있던 그녀가 일어나 밥을 먹고 외출 준비를 한 다음 나갔다는 거다. 무엇보다 그녀가 아무리 새벽에 잠들었다고 하더라도 열한 시까지 자고 있었다는 게 믿기지 않았다. 물론 그녀가 다른 노인들처럼 새벽에 일어나는 타입은 아니었지만 그렇다고 열한 시가 넘도록 잘 사람도 아니었다. 여태껏 그런 적은 단 한 번도 없었다. 그런데도 엄마는 바쁘다는 이유로 그 사실을 깨닫지 못하고 있었다.

나는 일단 밥부터 먹고 생각하기로 했다. 어제 점심을 먹은 후 내리 굶었더니 배가 등짝에 달라붙었다. 식탁엔 보온통에 담긴 갈비찜과 밑반찬이 담긴 통, 빈 밥공기와 수저가 가지런히 놓여 있었다. 밥통에서 밥만 푸면 된다는 뜻이었다. 역시 엄마의 사랑은 변함없었다. 하긴 변할 게 따로 있지 엄마가 어떻게 아들에게 무관심할 수 있단 말인가. 나는 허겁지겁 밥을 두 공기나 퍼먹었다. 물론 갈비찜도 깨끗이 비웠다. 언제 또 먹을 수 있을지 모르니 먹을 수 있을 때 든든히 먹어둬야 한다.

나는 불룩해진 배를 쓸어내리며 소파에 누워 자다 깨다 하다 저녁때가 되어서야 그녀의 방으로 향했다. 긴가민가하면서도 엄마 말을 믿고 종일 기다려 보았다. 하지만 그녀는 나타나지 않았다. 요 며칠 그녀에게 일어난 일들로 미루어 볼 때 그녀의 사라짐이 예삿일이 아니긴 했다. 자의든 타의든 그녀의 신변에 변화가 생긴 것이 틀림없었다. 나는 두 눈을 부릅뜨고 찬찬히 그녀의 방을 둘러보았다. 그런 다음에야 처음 유정 씨의 방을 살폈을 때 한 가지 간과한 게 있었다는 사실을 깨달았다. 그녀는 외출할 때 반드시 방바닥에 널려 있는 옷가지들을 싸잡아 장롱에 몰아넣고 장롱 문을 닫았다. 누군가 주인 없는 방에 들어와 밟고 다닐 수도 있다는 이유 때문이었다. 자신의 물건이 밟히는 건 인격이 짓밟히는 것과 같다고 했다. 그런데 지금의 방바닥은 그녀의 물건들로 어수선했고 장롱

문도 열려 있었다. 외출했다 돌아와서 입었던 옷을 벗어 던지고 장롱 문을 열어젖힌 다음 실내복을 꺼내 입은 상태 그대로였다. 올겨울 들어 부쩍 즐겨 쓰던 털모자와 털목도리와 털장갑이 골덴 바지와 앙고라 스웨터 위에 뒹구는 걸로 봐서 사흘 전 내게 들려줬던 맥락 없는 이야기 속의 옷차림 그대로였다. 꽉지도 그렇고 요즘 여자들 사이에 흰색 털모자 세트가 유행인가? 금시초문이었다. 미드에 빠져 있다 보니 한국 여자들의 옷차림에 너무 무관심해 있었던 건 사실이었다. 하긴 지난겨울에 유정 씨가 내 생일 선물로 사준 파카랑 털모자도 흰색이긴 했다. 설마 꽉지도 그녀한테 선물을 받은 건가, 라는 의혹을 잠깐 품었다가 손녀도 아닌데 그럴 리 없다는 결론을 내렸다. 어쨌거나 눈을 좋아해 흰색을 좋아하는 건지 흰색이 좋아 눈을 좋아하는 건지는 몰라도 그녀의 흰색 사랑은 유별났다. 낙상할 때를 대비한 보호 장비 겸용이라며 메고 다니던 백팩도 옷가지 옆에 놓여 있었다.

그녀가 외출하지 않았다는 근거는 또 있었다. 책상 위의 열어놓은 노트북과 그 옆에 놓아둔 스마트폰. 대부분의 사람들은 외출 시 사용하던 노트북 전원을 끄고 뚜껑을 닫은 다음 휴대폰을 주머니에 넣거나 가방에 넣고 밖으로 나간다. 심지어 24시간 손에 쥐고 살기도 한다. 한데 그 두 가지를 굳이 방치해 놓은 채 사라진 이유가 무엇일까. 엊그제 낮에 사라졌다가 나타났을 때만 해도 노트북은 닫혀 있었다. 물론 전화기가 노트북 옆에 있었지만 본인 말에 나간 적이 없었다고 했으니 이상할 것도 없었다. 그런데 엊저녁부터 줄곧 노트북 뚜껑은 열려 있었고 스마트폰이 놓인 위치도 변함이 없었다. 어제 들어오지 않았다는 증거였다. 방에 불이 켜져 있었다는 건 엄마가 잘못 봤거나 착각일 수도 있었다. 당연히 방에 있을 거라고 생각했기 때문에 생긴 착시 현상 같은 거 말이다. 새벽에야 잠자리에 들었다는 것도 아침에 나오질 않으니 날밤을 새고 늦잠을 자고 있을 거라고 짐작한 것일 수도 있었다. 대부분의 사람들은 일상성을 벗어나지 않은 한도 내에서 자신이 편한 대로 생각하거나 치부해 버린다. 특히 엄마처럼 바쁜 상황이라면 더 그렇다.

노트북도 그랬다. 마우스를 움직여보니 통나무 카페 사진이 올라가 있는 바탕 화면이 떴다. 평소엔 쓸데없이 에너지를 낭비하는 것도 죄악이라며 잠깐 자리를 뜰 때도 전원을 껐던 그녀가 노트북도 끄지 않고 외출했다니 이해가 되지 않았다. 나는 혹시나 해서 하단에 내려져 있는 인터넷 창을 클릭했다. 로그인 상태로 자리를 떴는지 오랫동안 사용하지 않아 로그아웃됐다는 알림 창이 떴다 사라졌다. 사생활 보호를 중요하게 여기는 그녀가 사용하던 계정의 로그아웃도 하지 않은 채 외출을 한 이유가 뭘까. 그리고 늘 끼고 살던 스마트폰은 왜 이곳에 두고 간 걸까. 뜬금없는 독서도 그렇고 노인네가 안 하던 짓을 하면 위험한 징조라던데 설마 노망이라도 난 건 아닌가? 그렇다고 페미니즘에 관한 것들이 그녀의 실종에 연관성이 있어보이진 않았다. 설마 그 나이에 공중 화장실에 갔다 변을 당했을 리도 없고 말이다.

그녀는 어젯밤 들어오지 않았다. 모든 정황으로 봤을 때 이건 분명 타의에 의한 부재였다. 상황이 이렇다 보니 납치의 가능성을 배제할 수 없었다. 누군가 집 안에 있는 그녀를 납치했다면 외부인이 침입한 흔적이 남아 있을 터. 나는 거실로 나가 바닥을 살펴보았다. 그녀의 대충대충 청소 습관 탓에 군데군데 얼룩이 찌들어 있긴 해도 낯선 신발 자국 따윈 보이지 않았다. 납치범이 신발까지 벗고 들어왔다면 면식범일 가능성이 컸다. 꼭지가 들어오기 전까진 유정 씨의 방문객들은 별채의 게스트룸으로 안내됐었다. 대부분이 남자들이었는데 며칠씩 묵다가 언제 돌아갔는지 모르는 새에 별채가 비어 있곤 했다. 밤새 미드를 보다가 매일 늦잠을 자는 나로선 외부인의 출입을 제때 목격하기가 쉽지 않아 그러려니 했다. 그나마도 꼭지가 별채에 들어온 후론 남자들 방문 자체를 목격하지 못했다. 나 또한 그곳을 들여다볼 생각도 하지 않았다. 꼭지를 놀려줄 심산으로 별채 주변을 얼쩡대다가 유정 씨한테 들켜 된통 혼난 후부터 그랬다. 시멘트 바닥에 무릎까지 꿇게 하고 어찌나 무섭게 화를 내던지 그 뒤론 얼씬도 못했다.

나는 제대 후 줄곧 집 안에 틀어박혀 있었고 어제는 내내 거실에 있었다. 그런 나에게 비명소리가 들리지 않은 점으로 봐서 불청객이 찾아왔을 확률은 높지 않았다. 혹시나 하고 스마트폰의 통화 목록을 검색했다. 그곳엔 단 하나의 부재중 수신 목록만 떠 있었다. 발신인은 사도, 번호는 바로 내 전화번호였다. 아까 배가 고파서 확인차 걸었던 시간의 전화 목록만 달랑 찍혀 있었다. 그렇다면 그녀가 사라지기 전에 그동안의 통화 목록을 다 지워버렸다는 얘기였다. 설마 주변 정리를 하고 멀리 떠나버린 거 아냐? 방의 상태로 봐선 전혀 아닌데……. 면식범이 그녀를 납치하면서 단서가 될지도 모를 자신의 흔적을 지우기 위해 모든 기록을 지운 걸지도 모른다. 아예 스마트폰을 가져가 없애버릴까 하다 위치 추적이라도 당할까 봐 방에 두고 간 것일 수도 있었다. 여기까지 생각이 미치니 진짜 그녀한테 큰일이 생겼다는 위기감이 밀려들었다. 나는 다급한 마음으로 엄마에게 전화를 걸었다. 엄마가 다짜고짜 소리를 질렀다.

"전화하지 말랬지. 밥상 차려논 거 못 봤어?"

"봤어. 그보다 엄마 큰일 났어. 아무래도 유정 씨가 납치된 거 같애."

"무슨 헛소리야, 단체 손님 몰려와서 바빠 죽겠는데. 너 미드에 미쳐 있더니 범죄 놀이가 하고 싶어 그러는가 본데 심심하면 건너와 일손이나 거들어."

"그게 아니라니까 엄마……."

전화는 이미 끊어져 있었다. 다시 걸었지만 아예 받지도 않았다. 할 수 없이 꼭지한테 전화를 걸었다. 역시 받지 않았다. 하긴 그 애가 내 전화를 고분고분 받을 리 없었다. 혹시나 하며 유정 씨의 전화기로 꼭지에게 다시 걸었다. 발신음이 울리기 무섭게 유정 씨, 하며 재깍 받았다. 마치 제 할머니라도 되는 양 애교가 철철 넘쳤다.

"놀고 있네. 내 전화는 왜 안 받냐?"

"그쪽이랑 전화 주고받을 만큼 친한 사이도 아니잖아요."

"이게 진짜 죽을라고 용쓰냐?"

"됐으니까 용건이나 말해요."

"이런 싸가지 좀 봐라. 제집에선 사람 대접도 못 받는 주제에 유정 씨가 오냐오냐 하니까 우리 집 손녀라도 된 거 같냐?"

"끊어요."

울화가 치밀어 올랐지만 유정 씨를 찾는 게 급한 일이

라 일단은 참기로 했다.

“잠깐, 어제 유정 씨한테 무슨 말 들은 거 없냐? 아무래도 납치된 거 같은데.”

“심심하다고 바쁜 사람한테 전화해 이러는 거 아니죠.”

꼭지는 뭐라 반격할 틈도 주지 않고 전화를 끊어버렸다. 가뜩이나 예민해져 있는데 꼭지까지 기세가 등등하니 뒷골이 당겼다. 그건 그렇고, 왜 납치 얘기만 꺼내면 무조건 안 믿으려고 하는 걸까. 납치가 그렇게 비현실적인 범죄인가? 아니면 내가 너무 예민한 건가? 다시 그녀의 스마트폰을 열어 들여다봤다. 모든 게 텅 빈 채 통화 목록만 하나 더 추가돼 있었다. 수신 목록 ‘사도’와 발신 목록인 꼭지의 전화번호만 달랑 남아 있는 액정 화면을 뚫어지게 바라봤다. 설마 사도세자의 그 사도?

아무리 생각해도 유정 씨가 나를 사도세자에 빗댈 이유가 없었다. 나는 그녀의 출신 성분에 열등감을 일으키거나 권좌를 호시탐탐 노린다고 오해를 살 만한 ‘아들’이 아니다. 마냥 이대로 그녀에게 기대어 살고 싶어하는 순한 양 같은 ‘손자’였다. 그러니 혹여 그녀가 ‘영조’에 빙의됐다는 착각에 빠져 살았더라도 손자인 나를 ‘정조’라면 모를까 ‘사도’로 빗댈 이유가 없었다. 혹시 이 사도는 사도세자를 칭하는 것이 아니라 ‘정의의 사도’쯤을 줄여 쓴 거 아닐까. 내가 비록 게으른 백수지만 뉴스나 미드에서 파렴치한 범죄자를 보면 게거품을 물고 광분하는 걸 유정 씨도 여러 번 봤으니까. 이를테면 범죄물 시리즈를 보면서 나쁜 놈들을 향해 퍼붓던 저주 같은 거 말이다.

그러니까 스마트폰에 남긴 '사도'는 그녀가 사라지면서 급하게 작성한 구조 요청 싸인이라고 봐도 무방하지 않을까. 그렇다면 말끔하게 사라진 사용 목록들은 어떻게 설명할 것인가. 납치되는 상황에 스마트폰을 정리할 정신적, 시간적 여유가 있었다면 112에 신고를 하지 않았을까? 정황상 앞뒤가 맞지 않았다. 그게 아니면 납치범이 남긴 게임 룰 같은 건가? 섣불리 신고하면 당신의 가족은 뒤주에 갇혀 죽은 사도처럼 영영 세상 구경을 할 수 없다, 라는 메시지 말이다. 믿기지 않으면서도 나름 설득력이 있었다. 그리고 납치든 단순 가출이든 중요한 건 그녀가 사라졌다는 거였다. 그보다 더 중요한 건 그녀의 스마트폰에 유일하게 남긴 '사도'가 나를 지칭한다는 것이고. 납치범이든 유정 씨든 나를 상대로 게임을 하고 있다는 사실만은 확실했다. 나로선 어느 쪽도 무시할 수 없는 입장이었다. 섣불리 신고부터 할 사안이 아님은 분명했다.

나는 보이지 않는 적과의 응전을 위해 다시 그녀의 방으로 향했다. 보란 듯이 펼쳐놓고 간 노트북이라도 살펴볼 수밖에 없었다. 인터넷 계정엔 로그인을 해야 들어갈 수 있으니 우선 아쉬운 대로 하드디스크 드라이브를 열어보았다. 텅 비어 있었다. 아무래도 인터넷을 이용한 것 같았다. 로그인을 하려면 아이디와 비밀번호를 알아내야 한다. 아무리 총기 밝은 그녀지만 나이가 있으니 어딘가에 아이디와 비밀번호를 적어 놓았을 것이다. 나는 책상 위의 너저분한 종이 쪼가리들을 헤집고 뭔가를 찾아낼 엄두가 나지 않아 책상 서랍부터 열어보았다. 서랍도 책상 못지않게 뒤죽박죽이었다. 각종 문구류와 서류 뭉치, 반짇고리와 천 조각들, 서너 개의 연고와 약 봉지, 심지어는 형형색색의 캔디류까지 마구잡이로 뒤엉켜 있었다. 세상에나, 어떻게 이런 곳에서 필요한 물건을 찾아 쓰는지 신기할 정도였다.

서랍은 뒤져볼 엄두도 내지 못해 멍때리는 와중에 알록달록한 캔디류 속에 특이한 모양 하나가 눈에 띄었다. 검지를 편 주먹 모양의 흰색이었다. 펼친 검지가 손잡이고 주먹 쪽이 사탕인가 보았다. 제법 큰 눈깔사탕 크기였다. 하여간 흰색은 어지간히 좋아한다. 아무리 그래도 유치원생들이나 좋아할 법한 모양의 사탕을 사다놓고 몰래 먹다니 귀엽기까지 해 웃음이 나왔다. 유정 씨가 좋아하는 사탕은 대체 무슨 맛이 나는지 먹어볼 요량으로 그것을 집어 들려는데 전화벨이 울렸다. 나는 깜짝 놀라 후다닥 서랍을 밀어 넣었다. 자신의 물건에 함부로 손을 대는 걸 싫어하는 유정 씨가 서랍까지 뒤졌다는 걸 알면 무슨 날벼락을 맞을지 모른다.

급히 노트북 뚜껑을 닫았다가 원래 열려 있었다는 생각에 다시 열어놓았다. 뭐 또 달라진 거 없나 훑어보고 나서야 나는 이마를 쳤다. 전화기가 울렸다는 걸 알고도 초인종이 울린 것처럼 대비하고 있었던 거였다. 설사 초인종이 울렸다 치더라도 그녀일 리가 없었다. 자신의 집에 들어오면서 초인종을 누를 유정 씨가 절대 아니므로. 그녀가 납치됐을지도 모른다는 생각에 빠져 있다 보니 정신이 오락가락했다. 혹시 유괴범이 전화를 걸어온 것일 수도 있었다. 바짝 긴장을 하고 전화를 받아보니 인터넷 가입을 권하는 스팸 전화였다. 맥이 탁 풀렸다. 도대체 유정 씨는 어디로 사라져버린 것일까. 마음을 가라앉히기 위해 주방으로 나가 냉수를 한 컵 마신 다음 다시 그녀의 방으로 들어갔다.

인터넷 카페 아방궁

우선 책상 위를 다시 한번 살펴보기로 했다. 스마트폰 다음으로 신경 쓰이는 게 노트북이었다. 책상 위를 꼼꼼히 살피다 종이 쪼가리들 틈에서 만화 캐릭터가 프린트된 노트 한 권을 발견했다. 펼쳐보니 내가 초등학교 저학년 때 쓰던 받아쓰기 공책이었다. 어릴 때부터 공부할 싹수가 아니었는지 빨간 색연필로 빗금이 죽죽 그어져 있었다. 보는 사람이 없는데도 얼굴이 화끈거렸다. 나도 모르게 볼멘소리가 터져 나왔다.

“아씨, 챙피하게 뭐 이런 걸 여태 보관하고 있대.”

공책을 쥐고 드르륵 넘기다보니 받아쓰기로 사용한 건 채 열 페이지도 되지 않았다. 그녀의 눈엔 새거나 마찬가지니 버리기 아까워 챙겨뒀다가 잡기장으로 사용할 요량으로 꺼내놓은 듯했다. 손자 쪽팔려 죽는 꼴을 볼 생각이 아니고서야……. 나는 받아쓰기한 부분을 한꺼번에 모아잡고 북 뜯어냈다. 그러자 그녀가 사용한 부분이 맨 앞 페이지로 드러났다. 그녀가 메모한 건 노트북 사용법이었다. 첫 장엔 노트북의 전원을 켜는 것부터 인터넷 창을 여는 방법까지 상세히 적혀 있었다. 다음 장에는 인터넷 계정을 이용하는 방법이 꼼꼼하게 적혀 있었다. 그리고 그다음 장에는 아이디로 보이는 영문자와 비밀번호인 듯한 숫자가 적혀 있었다. 어째 익숙하다 싶어 자세히 들여다보니 앞엣 것은 유정 씨의 이니셜과 생일, 뒤엣 것은 나의 이니셜과 생일이었다. 나이의 한계란 이런 건가? 처음 인터넷이 연결돼 있는 걸 발견했을 때 비번을 어딘가에 기록해 뒀으리라는 내 예상이 맞았다. 인터넷 계정에 아이디와 비밀번호를 입력하고 로그인 버튼을 눌렀다. 로그인은 성공적이었다. 너무 쉽게 로그인이 돼서 허무할 정도였다.

먼저 메일함에 들어가 보니 '오지랖'이라는 사람에게서 받은 메일이 꽤 쌓여 있었다. 본명일 리는 없고 아무래도 닉네임인 것 같았다. 보낸 메일함에는 '조롱박'이 오지랖에게 보낸 메일이 받은 만큼 쌓여 있었다. 평소의 유정 씨답지 않게 유치했다. 아마도 주민센터에서 함께 컴퓨터를 배우다 친해져 연습 삼아 메일을 주고받은 모양이었다. 그쪽에서 '오지랖'이라는 닉네임을 쓰니까 유정 씨도 수준을 맞춰주느라고 '조롱박'으로 응수했겠지. 무슨 내용인지 열어볼까 하다가 예의가 아닌 듯하여 그만두었다. 나이 먹은 여자들 수다라는 게 보나마나 손자들 자랑이거나 며느리들 흉보는 게 다일 텐데 굳이 들여다보고 싶지 않았다. 대신 카페에 들어가 보았다. '조롱박 님 환영합니다'라는 문구가 떴다. 그녀는 카페에서도 조롱박이라는 닉네임으로 '아방궁'이라는 이름의 카페를 이용하고 있었다. 그런데 카페지기도 운영자도 조롱박인, 비공개 1인 카페였다. 개설 시기는 지난 2월. 컴퓨터 학원은 작년부터 나가지 않았으니 그곳에서 만들어줬을 리가 없었다. 그 나이에 주민센터에서 초급 과정을 마친 실력으로 카페까지 만들 수 있을 것 같지는 않았다. 빈둥거리는 나를 놔두고 바쁜 엄마한테 부탁했을 리도 없었다. 지난 2월이면……, 혹시 꼭지가? 맞다. 꼭지가 손님방에 짐을 풀은 게 올해 초였다. 그렇다면 꼭지와 유정 씨는 서로 알게 된 지 얼마 되지 않았을 때부터 카페를 만들어 주고받을 만큼 친밀한 사이가 됐다는 거다. 멀쩡한 손자를 놔두고 촌뜨기 꼭지에게 부탁하다니 왠지 섭섭했다.

카페의 카테고리는 한 줄 메모장 / 신변잡기 / 아방궁 이야기로 나뉘어 있었다. 한 줄 메모장엔 올해 겨울은 특별할 것 같다, 유난히 눈이 많이 내리는 게 오래전 '그해'를 떠오르게 한다, 소중한 걸 버리기 위해 고된 훈련 중이다, 등의 글들이 적혀 있었다. 설마 불치병이라도 걸린 게 아닌가 싶어 덜컥 겁이 났다. 어쩐지 예사롭지 않더라니. 불치병이 확실하다면 좀 더 자세히 적어놓은 게 있을지도 몰랐다. 내가 만약 불치병에 걸렸다면 기록을 남기고 싶을 것이다. 다음 목록인 '신변잡기'를 클릭했다. **신포시장**, **정자네 국밥집**, **유정다방** 등의 제목 목록이 떴다. 유정 씨가 전쟁 후 신포시장에서 어머니와 단둘이 겪었던 이야기를 들었던 기억이 어렴풋이 떠올랐다. 역시 떠나기 전에 자신의 이야기를 남기고자 한 것일 수도 있겠다는 생각이 들었다. 일종의 자서전 같은 것 말이다. 유정 씨의 성장 과정에 뭔가 특별한 사연이 있을 것 같았다. 나는 '신변잡기'에 담긴 내용들을 먼저 읽기 시작했다.

신포시장

나, 유정자는 전쟁 통에 아버지와 오빠 둘을 잃었다. 전쟁이 터지자 아버지는 오빠 둘을 데리고 피난길에 나섰다. 당시 걸음마도 떼지 않았던 나는 병든 할머니의 병간을 맡은 어머니와 집에 남겨졌다. 그런데 아버지와 오빠들은 한강 다리를 건너던 중에 다리가 폭파당해 수많은 피난민과 함께 죽고 말았다. 살기 위하여 가족을 버리고 떠난 남자들은 죽고 사지에 버려졌던 여자들은 살아남았던 것이다. 가뜩이나 심장병을 앓던 할머니는 '서울 사수'라는 녹음 방송을 틀어대고 저 혼자 살겠다고 달아난 것도 모자라 피난민이 몰려드는 다리를 폭파한 대통령을 저주하다 홧병을 얻어 목숨을 놓았다. 후에 어머니로부터 가족을 잃게 된 사연을 들은 나는 여자 가족을 버리고 남자들끼리만 피난길을 떠난 아버지나 힘없는 백성을 버린 대통령이나 피장파장이라고 생각했다.

할머니까지 돌아가시자 어머니는 살길이 막막했다. 게다가 얼마나 무섭고 서러웠는지 어린 내가 없었다면 지레 죽었을 거라고 했다. 걸음마도 안 뗀 너를 두고 차마 죽을 수가 없었단다, 라고 종종 회상하곤 했다. 어머니는 어린 딸과 함께 살아남기 위해 허드렛일을 마다하지 않고 악착같이 일했다. 덕분에 나는 고등학교까지 진학할 수 있었다. 다른 동무들은 학교 문턱도 넘어보지 못했다. 어릴 때부터 공순이나 식모살이로 돈을 벌어 오빠나 남동생들 뒷바라지를 해야 했기 때문이었다. 남자 형제들이 없는 또래 동무들도 방탕한 아버지의 노름빚이나 술값을 대기 위해 식모살이를 떠나는 경우가 많았다. 남편과 아들 둘을 졸지에 잃은 어머니는 두고두고 애통해했지만 나의 입장에는 여간 다행한 일이 아니었다. 만약 오빠 둘이 살아 있었다면 그들의 학비를 벌기 위해 학교 대신 공장으로 갔을 게 뻔했기 때문이었다. 나는 어머니와 함께 슬퍼하는 척했지만 속으로는 집안 남자들의 씨를 말린 운명에 감사했다. 그 대신 방과 후에는 일하는 어머니를 도와 집안일을 거들었다.

내가 고교에 입학하던 해 시장통의 국밥집에서 허드렛일을 하던 어머니가 과로로 쓰러졌다. 어머니는 모아둔 돈이 있으니 걱정 말라고 했지만 나는 학업을 포기했다. 나를 위해 더 이상 어머니를 희생시키는 건 어린 딸이나 누이동생을 희생시키는 뻔뻔한 남자들과 다를 바 없다는 생각이 들었다. 나는 국밥집을 찾아가 어머니가 하던 일을 대신하겠다고 청했다. 일손이 부족했던 국밥집 주인 리분임은 흔쾌히 받아주었다.

선천적으로 약골인데다 마음의 병까지 얻어 허약했던 어머니와 달리 나는 건강한 편이었다. 남자 가족이 없어 주눅들 필요가 없었기 때문인지 성격도 명랑하다는 소릴 많이 들었다. 가족을 위해 희생하는 일이 아니라 내가 원했기 때문에 고된 일도 즐겁게 할 수 있었다. 나는 분임에게 매출 장부를 만들어 수입과 지출을 기록하는 방법을 가르쳐주었다. 덕분에 분임은 손버릇이 안 좋은 아들이 매출금을 빼내는 일과 약삭빠른 납품업자들이 물건 값을 속이거나 이중으로 받아가는 일을 막을 수 있었다. 국밥집이 날로 번창하여 규모가 커지자 분임은 나에게 계산대를 맡겼다. 일 년 만에 허드렛일에서 벗어날 수 있었던 것도 고교 중퇴나마 학교에 다녔기 때문이었다. 아무리 생각해도 집안에 남자가 없는 건 행운이었다.

분임의 아들 황명종만 해도 빈둥거리며 말썽만 피워 제 어미의 속을 썩였다. 동네 건달들과 어울려 다니며 패싸움을 하여 치료비를 물어내는 건 다반사였고 간간이 내기 도박을 하여 목돈을 날리기도 했다. 그런데도 분임은 명종의 두 손을 움켜잡고 눈물만 흘릴 뿐 핀잔 한번 주지 않았다. 난리통에 죽을 뻔한 목숨을 건진 것만 해도 감지덕지라는 거였다. 리분임 부부는 흥남 철수 때 배에 오르다 인파에 떠밀려 어린 아들과 딸이 물에 빠졌는데 남편이 뛰어내려 아들을 건져 올리고 본인은 딸과 함께 물귀신이 되었다고 했다. 혹독한 한파 속에서 30만이 넘는 인파가 몰려들었다니 무리도 아니었다. 그녀는 그 아비규환 속에서도 아들이 살아남아 가문의 대를 잇게 생겼으니 얼마나 다행인지 모른다며, 남편이 그 난리 통에도 조상님 뵐 면목은 세우고 갔다고 대견해했다. 그럴 때마다 나는 격한 반발심이 일었다. 분임의 딸도 여자라는 이유로 버림받아 죽었다는 생각 때문이었다. 나는 버려지고도 오빠들이 죽었기 때문에 용케 살아남았고 분임의 딸은 오빠랑 같이 물에 빠졌기 때문에 죽었다. 분임의 딸은 오빠들이 다 죽었기 때문에 혼자 살아남은 나와 대비가 되었다. 분임의 딸이 아들 대신 살아남았더라면 그녀의 삶이 훨씬 편해졌을 거라고 일러주고 싶었지만 꾹 참았다. 죽은 남편의 대를 잇겠다고 아들을 애지중지하는 그녀와는 말이 통하지 않았다. 다 같은 자식인데 꼭 대를 이어야 한다면 딸이 이으면 왜 안 되는 건지 도통 이해할 수 없었다.

스무 살이 되던 해 나는 분임의 아들 명종과 이른 결혼을 했다. 그는 평소 계산대 주변을 얼씬거리며 나를 성가시게 했다. 일 끝나고 커피나 한잔하자는 둥, 쉬는 날 영화를 보러 가는 게 어떻겠냐는 둥 치근덕거렸다. 하지만 나는 그따위 날건달하고는 상대도 하고 싶지 않아 눈길 한번 주지 않았더랬다. 그런데 그가 어느 날 갑자기 결혼해주지 않으면 죽어버리겠다면서 부엌칼을 제 목에 갖다 댔다. 처음에 나는 콧방귀도 뀌지 않았다. 제 어미 등골이나 빼먹는 날건달을 살리겠다고 마음에도 없는 결혼을 할 수는 없는 노릇이었다. 마침 외출했다 돌아온 분임이 그 꼴을 보고 기겁을 했다. 하나뿐인 아들이 죽으면 조상님 뵐 면목이 없어 죽고 싶어도 죽지도 못한다며 나를 붙잡고 애걸복걸했다. 나로선 성가신 명종이 죽거나 말거나 분임만 살아 있으면 상관없었다. 나는 명종이 나 때문에 죽을 사람은 절대 아니니 안심하고 이번 기회에 말썽만 피우는 아들을 내쫓아버리고 국밥집이나 잘 운영하면서 마음 편하게 사는 게 어떻겠냐고 넌지시 떠보았다. 그러자 그녀는 아들이 없으면 국밥집이고 뭐고 다 필요 없다, 라고 하며 펄쩍 뛰었다. 나는 분임의 '국밥집도 필요 없다'는 말에 귀가 솔깃했다. 그렇다면 결혼하는 대신 국밥집 명의를 나한테 넘겨 줄 수 있겠냐고 물었다. 내 제안에 그녀는 아들의 목숨도 구하고 야무진 며느리도 얻는 셈이라며 흔쾌히 승낙했다. 명종의 등살에 견디지 못한 그녀는 곧바로 혼례를 치러주었다. 나는 결혼하자마자 국밥집 간판 '홍남부두'를 '정자네'로 바꿔 달았다. 분임은 등기 이전을 해줬으니 간판만은 그대로 뒀으면 좋겠다고 했다.

— 홍남 부두는 니 시아버지랑 어린 시누이가 물귀신이 된 곳이다. 혹여 그 귀신들이 우리 모자를 찾아 떠돌아다니다가 이 간판을 보고 찾아올지도 모르잖니.

그런 주장에 넘어갈 내가 아니었다.

— 귀신이 찾아오면 같이 살기라도 하게요? 어머니는 가족이라서 좋을지 모르지만 저는 무섭고 싫어요. 그리고 귀신 붙은 국밥집에 누가 밥 먹으러 오겠어요.

나의 고집에 시어머니는 아들한테 도움을 청했지만 조건부로 승낙한 결혼을 물리자고 하면 어쩌나 겁이 난 남편은 내 편을 들었다.

— 엄마, 아버지랑 동생 귀신이 찾아오고 싶어도 삼팔선이 막혀서 못 와요. 그러니까 홍남 부두는 그만 잊어버리고 이 사람 하라는 대로 해. 어차피 이제 엄마 가게도 아니잖아.

애지중지하는 아들이 그렇다니 분임은 더 이상 버

티지 못하고 눈물을 글썽이면서 물러났다. 내가 그녀의 애간장을 녹이면서까지 굳이 간판을 '정자네'로 바꿔달았던 건 누구의 며느리나 아내가 아니라 '유정자'로 독립적인 삶을 살고 싶어서였다.

헐, 이게 진짜 유정 씨 이야기라면 대박이다. 지금으로 치면 국밥집 알바가 반반한 얼굴로 사장 아들을 꼬여 결혼을 미끼로 국밥집까지 빼앗은 거였다. 막말로 꼭지가 나랑 결혼한 다음 통나무 카페를 차지하고 간판까지 '꼭지 카페'로 바꿔 달겠다고 하면? 꼭지가 반반한 얼굴이 아니라 절대 그럴 일은 없겠지만, 상상만으로도 끔찍했다. 유정 씨의 본명이 '정자' 였다는 것도 충격이었다. 대체 그녀의 정체가 뭘까. 나는 다음 목록을 클릭했다.

정자네 국밥집

나는 신포시장에서 제일 잘나가는 국밥집 주인이 됐다. 그리고 남편을 빼닮은 딸도 낳았다. 나를 몹시 사랑했던 남편 명종은 건달 생활을 접고 가게 일을 도왔다. 그러자 결혼 전에 어울려 다녔던 건달들이 가게로 찾아와 술을 마셔대기 시작했다. 나는 그의 친구들을 살갑게 대해주었다. 가끔은 공짜 술을 내놓기도 했다. 그럴수록 그들은 더 자주 가게에 드나들었고 손님들을 몰고 와 매상을 올려주었다. 그렇게 친밀감이 생기자 짓궂은 치들은 나한테 시시껄렁한 농담을 던지기도 했다. 나도 웃는 낯으로 농담을 받아넘겼다. 전후의 시장통에서 살아남기 위한 방편이기도 했지만 실제로 즐기기도 했다. 그런 재미라도 없다면 그토록 고단한 삶을 어찌 다 감당했겠는가. 그런데 명종은 내가 불량기 있는 그들과 허물없이 지내는 걸 마땅찮아했다. 특히 '제비'라고 불리는 친구가 신경 쓰이나 보았다. 나는 하루 종일 국밥을 팔아야 되는 국밥집 주인이었다. 남편의 비위나 맞추면서 살겠다고 결혼을 한 것도 아니었다. 나는 명종 앞에서도 건달이든 제비든 진한 농담을 주고받으며 깔깔거렸다.

— 정자 씨 같은 미모에 이 친구 아내로만 사는 거 억울하지 않아요? 살다 살다 지겨워지면 언제든 말씀하세요. 제가 저승에서라도 오매불망 기다릴 테니까요.

— 어머나, 고맙기도 하셔라. 나중에 늙었다고 딴소리하면 안돼요.

— 그럴 리가요. 정자 씬 절대 늙지 않을 겁니다. 설사 늙더라도 그 미모가 어디 가겠어요? 그런 걱정일랑 꼭 붙들어 매세요. 괜히 고운 얼굴 상할까 걱정됩니다.

— 입에 침이나 바르세요. 누가 제비 아니랄까봐.

내가 눈을 흘기며 까르르 웃으면 그 자리에 있던 패거리들도 박장대소를 했다. 명종도 그 자리에서는 불편한 내색 없이 따라 웃곤 했다. 하지만 그들 일행이 떠나고 나면 괜한 심통을 부리고 트집을 잡았다. 언제부턴가 그가 한동안 끊었던 술을 마시고 주사까지 부리기 시작했다.

— 반반한 놈이 치켜세우니까 남편이 우습게 보이지?

— 무슨 말을 그렇게 해. 농담 좀 한 걸 가지고 속좁게.

— 그래, 나 속 좁은 놈이다. 이런 놈하고 결혼해준 게 억울하냐?

— 당신 이러는 거 친구들이 알까 몰라. 부끄러운 줄 좀 알고 삽시다.

— 뭐, 챙피해? 그래 이제야 본심이 나오는구나.

— 정말 무슨 말을 못 하겠네. 술 취한 당신하곤 말도 섞기 싫어.

나는 명종이 갈수록 옹졸한 모습을 보이는 것에 정나미가 떨어졌다. 그래서 점점 그를 멀리했다. 부딪혀봤자 피곤하기만 하고 그럴수록 미움만 쌓였다. 그러자 그는 제비와 놀아나는 증거를 잡는다고 나를 감시하고 외출할 땐 미행까지 했다. 그러거나 말거나 나는 늘 하던 대로 장을 보고 장사를 하고 때로는 목욕탕에 가서 몸을 푹 담그고 쌓인 피로를 풀었다. 날이 갈수록 명종의 의처증은 깊어졌다. 하지만 나는 내 결백을 위해 애쓰고 싶지 않았다. 제가 판 무덤에 스스로 걸어 들어가 내 덜미를 잡는 인간한테 헛심 뺄 필요가 없었다. 명종은 잔뜩 술에 취하면 나에게 화냥년이라며 욕설을 퍼부었다. 그러고도 성에 차지 않는 날엔 손찌검을 한 다음에야 고꾸라져 잠이 들었다.

나는 남자와 가족이 된다는 게 얼마나 끔찍한 일인지 뼈저리게 깨달았다. 죽겠다는 사람을 살려놨더니 고마워하기는커녕 내 삶을 지옥으로 이끌었다. 국밥집에 눈이 멀어 불행을 자초한 내 자신에게도 화가 났다. 어린 딸을 두고 도망칠 수도 없고 계속 참고 살자니 맞아 죽을 판이었다. 시어머니한테 하소연을 해봤지만 여편네가 저를 애지중지하는 남편 비위 좀 맞춰주는 게 뭐 그리 어려워 허구한 날 쌈박질이냐며 핀잔만 주었다.

— 남자는 여자 하기 나름이라잖니. 사랑을 받든 매를 맞든 다 너한테 달렸으니 알아서 해라. 너 사내들 앞에서 시시덕거릴 때부터 뭔 사달이 날 줄 알아봤다. 그 순해 터진 애가 오죽하면 손찌검을 다 하겠냐.

나도 물러서지 않고 대들었다.

— 어머니도 같은 여자면서 어떻게 제 탓만 하세요. 그럼 저이랑 절친한 분들이 가게 매상 올려주겠다고 일부러 찾아왔는데, 농담 좀 한다고 야멸차게 대할까요? 만약에 그랬더라면 어머니 아들, 자기를 무시해서 제 친구들까지 무시한다고 할 사람이에요. 저는 어머니가 하도 저이 살려달라고 사정해 마음에도 없는 결혼까지 했잖아요.

— 얘가 지금 무슨 소릴 하는 게야. 결혼해 줄 테니 국밥집 달라고 한 게 누군데. 그 난리통에도 애지중지 지켜낸 멀쩡한 간판을 제 맘대로 바꾸질 않나. 너도 시에미 무식하다고 너무 그러는 거 아니다. 막말로 니가 손 귀한 집에 아들을 낳아준 것도 아니고, 나도 내 아들 생각해 참고 있다만, 정 싫으면 국밥집이고 애고 다

내놓고 당장 나가거라.

괜히 하소연했다가 딸까지 빼앗기고 빈털터리로 쫓겨날 판이었다. 나는 국밥집과 딸도 지키고 내 목숨도 건질 수 있는 방법이 무엇일까 곰곰이 생각한 끝에 이웃의 덩치 큰 남자를 이용하기로 작정했다. 나는 다음 날부터 분임과 명종의 눈을 피해 시장통 주변을 꼼꼼히 살피기 시작했다.

눈보라가 치는 겨울밤, 나는 털모자와 털목도리와 털장갑을 끼고 막차가 도착할 시간에 맞춰 버스 정류장으로 나갔다. 정류장 앞의 불 꺼진 목욕탕의 입간판 뒤에 몸을 숨기고 막차가 도착하기를 기다렸다. 곧 막차가 도착하고 말쑥한 차림의 덩치 큰 남자가 내렸다. 나는 재빨리 거리로 나가 덩치보다 두어 걸음 앞서 걸었다. 인적이라곤 나와 뒤따르는 덩치뿐이었다.

덩치는 시장통 근처의 연립 주택에 달포 전에 이사 온, 노모와 단둘이 사는 노총각이었다. 퇴근길에 종종 국밥집에 들러 소주를 반주 삼아 저녁을 먹고 들어가는 것을 눈여겨보았다. 큰 키에 이목구비가 또렷한 게 꽤 미남형이었는데 덥수룩한 머리에 남루한 작업복 차림새로 거친 인상을 풍겼다. 내가 찾던 적임자였다. 나는 그의 노모가 시장에 나올 때 같이 장을 보며 접근했다. 타지에 이사와 외로웠던 노모와 친해지기는 일도 아니었다. 제법 친밀감이 생기자 묻지 않아도 먼저 아들 자랑을 늘어놓았다. 하루빨리 며느리를 보고 싶은 노모의 심정이 고스란히 묻어났다. 그는 전직 유도 선수인데 허리 부상으로 선수 생활을 접고 일자리를 찾아 이곳에 이사를 왔다고 했다. 다행히 아들은 쉽게 부둣가의 물류 창고에 막일꾼으로 취직을 했는데 워낙 일을 잘하고 성실하여 사장이 창고 관리를 맡겼다는 거였다. 부둣가의 물류 창고 소유자는 시장 일대를 주름잡는 조직 폭력배의 두목이었다. 허우대가 좋은 데다 전직 유도 선수였으니 조폭 두목의 눈에 금세 띄었던 건 어쩌면 당연했다.

노모의 자식 자랑은 날이 갈수록 늘어갔다.

— 갸가 하는 일 땜시 허름하게 입고 댕겨서 그렇지, 즈이 사장이랑 회읜지 뭔지 한다고 양복을 착 빼입고 나서면 동네가 다 훤하다니께.

— 아, 그래요? 회의는 언제 하는데요? 저도 아드님의 멋진 모습을 봐야 참한 아가씨를 소개시켜주죠.

— 허긴 그러네. 금요일마다 허닝게 잘 좀 봐 둬.

그날은 일도 일찍 끝내고 버스 정류장 앞 목욕탕에 들렀다가 집에 와서 옷 갈아입고 다시 나간다니께. 회의 끝나면 사장이 붙들고 앉아 밥이며 술이며 사주면서 얘기하다가 통금 시간이 다 돼서야 보내준다는구먼.

— 어머나, 그래요? 그럼 금요일에 지켜 섰다가 꼭 봐야겠네요.

나는 금요일 밤에 버스 정류장에 나가보았다. 자정 무렵이 되자 막차가 도착했고 노모가 말한 복장의 남자가 내렸다. 사전 정보가 없었더라면 노모의 아들과 동일 인물이라는 걸 상상도 못했을 정도였다. 검정색 양복에 회색 코트를 걸친 그는 긴 머리에 포마드 기름을 발라 빗어 넘기고 반짝거리는 구두를 신고 있었다. 떡 벌어진 어깨 하며 당당한 걸음걸이가 누가 봐도 창고지기보다는 조폭 두목급에 가까웠다. 평소 후줄근한 옷차림에 더벅머리를 하고 어깨를 움츠리고 다닌 건 위장술임에 틀림없었다.

그 후 나는 그가 국밥집에 들어오면 얼른 주방으로 들어가 바쁜 척했다. 그러면 할 수 없이 분임이나 허드렛일하는 종업원이 나가 그의 주문을 받았다. 그 무렵 명종은 늘 술에 절어 있어 분임이 나서서 가게엔 얼씬도 못하게 했다. 나는 한 달 전부터 그와 함께 걷기 위해 매주 금요일 밤 버스 정류장을 찾았다. 그의 눈을 속이기 위해 복장과 신발의 높이를 조절했다. 어느 날은 두꺼운 옷을 여러 겹 끼어 입고 굽 높은 신발을 신어 풍채 좋은 여자의 모습으로 그의 앞에 당당하게 걸었고, 어느 땐 허리선이 돋보이는 코트를 입고 그의 뒤에서 종종걸음을 쳤다. 얼굴을 가리기 위해 늘 모양과 색깔이 다른 모자를 쓰고 목도리를 둘렀다. 추운 겨울밤에 흔히 볼 수 있는 차림이었다. 집에선 명종이 늘 볼 수 있게 모자와 목도리 세트를 벽에 죽 걸어두었다. 의처증이 심한 명종이 밤에 잠에서 깨었을 때 내가 없다는 걸 알고 어떤 행동을 할지 예견할 수 있었다. 그리고 마침내 나의 예상이 적중했다.

저만치 시장통에서 한 남자가 비틀비틀 걸어 나왔다. 파자마 위에 점퍼를 걸치고 맨발에 슬리퍼 차림이었다. 술에 취해 패악을 부리다 잠들었던 명종이었다. 나는 흰색 털목도리를 콧잔등까지 올리고 보폭을 줄여 뒤따라오는 덩치와 거리를 좁혔다. 명종이 나를 알아봤는지 전봇대 뒤에 숨었다. 나는 발걸음이 빨라지지 않도록 주의하면서 앞만 보고 걸었다. 내가 전봇대를 지나치고 잠시 후 뒤에서 둔탁한 소리가 들렸다. 나는 재빨리 샛길로 빠져 불 꺼진 상가 건물에 몸을 숨겼다. 명종이 덩치를 끌어안고 뒹굴고 있었다. 곧 덩치가 술 취한 명종을 깔고 앉더니 면상을 후려치고 일어나 돌아섰다. 명종이 엉금엉금 기어 덩치의 왼쪽 바짓가랑이를 붙잡고 늘어졌다. 덩치가 오른쪽 구둣발로 명종의 머리통을 걷어찼다. 명종이 머리통을 감싸 안고 데굴데굴 구르다 전봇대에 걸려 멈추었다. 덩치가 다가가 구둣발로 등허리를 한 번 더 내지르곤 가던 길을 내처 갔다. 명종은 전봇대를 부둥켜안고 일어나려 안간힘을 쓰다 이내 축 늘어졌다. 찬바람이 눈 쌓인 거리를 휩쓸고 지나갔다. 나는 움직임이 사라진 명종의 몸 위에 하얗게 눈이 쌓일 때까지 오래도록 지켜보았다. 마구 뛰는 내 심장만 빼고는 모든 것이 흰색으로 물들었던 밤이었다. 내가 흰색에 집착하게 된 것도 그날 밤 이후부터였다. 나한테 흰색은 자유이며 구원이다.

명종의 시신이 발견된 건 이튿날 정오가 다 될 때였다. 전봇대에 착 달라붙은 눈 쌓인 시신은 출근길의 바쁜 사람들 눈에 띄지 않았다. 한낮이 되어 시장통의 꼬마들이 우르르 거리로 몰려나와 눈싸움을 하다 전봇대 앞에 앉아 있는 눈사람을 장난삼아 걷어찼는데 진짜 사람이 픽 쓰러지는 통에 혼비백산해 달아났다.

신고를 받고 출동한 경찰은 술에 취해 전봇대에 머리를 박고 기절하여 깨어나기도 전에 동사했다고 결론을 내렸다. 가뜩이나 고향으로 돌아가지 못한 피난민들이 일으키는 크고 작은 범죄에 얼어 죽는 일도 잦던 때였다. 경찰은 소문이 자자한 술주정뱅이의 동사에까지 신경 쓸 여력이 없었다.

나에게 이제 현실은 날건달로 살던 남편이 결혼 생활에 적응하지 못하고 술주정뱅이가 되어 밤거리를 헤매다 동사했다는 거였다. 나는 자신의 내면에 깃든 마성에 섬찟지근했지만 죄책감 따윈 들지 않았다. 남편한테 맞아서 반신불수가 되고 목숨까지 잃는 경우가 적지 않았지만 가정 폭력의 심각성을 아무도 말하지 않던 시절이었다. 명종이 자존심 때문에 나를 공격했다면 나는 목숨을 지키기 위해 방어했다.

분임은 아들이 아무짝에도 쓸모없는 딸 하나를 남기고 죽은 현실을 받아들이지 못했다. 장례를 치르는 동안 서너 번쯤 정신을 잃다 깨어나기를 반복하더니 나중에는 자신이 왜 정신을 잃었는지조차 어리둥절해했다. 그 후로 정신이 오락가락하더니 결국 반실성하여 머리를 풀어헤친 채 시장통을 휘젓고 다녔다. 그리곤 잠깐씩 정신이 돌아오면 아들을 데려오라고 떼를 썼다. 견디다 못한 내가 하루는 명종의 유골함을 열고 분임의 손에 뼛가루를 쥐어줬다. 유골함은 삼팔선에 막혀 발도 못 딛는 선산에 꼭 묻어야 된다는 분임의 고집으로 안방 벽장에 보관해두고 있었다. 명종의 뼛가루를 움켜쥐고 한바탕 오열하던 분임은 아무 말 없이 자신의 방으로 들어간 다음 날 아침 대들보에 매달린 채 발견됐다. 아들이 없어지면 조상님 뵐 면목이 없어 죽지도 못한다는 사실을 슬픔에 잠겨 까맣게 잊었던 것이다.

세상은 빠르게 변하고 있었다. 산업화 바람이 거세게 불었고 시장통도 더불어 활기를 띠었다. 나는 권리금을 넉넉히 받고 국밥집을 팔아넘기고 내 어머니가 살던 판잣집까지 처분한 돈을 합해 시청 앞에 살림집이 딸린 상가 건물을 장만했다.

이럴 수가. '정자'와 유정 씨가 동일 인물이라면 그녀는 자신의 남편, 즉 나의 외할아버지를 동사시킬 의도로 유인해낸 거다. 그녀의 진면목이 드러날수록 무서워졌다. 며칠 전 치맥을 먹으며 들려줬던 이야기도 알고 보니 남편을 동사시키는 장면을 미화한 거였다. 그래놓고 나한테 직접 추리해보라고 하다니. 이게 손자한테 할 짓인가. 노인네가 배짱 한번 두둑했다. 알고 보니 내가 동영상 좀 찍은 것 때문에 그녀 앞에서 쩔쩔 맬 필요가 없었다. 내 안엔 그녀의 피가 흐르고 있다는 증거니까. 전율을 느끼며 다음 글을 열었다.

유정다방

갓 서른이 된 나는 '은하수' 다방의 마담이 되었다. 뭇 사내들 사이에선 딸 하나를 둔 미모의 미망인으로 통했다. 다방에 드나드는 대부분의 사내들은 커피와 음악보다는 '미모의 미망인' 이라는 내 처지에 빠져들었다.

나는 '미망인'이 죽은 남편을 아직 따라 죽지 않은 여자를 뜻한다는 것 정도는 알고 있었다. 남자는 아내가 죽은 후 재혼하지 않으면 팔불출이라는 소리를 듣던 시절이었다. 그런데 왜, 여자는 미망인이라 특정해 놓고 남편을 따라 죽기를 요구하는가. 누구나 언젠가는 죽지만 아무나 미망인이라고 불리진 않는다. 오직 남편 잃은 여자만 죽음을 독촉당하는 것이다. 생각할수록 반발심이 이는 호칭이었다. 나는 되도록 많은 남자와 통정하며 오래오래 살아야겠다고 결심했다.

나는 간판부터 원래대로 돌려놓기로 했다. 다방의 상호를 '은하수'로 정한 건 남편이 죽은 후 일없이 나의 주변을 얼찐거리며 후견인 노릇을 자청한 제비 때문이었다. 서울의 한복판에서도 제일 유행하는 상호라는 거였다. 국밥집을 정리할 때부터 '정자다방'으로 내정해 놓은 나로선 내키지 않는 제안이었다. 나의 떨떠름한 표정에 제비가 답답하다는 듯 제 가슴을 치며 입에 거품을 물었다.

— 다방은 국밥집하고는 차원이 다릅니다. 달콤 쌉싸름한 커피 향과 감미로운 음악에 취해 인생을 논하고자 하는 낭만적인 장소에 촌스럽게 정자가 뭡니까. 이 바닥이 꼰대들 꾀어내는 장기판도 아니고 말입니다.

지난날에도 시장통에서 국밥집 하기에는 아까운 인물이라는 말을 귀에 못이 박이게 들었었다. 그래서 남편과 시어머니 초상 치르고 나서 어렵사리 다방으로 업종 변경을 했더니 이번에는 이름이 문제라는 거였다. 원래 귀가 얇은 것도 아닌데 안 하던 짓을 하려니 가뜩이나 심란하던 참에 제비까지 나서 설레발치는 바람에 얼결에 넘어가고 말았다. 멀쩡한 이름을 놔두고 뜬구

름 잡는 은하수라니 어이없기는 미망인이나 매한가지였다. 시어머니의 반대를 무릅쓰고 국밥집 간판을 정자네로 바꿔 단 것도 그렇게나마 내 이름을 내세우고 싶어서였다. 속절없이 아무 상관도 없는 제비의 반지르르한 말에 넘어간 내 자신이 생각할수록 한심해 견딜 수 없었다.

막상 이름을 되찾으려고 결심하고 보니 제비의 입초시 때문인지 몰라도 국밥집을 할 땐 아무 문제없었던 이름이 새삼스레 촌스럽게 느껴졌다. 나는 내 이름을 주문지에 큼지막하게 써놓고 들여다봤다. 유정자. 역시 국밥집 냄새가 진동했다. 이름자를 하나씩 손으로 가려보았다. 성인 '유'자를 가리니 제비 말마따나 영락없이 정자 밑의 장기판이 떠올랐고 '정'자를 가리니 '유자차'가 된 기분이었다. 다방에 커피 대신 유자차를 즐기는 노땅들만 들끓으면 어쩌나 걱정이 되기도 했다. 마지막으로 '자' 자를 가려보았다. 유정. 이내 국밥집 냄새가 사라지고 쌉싸름한 커피향이 피어올랐다. 나의 미모에도 썩 잘 어울리는 이름이었다. 나는 즉시 간판을 '유정다방'으로 바꿔 달고 새 이름을 새긴 명함도 다시 찍었다. 그리고 손님들에게 마담이나 미망인 대신 이름을 불러달라 부탁했다.

단골들은 이제 나를 마담이나 미망인으로 부르지 않았다. 나는 단지 이름을 찾고 싶었을 뿐인데 사내들은 특별한 감정이 있어서라고 제멋대로 착각하고 집적거렸다. 나도 사내들을 그 정도까지만 대하기로 작정했다. 데이트를 신청하면 따라 나가 밥을 먹고 술도 한잔씩 했으며 교외로 나가 바람을 쐬기도 했다. 답답한 다방에만 틀어박혀 있을 때보다 훨씬 즐겁고 신이 났다. 그런데 사내들의 더 큰 문제는 조금 가까워지면 제 소유라도 된 양 군다는 거였다. 다른 사내들과 만나는 것은 물론 대화를 나누는 것조차 트집을 잡았다. 그중에서도 특히 제비가 그랬다. 단골 중에 그가 가리키는 곳마다 개발 붐이 인다고 해서 '신의 손'이라는 별명이 붙은 부동산 업자가 있었다. 그와 교외로 나가 식사를 하고 들어온 날이었다. 제비가 도끼눈을 하고 유정 씨가 이 정도밖에 안 되는 여자였냐는 둥, 정말 실망이라는 둥 횡설수설하며 화를 냈다. 나는 못 알아들은 척 무슨 말씀이냐고 물었다. 실제로 이해 불가이기도 했다.

— 몰라서 물어요? 여자가 아무 남자나 따라나서서 드라이브하는 것도 모자라 같이 밥 먹고 술까지 마시고 말야.

그가 씩씩거렸다. 나도 콧방귀를 뀌며 물었다.

— 여자는 아무 남자랑 밥 먹고 술 마시면 안 된다는 법이라도 있어요?

— 천박한 꽃뱀들이나 하는 짓이라고 생각합니다.

— 좋을 대로 생각하세요.

— 그러다 꼭 후회할 날이 올 겁니다. 특히 신의 손 그 작자는 절대 이문 나지 않는 곳엔 땡전 한 푼 안 쓴다고 악명이 자자한 놈이거든요.

— 그깟 내가 먹은 밥값 달라면 주면 되지 후회를 왜 해요?

말문이 막힌 제비는 정말 나한테 이래도 되는 겁니까, 하며 자리를 박차고 나갔다 하루도 버티지 못하고 나타나 또 닦달을 하곤 했다.

나도 제비가 무슨 뜻으로 하는 말인지 모르지 않았다. 그의 말대로 데이트를 신청해오는 사내들과 다시 만나다보면 점점 무례하게 굴었다. 제멋대로 손을 만지고 포옹을 하는가 하면 심지어는 여관까지 끌고 들어가려 했다. 나는 여관을 가도 내가 가고 싶을 때 갈 거라며 거부했다. 그러면 언제까지 속만 태울 거냐고, 이럴 거면 뭐하러 여태껏 사람을 안달하게 해 놓은 거냐며 되려 화를 냈다. 피차 잠자리를 같이하자는 조건을 내걸고 만난 게 아닌데도 그랬다. 그동안 들어간 데이트 비용이 아까워 그러나 싶어 계산을 내가 할 때도 마찬가지였다. 남자들은 왜 여자만 보면 그 짓을 하지 못해 안달인지 알 수 없었다. 사랑하기 때문에 참을 수가 없다나 뭐라나. 무슨 짓을 하든 사랑만 갖다 붙이면 용서가 될 거라는 착각 속에 빠져 살고 있었다. 심지어는 노골적으로 살림을 합치자는 치들도 있었다. 죽은 남편과 살 때의 악몽이 떠올랐다. 나는 그냥 자유롭게 데이트를 즐기는 걸로 만족하고 싶다고 했다. 더러는 떠났고 떠난 만큼 다시 다가왔다. 나에게 사내는 딱 거기까지였다. 제비도 마찬가지로 '그런 사내들' 중 하나에 불과했기에 어깃장을 놓았을 뿐이었다. 안 그래도 그가 마치 나와 특별한 사이라도 되는 양 훈계하고 참견하는 게 아니꼽던 참이었다. 그런데 이젠 아예 꽃뱀 취급까지 하다니 기가 막혔다.

나를 어이없게 하는 건 사내들뿐만이 아니었다. 여자들도 내게 화냥년이라며 손가락질을 해댔다. 어쩌면 질시였는지도 모른다. 하지만 나는 개의치 않고 내 방식대로 일상을 즐겼다. 대화가 통하는 사내하고는 대화를 나눴고 주량이 맞는 사내랑은 술을 마셨다. 어느 땐 홀아비인 줄 알고 만나던 유부남과 데이트를 하다 그의 아내에게 머리채를 잡히기도 했다. 자신을 망자 취급한 제 남편은 내버려두고 거짓말에 속은 나한테만 행패를 부렸다. 아내 있는 남자가 바람난 것보다 남편 없는 여자가 연애를 하는 게 더 죄가 되는 지랄 같은 세상이었다.

유정다방은 점점 손님이 늘었다. 나의 미모도 한몫했지만 무엇보다 경직돼 있던 사회 분위기가 대폭 풀렸기 때문이었다. 통행금지도 사라진 터라 사내들은 다방에 비치된 텔레비전으로 레슬링과 권투 시합을 보며 시간 가는 줄 모르고 시시덕거렸고, 영화 관람을 마친 젊은 남녀들이 들어와 커피를 마시며 서로를 희롱했다. 홍등가의 아가씨들이 다리를 꼬고 앉아 껌을 씹으며 시간을 죽이기도 했다. 시골에서 갓 상경한 아가씨들도 다방에서 일자리를 얻어 오빠와 동생들의 학비를 댔다. 고향의 부모들은 딸이 다방에서 커피를 나르는 것보다는 봉제 공장에서 먼지를 뒤집어쓰더라도 '미싱 시다' 노릇하는 게 더 떳떳하다고 생각했다. 커피를 마시러 왔다가 일하는 아가씨까지 '망쳐'놓고 가는 사내들이 많다는 소문 때문이었다. 공장에서도 사무실에서도 심지어는 학교에서까지도 여자들을 '망쳐'놓는 사내들이 득시글하다는 걸 아무도 말하지 않던 시절이었다.

세 편의 기록으로만 봤을 때 그녀는 타고난 바람둥이에 거슬리는 남자들을 가차 없이 내치는 독종이었다. 불치병에 걸린 것 같지도 않았다. 그렇다고 그녀를 납치할 만큼 원한을 가질 만한 남자가 있는 것도 아니었다. 혹시 유정 씨를 괴롭혔다는 '제비'가 살아 있다면 그녀를 유괴했을 가능성도 있었지만 왠지 무사했을 것 같지 않았다. 남편도 동사시킨 마당에 제빈들 가만뒀을까 싶었다. 그럼 대체 그녀에게 무슨 일이 일어난 것일까. 어제만 해도 내게 갈비찜을 맛나게 해주었던 그녀가 말도 없이 나갔다가 하루가 지나도록 돌아오지 않고 있다. 스마트폰과 평소에 애용하던 것들을 그대로 방치해 둔 채로 말이다. 내내 거실에 있었던 나조차도 그녀의 외출 낌새를 알아채지 못했다. 하늘로 솟았거나 땅으로 꺼졌다고 밖에 말할 수 없는 상황이었다. 귀신에 홀렸다는 말이 실감 날 지경이었다. 그저께 사라졌다가 갑자기 나타난 것도 그렇고 왠지 으스스한 기분이 들었다.

사진들

뒤통수가 서늘한 느낌에 슬그머니 뒤쪽을 돌아봤다. 공교롭게도 궤짝 위의 사진들과 눈이 마주쳤다. 신경이 곤두서서 그런지 사진 속의 남자들이 뭔가 할 말이 있다는 듯 나를 보고 있는 느낌이었다.

궤짝은 3단 서랍장만 한 크기의 수수한 골동품이었다. 서랍 대신 앞쪽으로 여닫이문이 달려 있었는데 특이한 것은 문짝에 손잡이가 달려 있지 않다는 거였다. 평소에 관심도 없었고 열어볼 생각도 없어서 그 안에 무엇이 들었는지는 모르겠으나 유정 씨는 윗면을 사진 액자를 세워두는 진열대로 활용했다. 궤짝 위의 사진들로 봐서는 내가 군에 입대한 후엔 새로운 남자를 만나고 다닌

적은 없는 것 같았다. 엄마의 표현대로라면 고양이가 비린 것을 끊은 것과 마찬가지였다. 물론 나이 탓도 있겠지만 그녀로선 쉽지 않은 결심이었을 터였다. 아직도 할머니라는 호칭에 거부 반응을 일으키는 그녀는 남녀 문제에 대해서도 자유주의자였다.

철들 무렵부터 그녀의 바람기에 학을 뗀 엄마는 대학 4학년 때까지 연애 한번 못 해보다가 뒤늦게 사랑에 빠졌는데, 알고 보니 자식이 둘이나 딸린 유부남이었다. 엄마는 관계가 파탄난 후에야 임신 사실을 알았다. 배신감에 치를 떨던 엄마는 당연히 낙태를 결심했다. 남녀 관계는 당사자들끼리 해결해야 될 문제라며 물러서 있던 유정 씨가 그때서야 한마디 거들었다.

— 꼭 아비가 있어야 되는 건 아니더라. 애한테 도움이 된다는 보장도 없고, 차라리 잘됐지 뭐.

엄마라는 사람이 딸에게 조언이랍시고 하는 말이 파격이었지만 그래도 틀린 말은 아니었다. 엄마도 일찍 아버지를 잃고 외할머니의 보살핌을 받으며 컸지만 결핍감 같은 게 없었다. 덕분에 나는 무사히 세상을 볼 수 있었다. 돌이켜보니 유정 씨는 나를 낳게 하고 보살펴주기까지 한 생명의 은인이었다. 나는 새삼 가슴이 뭉클해지면서 눈물이 핑 돌았다.

남자들의 사진은 모두 네 장이었다. 첫 번째 사진은

얼굴이 뽀얗고 이목구비가 예쁘장하게 생긴데다가 체격도 호리호리하게 생긴, 한마디로 '꽃미남'이었다. 언젠가 그 사진을 가리키며 혹시 외할아버지냐고 물었다가 바보 취급을 받았다. 제 엄마 생긴 걸 보고도 어떻게 그런 질문을 할 수가 있냐는 거였다. 하긴 엄마는 아무리 뜯어봐도 유정 씨와 닮은 구석이 없었다. 일단 작달막한 키에 넙데데한 얼굴부터가 딴판이었다. 일흔을 바라보는 유정 씨는 아직도 날씬한 몸매를 유지하고 있는데 반해, 아직 사십대인 엄마는 족히 7개월 차 정도는 됨직한 임산부 스타일이었다. 둘이 모녀 사이 맞냐고 물으면 엄마는 처녀 때는 자기도 날씬했는데 나를 낳고 산후 조리를 잘못해 망가진 거라고 했다. 그때마다 유정 씨는 애매모호한 표정을 짓곤 했는데 나는 엄마를 두 번 죽이는 불효를 저지를 수 없어 무슨 뜻이냐고 묻지 않았다.

— 대체 생물 시간에 뭘 배운 거야.

— 돌연변이라는 게 있잖아.

— 내가 돌연변이라는 걸 잘은 모르지만 나하고 저 남자의 유전자가 결합해서 니 엄마가 태어나는 참사까지는 아닐 거라고 본다. 그렇다고 니 엄마가 끔찍하다는 뜻은 아니니 오해 마라. 니 엄마는 돌연변이가 아니라 부계 쪽을 쏙 빼닮았다는 뜻이야. 어쨌거나 나는 외모로 사람을 평가하는 건 아니라고 봐.

— 뭔 소리래.

매사에 똑 부러지고 호불호가 분명한 유정 씨는 가끔 선문답 같은 소릴 해서 사람을 헷갈리게 하는 데가 있다. 그냥 저 남자는 남편이 아니고 애인일 뿐이다, 라고 하면 간단명료한 대답 아닌가. 한데 나의 질문과는 상관도 없는 엄마의 외모를 끌어들여 외할아버지를 닮아 '참사'에 속하지만 끔찍하게는 생각하지 않는다, 그 이유는 자신이 사람을 외모로 평가하지 않는 훌륭한 인품이라서 그렇다, 라는 앞뒤가 맞지도 않는 논리를 이끌어내는지 알다가도 모를 일이었다. 나머지 두 남자의 외모가 그저그런 걸로 봐서 그녀가 외모만 보고 남자를 사귀지 않은 것만은 분명했다. 한 남자는 배만 툭 튀어나온 대머리였고, 또 다른 한 명은 뭐라 특징을 말할 수 없는 밋밋하게 생긴 남자였다. 맨 끝엔 훈련병 시절에 찍은 내 사진이었다.

어쨌거나 남자의 사진이 세 장이라고 그녀가 평생 세 남자만 만났다는 뜻은 아니다. 한번은 그녀에게 사진들을 가리키며, 그동안 세 남자나 만나고 다녔던 거냐고 물은 적이 있었다. 그녀의 대답은 '그럴 리가'였다. 숱한 남자들 중에 집에까지 찾아왔을 정도로 아주 특별한 이들만 추려 놓은 거라고 했다. 이로써 엄마가 저주하는 '타고난 바람기'는 사실로 밝혀진 셈이었다. 그런데 내 사진은 언제부터 저곳에 놓여 있었던 걸까. 이틀 전 이 방에 들어와서 방안을 살펴보았을 때는 분명 보지 못했다. 이틀 전에도 없었던 내 사진이 저곳에 세워져 있고 이 방 주인은 종적이 묘연하다. 무슨 뜻일까.

잠시 머리를 쥐어뜯다 그녀의 스마트폰을 뒤적거렸다. 과거의 사진보다는 아무래도 현실에서 사용했던 물건에서 실마리를 풀어나가는 게 빠를 것 같았다. 나는 무릎을 탁, 쳤다. 역시 스마트폰에서 수상한 점을 또 발견했다. 통화 목록과 마찬가지로 전화번호부에도 전번이 달랑 하나만 저장돼 있었다. 검색 명은 사도. 당연히 내 전화번호였다. 정말 내 예상대로 정의의 사도일까? 나는 빈방인 줄 알고 있었는데 종일 방안에서 책을 보고 있었다는 그녀의 말은 사실일까.

턱을 괴고 생각에 골똘해 있는데 전화벨이 울렸다. 깜짝 놀라 들고 있던 유정 씨의 스마트폰을 열고 귀에 갖다 댔다. 아무 소리도 들리지 않았다. 벨은 계속 울렸다. 내 스마트폰에 낯선 번호가 떠 있었다. 인터넷 가입이나 대출을 권하는 스팸 전화는 아니었다. 드디어 납치범이 협상의 메시지를 보내려는 걸까. 나는 녹음 버튼을 누른 후 전화를 받았다. 뜻밖에도 상대는 여자였다. 그녀가 조심스럽게 물었다.

"혹시 유귀랑 씨?"

상대를 알면서 묻는 건 치밀한 계획이 뒷받침된 전략

이다. 초장에 말려들면 백전백패다. 특히 범인이 여자일 경우 강압적으로 나가 기를 꺾어놓을 필요가 있다. 상대에게 내 나이가 노출되면 얕잡아 볼지도 몰랐다. 나는 아랫배에 힘을 주고 목소리를 깔았다.

"당신 누구요?"

"귀랑이 아버님 되시나요?"

여자의 목소리가 한결 공손해졌다. 나는 목에 힘을 풀고 다시 물었다.

"누구신데요?"

"석태 엄만데예."

일면식도 없는 석태 엄마의 전화가 예사롭지 않아 심장이 쿵 내려앉았다. 그렇게나 궁금했던 석태의 소식을 듣는 게 반가우면서도 한편으론 두렵기도 했다. 일단은 모른 척 시치미를 떼 봤다.

"안녕하세요, 제가 귀랑인데 무슨 일이세요?"

"이런, 미안해요. 석태 때문에 그라는데예, 나 좀 잠깐 만나줄 수 있어예?"

"안 그래도 석태 연락이 안 되던데 혹시 그 애도 납치……"

불안감이 앞서서인지 마음과는 다르게 말이 헛나갔다.

"뭐라예? 그 집에서 잘 지내고 있는 줄 알았더마는, 우리 석태가 납치됐다꼬예?"

"아니, 그게 아니라 제 말은 연락이 안 되길래, 단순 실종일지도……."

"그게 그거 아이가. 실종이나 납치나 우리 석태가 위험하다는 거 아이요. 내는 여태 가가 유정 씬가 뭔가 하는 노친네하고 잘 지내고 있다꼬 생각캤는기라. 지 아빠랑 한바탕하고 유정 씨 집에 가 있는다캤거든. 우야든동 내를 좀 만나주이소. 우리 석태 얘기 좀 자세 들어보자카이. 석태 말이 그카던데 귀랑이라 캤나, 집 옆에 갱치 좋은 통나무 카페가 딸렸다카데. 거서 한 시간 후에 보입시다."

전화가 답할 겨를도 없이 툭 끊어졌다. 안 그래도 빠른 경상도 사투리를 쓰는 아줌마가 흥분까지 하니 가속도가 붙어 '광속'이 따로 없었다.

아무리 흥분해도 그렇지, '유정 씬가 뭔가 하는 노친네' 라니. 무지막지한 석태의 캐릭터가 떠오르면서 웃음이 절로 나왔다. 그나저나 요즘 감쪽같이 사라지는 게 유행인가? 나는 모처럼 샤워를 하려고 화장실로 들어갔다. 유정 씨를 찾는 것도 중요하지만 며칠째 세수도 안 한 몰골로 석태 엄마를 만나고 싶진 않았다. 단정한 첫인상으로 나는 석태와 다르다는 걸 보여주고 싶었다. 내가 비록 백수지만 석태와 동급으로 비칠 수는 없었다. 그리고 사라진 지 이틀밖에 안 된 유정 씨의 부재를 두고 납치라고 단정지을 수도 없었다. 핑계 김에 모처럼 샤워라도 해서 산뜻한 기분으로 다시 추적해도 늦지 않을 터였다.

카페에 들어서자 사십 대 초반쯤으로 보이는 여자가 입구 쪽에 앉아 두리번거리고 있었다. 늘씬한 몸에 좀체 보기 드문 미모를 갖추고 있었다. 석태의 액면으로 보나 아까의 '광속 모드'로 보나 그녀가 석태 엄마일 가능성은 제로에 가까웠다. 시계를 보니 약속 시간 5분 전이었다. 카페는 점심시간을 훌쩍 지났는데도 빈자리가 드물었다. 연말연시에 함박눈까지 쏟아지니 그림 같은 풍경이 펼쳐지는 창가에 젊은 여자들이 떼로 앉아 밖을 내다보며 수다를 떨고 있었다.

계산대에 앉아서 손님들의 동태를 살피고 있던 엄마가 나를 보더니 일손을 거들러 왔다고 착각했는지 활짝 웃었다. 나는 그런 엄마를 무시하고 과장되게 일행을 찾는 시늉을 했다. 일층을 둘러보고 이층으로 오르는 계단 쪽으로 향하려는 순간, 누군가 유귀랑 씨? 하고 불렀다. 돌아보니 석태와는 무관해 보이는 바로 그 '미모의 여인'이었다. 나는 충격 먹은 표정으로 그녀의 앞자리에 엉거주춤 앉았다. 그녀가 석태의 엄마라는 걸 알고도 아무렇지도 않은 얼굴을 하는 건 예의가 아니다.

"고미경이에요."

심지어 목소리조차 낭랑했다. 경상도 사투리도 구사하지 않았고 아까의 '광속'과도 거리가 멀었다. 그녀가 진짜 석태의 엄마라면 이건 조물주의 저주다. 나는 고미경이라는 여자가 석태 친엄마가 아니라는 데 내가 가진 전부를 걸겠다고 다짐했다. 그래봤자 값나가는 거라고는 얼마 전에 엄마를 닦달해 바꾼 최신 폰이 전부이긴 하지만. 대체 석태 아빠라는 작자는 어떤 사람이기에 저런 아내를 두고 바람을 피우다 아들에게 들키기까지 했단 말인가. 석태를 봐서도 그렇고 같은 남자로서 도저히 받아들이고 싶지 않았다. 무엇보다 아들의 친구한테 자신을 '석태 엄마'라고 소개하지 않고 예의를 갖춰 이름을 밝힌 걸 봐서도 그렇다. 나는 어떡하든 그녀와 헤어지기 전에 그녀의 입으로 사실은 내가 석태 새엄마라예, 라거나 이모 아니면 고모, 하다못해 친척 누나라고 실토하게 하리라 마음먹었다.

"석태 친구니까 편하게 말씀 놓으셔도 돼요."

"그럴까요? 내가 원래 예의를 중히 여기는 성격이라……."

하마터면 진짜냐고 물을 뻔했다. 전화로 듣던 몰아치는 소리가 아직도 귀에 쟁쟁했다. 나는 우선 석태의 실종으로 인한 그녀의 '상심 지수'부터 체크해보기로 했다. 통화상으로는 '아들을 잃은 남편'에 대한 공포만 느껴졌었다. 사실은 그렇게 믿고 싶었는지도 몰랐다. 석태가 언제 사라졌는지는 차차 알게 될 것이다. 주문한 커피가 나오기를 기다렸다가 조심스럽게 입을 떼었다.

"상심이 크시겠어요."

"그렇지."

친구의 아들이 집을 나가도 저 정도 반응은 한다.

"석태가 언제 집을 나갔나요?"

"열흘쯤 됐나? 아빠랑, 카드 쓰는 문제로 심하게 다퉜거든. 귀랑의 할머니는, 남의 집 천덕꾸러기도, 거둬주더만, 귀한 삼대독자를, 홀대한다고, 혹시 제삿밥, 얻어먹으려고, 자기를 입양한 거, 아니냐고 대들다가……."

한 단어씩 분절하여 꾹꾹 누르듯 이야기하던 고미경이 말끝을 맺지 못하고 울상을 지었다. 험상궂게 생긴 덩치가 역시 만만찮게 생긴 아버지한테 귀싸대기를 맞고 집을 뛰쳐나간, 흔해 빠진 이야기를 굳이 내 입에 올려야겠냐는 뜻으로 읽혔다. 그래도 나는 석태가 '맞았다'는 말을 꼭 듣고 싶었다. 한때 공포의 대상이었던 그가 맞았다, 는 말을 듣는 것만으로도 속이 후련할 것 같았다.

그녀가 쓰디 쓴 에스프레소를 한참 동안 머금었다 삼키더니 손으로 입을 가리며 양미간을 좁혔다. 아무래도 에스프레소가 익숙하지 않은 모양이었다. 달달한 핫초코가 어울릴 법한 외모에 쓰디 쓴 에스프레소라니 나까지 덩달아 인상이 구겨졌다.

열흘 전이면 우리 집에 발길을 끊은 무렵이었다. 하지만 지금은 그게 중요하지 않았다. 나는 더 이상 참지 못하고 물었다.

"아버님한테 맞았나요?"

"아니, 그인 그 애 못 때려. 석태가 아빠한테 맞고 있을 애도 아니고."

그럼 그렇지. 경험상 나쁜 예상은 척척 잘도 맞으면서 기대했던 예상은 꼭 빗나간다. 나는 예의가 아니라는 걸 알면서도 좀 무리한 질문을 하고 말았다.

"그럼 혹시 석태가 아버님을 때렸나요?"

고미경의 얼굴이 일그러졌다. 나는 패륜을 저지른 의붓아들에 대한 분노와 그럼에도 불구하고 아들을 찾아내라고 윽박지르는 남편에 대한 원망이 고스란히 담긴 표정이라고 확신했다. 그래서 고미경은 석태의 친엄마가 아니다, 라고 아예 결론을 지어버렸다. 한데 그녀가 뭔가 결심한 듯 약간 냉정한 표정을 짓더니 입을 열었다.

"그게 아이고, 실은 내가 때렸다."

"네? 아버님을요?"

자기 때문에 새엄마한테 구타를 당하는 아빠를 보고 마음의 상처를 입은 석태가 울면서 집을 뛰쳐나갔다? 아무래도 지나친 상상력이었다. 무심결에 터져 나온 웃음을 수습하느라 몰래 허벅지를 꼬집었다.

"뭐라카노. 석태를 말이다."

"네?"

"내가 석태를 때렸다꼬. 나이도 젊구마는 와 이리 말귀를 몬 알아묵노."

상상을 초월한 반전이었다. 아빠한테도 맞을 애가 아닌데 가냘픈 새엄마한테 맞고 집을 나갔다니 아무래도 잘못 들은 거다. 당황한 나머지 그녀의 말투가 전화로 듣던 경상도 사투리로 돌변했다는 것도 깨닫지 못했다. 나는 굳이 이렇게까지 확인을 해야 되나 싶으면서도 혹시나 해서 물었다.

"그러니까 석태가 새엄마, 아니 어머님한테 매를 맞고 집을 나갔다는 뭐, 그런 말씀이신지……."

"그렇다카이. 내가 잠깐 돌아삐꺼든. 귀랑이도 알것지마는 가가 덩치만 컸지 워낙에 겁도 많꼬 맘새도 안 여리나. 하니까네 온냐온냐 키웠더니마는 영 버르장머리가 없는기라. 그렇다캐도 폭력을 쓰면 안 되는 긴데 내도 모르게 홱 돌아삘더라꼬."

하도 어이가 없어 대꾸할 말 자체가 떠오르지 않았다. 대화 상대가 입을 다물어버리자 고미경은 자신의 폭력 행위와 그로 인한 석태의 가출 과정을 고해성사하듯 늘어놓았다. 한순간을 참지 못하고 아들의 귀싸대기를 '연타'

로 올려붙인 자신의 '손모가지'를 잘라내고 싶은 심정이라고 했다.

석태는 어려서부터 예쁜 엄마가 최고라며 잘 따랐지만 아빠한테는 좀체 정을 주지 않았다. 일에 치여 밖으로만 돌아 낯을 익힐 겨를이 없어서이기도 했다. 그런 아들한테 부채감을 느낀 남편은 돈으로 자식의 환심을 사려고 들었다. 그럴수록 석태는 돈을 흥청망청 쓰면서 공부는 안 하고 '못된' 친구들과 어울려 싸돌아다니기만 했다. 고미경은 '가가 마음이 여려서 거절을 못 해가' 본의 아니게 나쁜 짓도 종종 하고 다녔다는 걸 알고 있다고 했다. 하지만 엄마가 잘 타이르면 반성을 했고 앞으론 그러지 않겠다고 다짐도 해서 크게 걱정하지 않았다. 특히 군대를 다녀오면 정신을 차리겠지 했다. 그런데 날이 갈수록 일할 생각은 안 하고 씀씀이만 더 헤퍼졌다. 아무래도 무슨 수를 써야겠다고 생각하던 참에 남편이 생전 처음으로 아들을 나무랐다. 고미경은 석태가 차라리 자신 말을 안 듣는 게 낫지 평소에도 아들한테 절절매는 남편에게 대드는 꼴을 보니 속에서 천불이 나더라고 했다. 그래서인지 자신도 모르게 손이 올라갔다는 거였다.

석태가 따귀를 연타로 얻어맞고 양 볼을 손으로 감싸고 제 방으로 들어갈 때까지만 해도 하룻밤 자고나면 서로 꼬였던 마음이 수그러질 줄 알았다. 그래서 고미경은 아무 일도 없었다는 듯 평소대로 그의 방문을 열었다. 커다란 백팩에 짐을 꾸리고 있던 석태가 제 엄마는 쳐다보지도 않은 채 말했다.

— 내는 자식한테 폭력 휘두르는 무지막지한 엄마하고는 하루도 더 몬 산다. 교양 있는 유정 씨한테 가서 사람 대접받으면서 잘 먹고 잘살 테니까네 걱정 꼭 붙들어 매라.

그녀는 어떻게든 아들을 구슬러 화해할 생각이었다. 한데 '유정 씨'라는 이름을 듣는 순간 심한 모멸감을 느꼈다. 귀랑의 할머니라는 '노인네'와 비교를 당하는 자체가 기분 나빴다. 늘 우리 엄마가 최고라고 엄지를 치켜세워주던 아들이 군대를 다녀오고부터 그녀 이름을 자주 입에 올렸다. 엄마도 유정 씨처럼 곱게 나이 먹었으면 좋겠다는 둥, 할머니가 그렇게 예쁠 수 있다는 게 신기하다는 둥, 유정 씨는 그 나이에도 책도 읽고 신문도 본다는 둥, 그래서 지적인 분위기가 장난 아니라는 둥, 유정 씨처럼 인품이 좋은 여자랑 사는 남자들은 절대 바람 따위 피우지 않을 거라는 둥, 유정 씨는, 유정 씨가……, 그녀는 아들의 유정 씨 타령에 노이로제가 걸릴 지경이었다. 그 유정 씨란 노인네가 저한테 잘하면 얼마나 잘했다고 말끝마다 제 어미랑 비교질이란 말인가.

— 온냐. 니 단디 듣그래이. 시방 이 집에서 나가삐는

순간 니는 내 아들 아이다. 그러니까네 맴 단디 묵고 나가얄끼다. 알것제?

고미경은 뒤도 돌아보지 않고 안방으로 들어갔다. 뒤따라 들어온 남편이 석태 진짜 나가던데 붙잡지 않아도 되겠냐고 물었다.

— 그 자슥 붙들어오면 내가 나가니더. 그러니까네 알아서 하이소.

— 내도 한마디 하자. 만일에 우리 석태 안 들어오면 내도 나가삘테니까네 당신도 알아서 해라.

그날 밤 고미경 부부는 서로 등을 보이고 자는 척하면서 석태가 돌아오기를 목이 빠져라 기다렸다. 그럼에도 불구하고 고미경이 열흘이 되도록 연락을 하지 못했던 건 남편은 사업차 출장을 떠나 있었고, 유정 씨의 가족에게 먼저 전화하는 게 자존심이 상해서였다. 석태 전화는 가출하자마자 연결이 되지 않았다. 평소에도 심통이 나면 집을 뛰쳐나가 전화를 받지 않는 게 다반사라서 여전히 삐져 있겠거니 했다. 예전엔 짐까지 싸진 않고 충동적으로 나갔다가 이삼일 만에 들어왔기 때문에 가출이라고 볼 수도 없었다. 내 전화번호도 석태가 자신의 유일한 친구니까 알아두라고 저장해줘서 알게 됐다고 했다.

그녀는 남편이 돌아오기 전에 석태가 자발적으로 돌아오기를 바랐다. 하지만 석태는 감감무소식이었다. 남편은 어젯밤에 예정대로 돌아와, 석태 집에 석태가 없다니 말이 되느냐, 며 노발대발했다. 그녀는 그 와중에도 우리 부부가 힘들게 돈 벌어 장만한 집이 왜 석태 집이냐고 따졌다가 엄마라는 사람 정신 상태가 저 모양이니 석태가 집을 나간 거라는 핀잔만 들었다.

— 아이고 석태야, 그동안 얼매나 외로웠노. 아빠가 그것도 모르고 그깟 카드 좀 썼다고 니를 쥐 잡듯 했다카이.

눈물까지 글썽거리며 신파를 연출하다 잠이 든 남편은 꼭두새벽에 일어나, 퇴근할 때까지 석태를 데려다 놓지 않으면 죽을 줄 알라, 는 협박성 멘트를 날리고 출근했다. 그녀는 평소엔 부드럽지만 한번 화를 내면 불같은 남편이 무서워 고심 끝에 전화를 걸었다고 했다. 그녀는 망설임 끝에 부연 설명을 늘어놓았다.

"아무리 그캐도 남자한테는 아들이 있어야 힘이 나는 모양인기라. 실은 석태 갸 빈자리를 보면서 코를 쏙 빼고 있는 남편이 불쌍타는 마음이 들어서 전화 안 했나. 그 팔팔하던 기가 팍 죽어가 있는 걸 보니까네 내 자존심이 문제가 아니더라카이. 내 말 맞제? 그제?"

그녀가 반드시 동의를 구하고야 말겠다는 듯 재차 물었다. 하지만 나는 그녀가 무슨 마음으로 나한테 전화를 했는지는 중요하지 않았다. 그럼요, 라는 영혼 없는 대답을 하고 그녀의 얼굴을 찬찬히 뜯어보았다. '자연 미인'일 리 없다는 선입견 때문인지 분명 어딘가 뜯어고친 것 같은데 눈썰미가 없어서인지 꼬집어서 어딜 어떻게 고쳤다는 표는 나지 않았다. 하긴 표가 난다 해도 같이 사는 식구도 아니고 한 번 보고 말 사람일 바에야 차마 눈 뜨고 보기 민망하게 생긴 '자연산'과 마주 앉은 것보다는 눈 호강 차원에서도 '성과'가 훨씬 좋았다. 의술이 저렇게나 좋은데 못생긴 여자들이 당당하게 거리를 활보하고 다니다니 황당했다. 꼭지만 해도 밋밋한 콧대만 세워도 제법 미인이라는 소리를 들을 것 같았다. 아, 빈약한 가슴도 좀 살려주면 더 좋고.

"그카고 우리 석태는 언제쯤 납치, 아이다. 실종됐나?"

"저야 모르죠. 애초에 우리 집에 오지도 않았거든요."

"뭐라, 오지도 않았다꼬? 그럼 가가 이 추위에 우데서 뭔 지랄을 하느라꼬……, 우야든동, 귀랑이 니는 젤로 친한 친구라면서 가가 가출을 한지도 몰랐단 말이가? 그카고 잘난 유정 씬가 뭔가 하는 노친……, 그러니까네 귀랑이 할머니는 아무 말 없었다 그 말이제."

"사실은 예전부터 석태가 일방적으로 우리 집에 찾아오거나 전화했지 제가 전화한 적은 없었거든요. 며칠 전에는 너무 오랫동안 연락이 없길래 궁금해서 해봤더니 안 받더라고요. 그리고 유정 씨가 석태를 각별히 생각했던 건 아니고 제 친구니까 오면 반겨줬던 걸로 알고 있는데요."

"그래? 아무 상관도 없는 천덕꾸러기도 거다주고 그칸다민서?"

"그건 꼭지가……."

나는 무슨 말을 해야 할지 난감했다. 아들이 없어졌다고 사색이 돼 있는 그녀한테 꼭지의 이름이 왜 박꼭지가 됐는지부터 상세히 설명할 수는 없는 노릇이었다. 나는 잽싸게 말머리를 돌렸다. 그의 스마트폰에 대해 알아볼 절호의 기회였다. 내 입장에서는 석태의 실종보다는 '동영상의 실종'이 더 절박했다.

"사실은 유정 씨도 늘 오던 애가 발길을 뚝 끊으니까 궁금해서 전화를 해봤더니 받지 않는다고 걱정을 많이 하더라고요. 혹시 석태가 스마트폰을 분실한 건 아닐까요?"

"분실? 가가 딴 건 몰라도 칠칠맞구로 지 물건 이자뿔고 댕기는 아는 아이다."

"그렇다면 어울리던 건달……, 아니 친구들한테 빼앗겼을 수도 있지 않을까요?"

"건달이든 친구든 빼사가 오면 왔지. 지 물건 뺏길 아도 아이고."

그녀가 단호하게 머리를 저었다. 그렇다면 스마트폰은 그의 손에 있을 가능성이 컸다. 그나마 안심이 됐다.

그가 동영상을 유포할 일은 절대 없을 것이다. 사실 그 동영상이 사라진 게 석태 짓이라는 보장도 없었다. 내가 무심결에 삭제 버튼을 눌렀을 수도 있었다. 생각해보니 석태도 유정 씨도 사라진 마당이라 동영상이 딱히 문제될 것도 없었다. 걸렸던 체증이 쑥 내려가는 기분이었다.

카운터에서 엄마가 고미경을 주시하고 있었다. 나는 엄마와 그녀가 통성명을 하고 석태 일로 이러쿵저러쿵할까 봐 조바심이 났다. 유정 씨라면 또 모를까, 엄마는 도통 믿음이 가질 않았다. 무엇보다도 유정 씨에 대한 반발심에 몸에 배이지도 않은 교양을 갖추느라 일관성 없이 행동하는 그녀를 보는 게 피곤했다. 나는 어떡하든 고미경을 빨리 돌려보내고 싶었다. 이제 신고를 하든 직접 찾아나서든 본인이 알아서 할 일이었다. 나에게는 사라진 유정 씨를 찾는 게 급했다.

"제가 석태 주변 사람들 수소문해 알아볼 테니까 일단 돌아가서 기다려보시죠. 제 생각엔 석태가 워낙 발도 넓고 인기가 많아 걱정하지 않으셔도 되겠지만, 정 찜찜하면 경찰에 신고를 해보던가요."

말은 그렇게 했지만 석태 주변 인물의 연락처를 알고 있지도 않거니와 캐볼 생각도 없었다. 하나같이 험상궂은 인물들과 엮여서 좋을 게 없었다.

"신고는 안 된다카이. 내가 석태를 때린 걸 알면 갱찰

들이 내를 우예 보겠노? 내만 나쁜 년 될 거 아이가. 우야든동 내는 귀랑이만 믿고 기다릴 테니까네 잘 부탁한데이."

어느새 엄마가 고미경의 등 뒤에까지 다가왔다. 내가 미간을 찌푸리자 엄마가 주춤했다.

고미경과 헤어지고 곧바로 집으로 돌아왔다. 종잡을 수 없는 고미경을 상대하고 나서인지 머리가 지끈거렸다. 유정 씨 방에 들어가 평소 습관대로 궤짝 위의 사진부터 쳐다보다 놀라 자빠질 뻔했다. 내 사진 옆에 실종된 지 열흘 가까이 됐다는 석태의 사진이 놓여 있었다. 컨디션이 좋지 않아 헛것이 보이나 싶어 눈을 비비고 다시 확인했다. 분명히 석태 사진이었다. 누군가의 어깨를 감싸고 셀카를 찍었는지 옆으로 뻗은 왼팔이 잘리고 오른팔은 앞을 향해 뻗어 있었다. 활짝 웃는 얼굴로 보아 꽤 좋아하는 사람과의 데이트 중에 찍은 사진 같았다. 두툼한 파카를 입은 걸로 봐서 겨울이었다. 저게 언제부터 저기에 있었던 거지? 진작 알았더라면 석태 엄마한테 사진을 보여주고 집 나갈 때의 복장과 동일한지 확인해 보았을 텐데. 아니지. 방금 내가 저 사진을 보고 깜짝 놀란 건 고미경을 만나러 나설 때까지 없었던 게 갑자기 나타나서였다. 나는 뒤늦게 그 사실을 깨닫고 두 손으로 얼굴을 감싸 쥐었다. 저 사진을 언제 누가 가져다 놓은 걸까. 등골이 오싹했다. 고미경을 만나는 동안에 유정 씨가 다녀간 건가? 책상 위의 스마트폰은 그대로였다.

나는 방안을 다시 꼼꼼히 살폈다. 아무리 봐도 누군가가 다녀간 흔적은 보이지 않았다. 석태의 사진만 어디서 툭 떨어진 듯 궤짝 위의 남자들 사진과 나란히 진열돼 있었다. 너무 자연스러워서 진작부터 있었던 게 아닌가 하는 착각이 들 정도였다. 계속 이런 식으로 충격을 받다가는 돌아버릴 것만 같았다.

정신을 가다듬고 그녀의 책상 앞에 앉았다. 인터넷 카페에 들어가서 읽지 못한 글들을 확인할 필요가 있었다. 닫힌 노트북 뚜껑을 열기 위해 엄지손가락을 대는 순간, 나는 석태 사진을 발견했을 때와 같은 오싹함을 다시 한 번 느꼈다. 내가 오늘 이 방에서 노트북에 손을 댄 적이 있었던가? 기억나지 않았다. 처음 이 방에 들어왔을 때 노트북 뚜껑은 열린 채였고 인터넷도 접속된 상태였다. 내가 한 거라곤 받아쓰기 노트에 적혀 있는 아이디와 비밀번호를 인터넷 창에 쳐넣은 것밖에 없었다. 그러니까 손가락 끝으로 플라스틱 재질의 키보드를 두드렸을 뿐 노트북 본체를 이룬 금속성을 터치한 기억은 없다. 혹시 고미경의 전화를 받고 급히 나갈 때 무심코 닫았을 가능성에 대해 생각해보았다. 평소의 습관으로 볼 때 희박했다. '남초' 커뮤니티나 성인 사이트를 주로 이용하는 나는 아무리 바빠도 로그인을 해둔 채 뚜껑을 닫지 않았다. 혹시라도 유정 씨가 청소하러 들어왔다가 열어볼 수도 있었다. 그녀는 어디서 무슨 정보를 들었는지 언제부턴가 '남초' 커뮤니티 사이트 이용자들을 한심한 '한남충'이라며 싸잡아 매도했다.

— 설마 너도 그 따위 인간들하고 어울리는 건 아니겠지? 농담이나 놀이에도 최소한의 예절이라는 게 있는 거다. 최소한을 지키지 않는 것들은 모두 불한당이다.

나는 사람을 뭘로 보고, 라며 딱 잡아뗐다. 최소한 카페가 내 손아귀에 들어올 때까지는 유정 씨의 뜻을 존중하고 따라야 한다. 그래서 나는 인터넷을 이용할 때 조심하는 습관이 몸에 배어 있다. 그런데 하물며 남의 노트북을 몰래 들어다보면서 로그아웃도 하지 않은 채 함부로 뚜껑을 닫았을 리 없었다. 무엇보다도 손가락에 금속성이 닿았던 감촉 자체가 없었다. 석태 사진도 그렇고 누군가 이 방에 들어왔었던 게 분명했다. 방 주인이 자신의 권리를 버리고 몰래 왔다 갔을 리도 없다. 그렇다면 분명이 방을 쥐새끼처럼 드나드는 제3자가 있다는 거다. 그녀를 납치한 자일지도 모른다.

이제 그녀의 부재가 단순 외출이 아니라는 건 명백해졌다. 그렇다고 납치라고 단정 짓기에도 모호했다. 그녀가 남기고 간 흔적들은 돌발 상황에 꾸며진 것이 아니었고 타인의 조작이라고 보기도 힘들었다. 다만 카페의 '신변잡기'에 올린 글의 내용으로 봐서 그동안 만나왔던 남자들과 얽힌 치정극을 배제할 수 없었다. 한데 정말 치정극이라면 내 사진의 난데없는 출현과 스마트폰에 유일하게 남아 있는 '사도'는 어떻게 설명할 것인가. 그리고 갑자기 나타난 석태의 사진은? 공교롭게도 석태는 연락 두절 상태였다. 이러다 나도 납치되는 것은 아닐까. 그렇다면 저 남자들은 무사한 건가? 나는 오래전부터 놓여 있었던 궤짝 위의 사진 속 남자들에 대해 생각해보았다. 섣부른 생각이었다. 저 사진 속의 인물 중에 실종된 사람은 내가 아는 석태뿐이었다.

유정 씨는 실종됐지만 사진이 없고 나는 실종되지 않았지만 사진이 있다. 다만 석태가 실종된 것을 알게 된 후에 누군가 사진을 갖다 놓았다. 그리고 저 남자들이 어떻게 됐는지 모르겠다.

나는 받아쓰기 노트의 맨 뒷장에 이렇게 적어놓고 유심히 들여다보았다. 아무리 생각해도 공통점이나 일정한 패턴을 찾을 수가 없었다. 그리고 노트북의 뚜껑도 사진들과는 동떨어진 느낌이었다. 나는 다시 노트에 '노트북 뚜껑?'이라고 적어 보았다. 적어놓고 보니 노트북 또한 사진이나 스마트폰과 마찬가지로 그녀가 사라지기 전에 남긴 중요한 단서로 떠올랐다. 미처 확인하지 못한 '아방궁 이야기'엔 무슨 내용이 쓰여 있는지 궁금했다. 나는 카페 '아방궁'에 들어갔다.

아방궁 이야기

'아방궁 이야기'의 키워드는 '초대'였다. 〈J의 초대〉부터 시작해 〈C의 초대〉, 〈H의 초대〉, 마지막으로 〈S의 초대〉가 순서대로 올라가 있었다. 작성한 날짜를 보니 앞의 세 번째까지는 6개월 전에 이삼일 간격으로 올린 것이었고 네 번째는 열흘 전쯤이었다. 석태가 집을 뛰쳐나올 무렵과 맞닿아 있었다.

날짜를 확인하는 순간 가슴이 뛰어 도저히 열어볼 엄두가 나지 않았다. 확인하고 싶지 않지만 꼭 해야 된다면 최대한 미루고 싶었다. 하지만 더는 미룰 수가 없었다. 나는 떨리는 마음으로 가장 오래 전에 올라온 〈J의 초대〉를 열였다.

J의 초대

남편이 세상을 떠난 후 그녀는 드디어 자유를 얻었다고 생각했다. 그런데 J가 나서서 그녀를 괴롭혔다. 백수 주제에 '물장사'가 처음인 그녀를 도와준다는 핑계로 사사건건 다방 운영에 참견했다. J가 마담의 기둥서방이라고 주변 사람들이 수군거릴 정도였다. 그래서 그를 멀리하려고 아무리 노력해도 소용없었다.

— 남편도 없는 예쁜 여자를 방치해 두는 건 어린 양을 승냥이 떼에게 넘겨주는 것과 같습니다. 죽은 명종과의 의리 때문에라도 절대 그럴 수 없는 제 입장도 이해해주십시오.

J가 그녀의 몸을 훑어보며 능글맞게 웃었다. 소름 끼쳤다. 그녀는 누군가한테 보호받고 싶지도 일방적으로 사랑받고 싶지도 않았다. 마음에 드는 남자를 만나 진정한 사랑을 나누고 싶었다. 하지만 J가 있는 한 그런 사랑은 요원했다. J가 주변을 맴돌면서 기둥서방 노릇을 하니 어떤 남자도 그녀를 진심으로 대하지 않았다. 오기가 생긴 그녀는 일부러 마음에 둔 남자를 보

란 듯이 만나고 다녔다. 그러자 J는 아예 그녀 집 앞에 진을 치다시피 했다. 아침저녁으로 출퇴근 시간을 체크하고 밤낮을 가리지 않고 전화질을 해댔다. 그녀가 사랑하고 싶은 남자들이 다가왔다가 J의 등살에 떠나기도 했다. J가 곁에 있는 한 그녀는 자유로울 수 없었다. 그녀는 J한테 남편의 귀신이 붙은 것 같아 무섭기까지 했다. 그렇게 낮이고 밤이고 따라다니면서 귀찮게 하는 J를 그녀는 고심 끝에 경찰서에 스토커로 신고했다. 하지만 J는 채 반나절도 안 되어 풀려났다. 미망인의 몸으로 혼자서 물장사하는 친구의 부인을 각종 위험으로부터 보호해주려는 선의에 오해가 있었나 보다, 라는 경관의 설명과 함께였다. 너무 예민하게 받아들이지 마시고 두 분이서 잘 해결하세요. 경관이 웃는 얼굴로 그녀에게 조언까지 해주었다. 그런 경찰을 믿고 신고했다가 그녀만 은혜를 원수로 갚는 '나쁜 년'이 돼 버렸다. 그 후 J는 더 당당하게 그녀의 보호자 행세를 했다. 여자 문제에 관한 한 남자들은 법 앞에서도 당당한 세상이었다. 그녀가 알고 지내던 술집 마담은 기둥서방을 자처하는 놈팡이한테 얻어맞고 신고했다가 하루도 안 돼 풀려난 그로부터 칼부림을 당해 죽었다. 남녀 간의 사소한 다툼으로 치부하고 그를 풀어

줘버린 탓이었다.

그녀는 다방이고 뭐고 다 귀찮아졌다. 다방과 집을 정리하고 J가 찾을 수 없는 곳으로 떠나버릴 결심을 했다. 그런데 J는 그녀보다 한 수 위였다.

새집을 알아보려고 부동산 중개 사무소에 들렀다 귀가한 날이었다. 함께 살고 있던 어머니는 그녀의 어린 딸을 데리고 외삼촌 집에 가 있었다. 전쟁통에 혈육을 다 잃고 단 한 명 남은 그녀의 외삼촌이 위독해서였다. 그녀의 외삼촌이 살아남을 수 있었던 것도 소아마비를 앓아 전쟁과는 무관한 삶을 살았기 때문이었다. 삼촌은 평생을 독신으로 살다 한 점 혈육도 남기지 않고 그녀의 어머니 품에서 숨을 놓았다. 그렇게 그녀는 친가와 외가의 일가친척을 모두 잃고 여자 삼대만 남았다. 그녀가 열쇠로 현관문을 여는 순간 술 취한 J가 나타나 그녀를 등 뒤에서 제압하고 따라 들어왔다. 허구한 날 그녀 집을 맴돌았으니 집이 비었다는 걸 알고 하는 짓이었다. 그는 저항을 하다 지쳐 J를 달래기 시작했다. 그동안 좋은 친구로 지내다 왜 갑자기 폭력을 쓰느냐, 당신을 믿고 의지했는데 실망이다, 불만이 있었다면 다 들어줄 테니 말로 하자, 며 남편한테도 하지 않았던 감언이설을 늘어놓았다. 하지만 J는 꿈쩍도 하지 않았다.

— 나 몰래 집을 알아보러 다녔단 말은 왜 쏙 빼십니까? 나한테서 도망칠 생각은 하지 않는 게 좋을 겁니다. 공들인 내 밥에 엄한 놈이 코 푸는 꼴 절대 못 보죠. 저승까지 따라가서 명종에게 인수인계를 하고 난 후에야 유정 씨 곁을 떠날 생각이니까요. 물론 그 전에 내가 좀 맛보긴 하겠지만 그 친구도 이해할 겁니다. 세상에 공짜는 없으니까요. 흐흐흐.

그녀는 뜨거운 입김을 내뿜으며 자신의 귀에 대고 능글맞게 웃는 그의 숨통을 당장 끊어놓고 싶었지만 역부족이었다. 이미 자신을 범하기로 결심한 이상 감언이설도 먹히지 않을 것 같았다. 점점 저항할 힘도 의지도 사라져 버렸다. J는 그녀를 방바닥에 쓰러뜨리고 깔고 앉아 치마를 걷어 올렸다. 그녀는 J가 허리띠를 푸는 틈을 타 얼굴을 할퀴었다가 뺨을 호되게 얻어맞았다. 정신이 아득해지면서 온몸의 힘이 탁 풀렸다. J는 그녀 몸에 올라타고 함부로 그녀를 유린했다. 그녀가 제일 참기 힘들었던 건 자신의 입술을 막무가내로 짓누를 때 풍기는 역겨운 구취였다. 혀를 입안으로 들이밀면 물어버릴 생각이었지만 J는 그조차 기회를 주지 않았다. 신고는 꿈도 꾸지 못했다. J는 시침을 뗄 것이고 경찰은 증거를 대라며 갖은 성적 모욕을 해댈 거였다. 당시엔 공권력이 여자들의 성적 수치심을 배려해주지 않았다. 그날 이후 제비는 종종 그녀의 몸을 요구했다. 들어주지 않으면 폭력적으로 나왔기 때문에 이런저런 핑계를 대며 횟수를 줄이는 수밖에 없었다.

그러던 차에 그녀는 폐가를 인수하게 됐다. 그녀 인생에서 가장 큰 행운이었다. 그녀는 별채를 수리하는 데 특별히 공을 들여 게스트룸으로 꾸몄다. 이사를 할 때에도 J는 당연하다는 듯 참견에 나섰다. 그녀는 J한테 당신을 위해 손님방을 따로 꾸몄으니 언제든 묵어가라고 선수를 쳤다. 그가 이제야 자신의 진심을 알아주는 거냐며 감동했다. 백 번 찍어 안 넘어가는 나무 없다는 둥, 그동안 함부로 대했던 것도 너무 사랑해서 그런 거니 마음에 두지 말라는 둥, 여자 마음은 갈대라는 말이 맞다는 둥 듣기 거북한 말들을 지껄여댔다. 그녀는 무조건 당신 말이 옳다, 고 했다. 대신 손님 맞을 준비를 마치고 정식으로 초대할 테니 그때까진 새 집에 얼씬도 하지 말아달라고 부탁했다. 오래는 못 기다립니다. J는 쿨한 척 시원스레 대답했다. 그녀도 시간을 오래 끌 생각은 없었다. 그녀는 이윽고 J를 초대했다. 폐가를 리모델링하고 이사한 지 한 달도 채 되기 전이었다. 아방궁으로의 첫 번째 초대 손님이었다. 그 후 그녀 인생에 모처럼 평화가 깃들었다. C가 본색을 드러내기 전까지는 말이다.

'신변잡기'와 달리 '아방궁 이야기'는 '그녀' 시점이었다. 하지만 '그녀'가 '신변잡기'에 등장하는 '유정자' 와 동일 인물이라는 건 의심의 여지가 없었다. 그런데 왜 '나'가 아닌 '그녀'일까. 성폭행당한 이야기를 쓰기가 민망해서? 남편을 동사시킨 일도 아무렇지 않게 썼다면 어차피 누군가에게 보일 목적은 아니다. 그렇다면 유정 씨가 아닌 다른 사람이 썼다고밖에 볼 수 없었다. 하지만 글을 올린 사람은 둘 다 조롱박이었다. 하나의 닉네임으로 두 사람이 글을 올렸다는 건가. 그리고 J를 초대했다는 '아방궁'은 어디이며 초대의 의미는 뭘까. 의문점 투성이었다. 일단 나머지 글을 마저 읽고 다시 생각해보기로 했다.

C의 초대

C를 아방궁에 초대하기로 마음먹었을 때 그녀의 심정은 착잡했다. 그의 정보 덕분에 폐가를 구할 수 있었기 때문이었다. C는 유정다방의 단골이었다. 점심 식사 후나 손님을 만날 때 직장 근처인 유정다방에서 차를 마셨다. 그녀는 그가 만나는 손님이 대부분 부동산 업자나 땅 투기를 전문으로 하는 '큰손'이라는 걸 알았다. 그를 만나는 손님들은 그보다 먼저 일어나 커피값을 내고 나갔고 자리를 뜨기 전에 그에게 은밀히 뭔가를 쥐어주었다. 그녀는 직감으로 공무원 신분을 이용하여 투기꾼들에게 정보를 제공하고 뇌물을 받는 거라는 걸 눈치챘다.

그녀는 C에게 양담배를 사두었다 건네주기도 했고 명절 때는 값비싼 양주를 선물로 주기도 했다. 가끔은 일식집으로 초대해 돈 봉투를 찔러주기도 했다. 공무원들이 접대받는 걸 좋아한다는 것도 그때 알았다. 그리고 반드시 받은 만큼의 값어치를 해준다는 것도.

C는 곧 시청이 확장 공사를 할 예정인데 유정다방

이 속해 있는 상가 건물 부지가 시청 확장 부지에 편입된다는 정보를 귀띔해주었다. 미리 다방을 옮길 곳을 마련해두어야 했다. 그녀는 치근덕거리는 C와 데이트를 해주는 대가로 G산 인근의 들판에 신도시가 형성될 거라는 정보도 얻었다. 그리고 그가 소개해준 부동산 업자를 통해 G산 자락에 있는 텃밭 딸린 폐가를 싼 값에 매입해두었다. 사실 흉물스럽게 방치된 폐가를 인수할 때까지만 해도 C의 조언대로 싹 쓸어버리고 새로 지을 생각이었다. 그만큼 폐가는 허물어지기 직전이었다. 하지만 그녀는 생각을 바꾸어 많은 돈을 들여 폐가를 수리했다. C는 자신의 조언을 묵살하고 수리를 택한 그녀의 의도를 알지 못했다. 그 이유를 아는 사람은 그녀와 폐가의 옛 주인뿐이었다. 옛 주인은 그녀에게 폐가를 넘기고 얼마 지나지 않아 지병으로 세상을 떠났다.

유정다방을 팔아넘기고 통나무 카페를 지어 영업을 시작한 직후 C는 공무원 뇌물수수죄로 파면됐다. 시장에게 투서가 들어갔다고 했다. 퇴직금도 못 받고 쫓겨난 그는 그동안 공무원 신분 때문에 투자하지 못하고 묻어두었던 검은 돈으로 본격적인 땅 투기를 시작했다. 하지만 그의 도움을 받았던 투기꾼들은 그가 민간인이 되자 그를 역으로 이용해 사기를 쳤다. 3년 만에 검은 돈은 물론이고 공직자 월급으로 당당하게 장만한 아파트까지 날렸다. 알거지가 된 C가 찾아왔을 때 그녀는 옛 정을 생각해 식사 대접을 하고 약간의 용돈을 쥐어 보냈다. 그러자 그는 그녀가 자신의 물주라도 되는 양 수시로 찾아와 손을 내밀었다. 심지어는 사업 자금을 마련해달라고까지 했다. 요구를 거절하자 그녀가 운영하는 카페에 눌러앉아 행패를 부렸다. 경찰에 신고한다고 엄포를 놓아도 콧방귀만 꼈다. 잡혀가도 혼자만 죽진 않을 거라는 거였다. 유부남인 줄 뻔히 알면서도 살살 눈웃음을 치면서 꼬실 때는 언제고 단물 다 빠지니까 모른 척이라며 가정 파괴범으로 맞고소를 하겠다고 윽박질렀다. 진실이야 어떻든 상대방이 물귀신 작정으로 나오니 신고를 할 수도 없었다. 이러지도 저러지도 못하고 있던 어느 날 카페에 웬 육덕 좋은 중년의 여자가 위풍당당하게 카페 문을 밀고 들어섰다. 어서 오시라는 인사도 무시하고 다짜고짜 그녀의 머리채를 잡고 흔들었다. 주방장이 달려들어 가까스로 여자를 떼어놓았다. 알고 보니 C의 아내였다. 그녀는 분을 삭이며 차분하게 말했다. 이성을 잃은 여자한테 같이 악다구니를 써봤자 자신만 손해였다.

—대체 무슨 연유로 남의 영업장에 함부로 난입하여 행패를 부리는 건가요?

—가정 있는 남자를 꼬여내 단물 쓴물 다 빨아먹은 년이 어디서 고상한 척이야? 순 걸레 같은 년.

—제가 걸레면 남편 분은 걸레를 좋아했다는 건데, 취향이 독특한 분과 사시네요.

—뭐야? 유부남한테 꼬리 친 년이 터진 입이라고 말은 잘한다.

—남편 분한테 가서 물어보시지요. 꼬리 달린 걸레에 코 한번 풀어본 적 있냐고요. 생각해보니 집안에 치우고 싶은 쓰레기가 있어 싫다는 걸레를 그렇게 따라다녔나 보네요. 유감스럽게도 꼬리 달린 걸레는 남의 집 쓰레기까지 치워줄 만큼 한가하지 않답니다. 꼬리치기도 바쁘거든요.

옆에서 듣고 있던 주방장이랑 주변에 몰려든 손님들이 손으로 입을 틀어막고 킥킥거렸다. 여자가 분을 참지 못하고 다시 달려들려다가 주방장의 손에 제압당했다. 여자가 버둥거리며 입에 담지 못할 욕설을 한바탕 퍼부었다. 알고 있는 욕을 다 내질러서인지, 아니면 맥이 풀려서인지 여자가 어깨를 늘어뜨리고 돌아섰다. 충혈된 눈에 눈물이 그들먹했다. 그녀는 여자의 눈물이 한심해보여 매정하게 쏘아붙였다.

— 이런다고 뭐가 달라지나요? 딴 여자한테 마음 뺏긴 남편을 탓해야지 왜 여기 와서 행패를 부립니까. 댁의 남편이 나를 좋아한 게 내 죄는 아니잖아요. 남편은 무섭고 나는 만만하던가요? 나한테 한 것처럼 남편을 닦달하세요. 그래야 아내 무서운 줄을 알지요. 잘못한 대가를 치를 사람은 내가 아니라 댁의 남편이라고요.

여자가 돌아간 후 얼굴에 반창고를 덕지덕지 붙인 C가 찾아와 행패를 부렸다. 그녀 때문에 집에서도 쫓겨났으니 책임을 지라는 거였다. 그녀는 알았으니 그만 흥분을 가라앉히라고 했다. 마침 별채에 손님방을 꾸며놨으니 당분간은 거기서 기거해도 좋다고 하자 C는 그제서야 누그러졌다. 그녀는 아방궁에 손님 맞을 준비를 하고 C를 초대했다. J를 초대한 지 3년 만이었다.

C역시 초대를 받고 기뻐했다. 오갈 데 없는 날건달이 자신의 봉이라고 생각한 여자한테 초대까지 받았으니 제정신이 아니었다. 마치 제집이라도 되는 양 손님방에 드러누워 밥상을 차려오라고 호기까지 부렸다. 남자들의 뻔뻔함은 끝을 몰랐다. 그렇게 C는 두 번째 초대 손님이 되었다.

'그녀'의 초대가 흔히 말하는 일상적인 초대가 아니라는 걸 짐작할 수 있었다. 그녀는 별채에 남자들을 초대해 무슨 짓을 한 걸까. 별채의 손님방이라면 지금 꼭지가 쓰고 있는 방이었다. 혹시 그 방 어딘가에 남자들의 시체가 쌓여 있는 것은 아닐까? 설마 꼭지가 아무리 강심장이라도 그런 데서 아무렇지도 않게 생활할 순 없겠지. 그리고 유정 씨가 아무리 독한 여자라도 살인을 저지른 곳에 꼭지를 들일 리가 없다. 나머지 글을 끝까지 읽어봐야 답이 나올 것 같았다.

H의 초대

H가 유부남이라는 걸 알았을 때만 해도 그녀는 어리석게 속은 딸의 팔자려니 했다. 딸은 H와 헤어진 후에야 임신 사실을 알았다. 충격에서 헤어나지 못하고 있던 딸이 낙태를 결심했다. 그녀는 제 몸에 생긴 일이니 알아서 할 일이지만 두 번 다시 남자를 만나지 않겠다면서 애까지 없으면 얼마나 외로울까 싶어 조언을 해주었다.

— 애를 낳고 싶지 않아서라면 몰라도 씨 뿌린 놈이 미워서라면 다시 생각해 봐라. 뱃속에 들어앉은 애가 무슨 죄냐.

딸이 어이없는 표정을 지으며 반박했다.

— 그렇다고 결혼도 안 한 여자가 어떻게 애를 낳아.

그녀가 웃는 얼굴로 잘 타일렀다.

— 임신한 여자가 달 차면 나오는 애를 왜 못 낳아. 그럼 결혼한 여자는 배지도 않은 애를 낳을 수 있다니?

— 내 말은 그게 아니잖아. 아빠 없이 애 키우는 게 쉬운 일도 아니고.

— 그런 문제라면 걱정 바라. 우리 둘이 애 하나 못 키우겠냐? 싹수 노란 애비는 애초에 없느니만 못한 법이다. 너도 애비 없이 잘 컸잖니.

그렇게 해서 낳은 아이가 중학생이 되었을 때 난데없이 H가 나타나 아이의 친부 권리를 행사하려 들었다. 처자식이 있는 놈이 뻔뻔하게 바람을 피워 혼외자식까지 낳은 게 무슨 자랑이라고 권리 행사까지 하려는지 그녀는 어처구니가 없었다. 알고 보니 제 버릇개 못 주고 또 바람을 피우다가 이혼을 당하고 알거지로 쫓겨났던 거였다.

— 이제 저는 가족도 집도 없는 놈이니 여기서 내 아이를 낳은 사람이랑 새로운 가정을 꾸려 잘살아보고 싶습니다.

— 뉘신지 터진 입이라고 말은 잘합니다만, 내 딸은 제 아이를 낳았지 당신 같은 파렴치한의 아이를 낳은 적 없습니다.

— 이게 시치미 뗀다고 될 일입니까? 유전자 검사를 해보면 밝혀질 텐데요. 그 사람도 저를 못 잊어 여태 결혼도 안 하고 있었던 거 아닙니까.

— 착각이야 그쪽 마음이니 탓할 생각은 없습니다만, 듣는 사람 사정도 있으니 그만 입 다물고 내 집에서 나가주시지요.

— 내 아들이 이 집에서 사는 이상 한 발자국도 못 나갑니다.

염치없고 뻔뻔한 인간들의 공통점은 상대의 약점을 이용해 물고 늘어진다는 거다. 그녀와 통하지 않으니까 딸한테 달라붙어 아이의 장래를 위해서도 애 아빠와 같이 사는 게 도리 아니겠냐고 매달렸다. 매사에 물러터진 딸은 한때 사랑했던 남자가 나타나 입에 발린 소리를 해대니 홀딱 넘어갔다. 배신한 이력이 있는 남자를 믿는 건 섶을 지고 불구덩이에 뛰어드는 것과 마찬가지라고 그렇게 말해도 곧이듣지 않았다. 그녀의 눈을 피해 몇 번 만나고 다니는가 싶더니 결국엔 목돈을 가로채 자취를 감추었다가 석 달도 안 돼 빈털터리로 다시 나타났다. H는 염치가 바닥을 치니 말로는 어쩔 수 없었는지 폭력적으로 변해갔다. 그녀는 자신한테 폭력을 휘두르던 남편의 귀신이 씐 것 같아 소름이 돋았다. 자신이 살고 딸과 아이가 사는 방법은 한 가지밖에 없다고 생각했다. 결국 그를 잘 구슬려 손님방으로 초대했다. 여자와 돈에 미쳐 있는 남자를 초대하는 일은 생각보다 쉬웠다. 꼴에 사내라고 안채에 처자식을 두고 행랑살이를 할 수는 없다며 안채를 기웃거렸다. 그녀는 손님방에 문제가 좀 있는데 잘 수리해주면 아예 안방을 내줄 테니 제대로 가장 노릇하며 잘 살아보라고 구슬렸다. 대신 그 전엔 딸과 아이의 얼굴은 볼 생각 말라고 했다. 딸은 마음의 안정을 찾아야 되고 아이는 사춘기라 조심스럽다고 말했다. 안 그래도 방황하고 있는데 느닷없이 얼굴도 모르는 아빠가 나타나면 도움이 될 것 같냐고 으름장을 놓았다. 그래도 자식 걱정은 됐던지 기세등등하던 태도가 누그러졌다. H는 딸에게 폭력을 휘두른 죄로 손님이 아닌 수리공으로 초대됐다. 남아돌아 주체하지 못해 여자한테 휘둘렀던 힘을 그녀가 요긴하게 써먹은 셈이었다. 지금으로부터 13년 전의 일이다.

설마……. 그렇다면 H는 내 아버지? 나는 세 번째 사진을 새삼스럽게 들여다봤다. 아무리 봐도 특징이 뭐라고 말할 수 없는 밋밋한 남자였다. 저 사람과 엄마 사이에서 내가 태어났다고? 정말 그렇다면 유정 씨 말마따나 '참사'가 아니라 '기적'이었다. 아무리 부모의 유전자를 무시하고 선대, 즉 유정 씨의 유전자를 물려받았다손 치더라도 저 조합이어선 안 된다. 미래의 내 자식이 저들의 유전자를 물려받는 '참사'가 일어날 수도 있다는 뜻이니까. 그야말로 끔찍한 미래의 모습이었다. 나는 다시 한번 궤짝 위를 올려다봤다. 이 방에 들어올 때까지만 해도 예사로 봐 넘겼던 사진들이었다.

생각해보니 그동안 사진을 보면서도 유정 씨에게 구체적으로 누군지 물어본 적이 없었다. 막연히 그녀를 거쳐 간 남자들일 거라 생각해서였다. 남자도 아니고 여자의 과거를, 그것도 유정 씨의 남자 관계를 차마 대놓고 물을 수가 없었다. 그녀가 남자였다면 묻기도 전에 스스로 사진들을 하나씩 가리키며 자랑삼아 떠벌렸을 터다. 이를테면, 이 여자는 예쁘긴 했지만 밤일이 별로였어. 그녀는 얼굴은 별론데 애교가 철철 넘쳤지. 이 여자는 풍만한 젖가슴으로 나의 애간장깨나 녹였단다. 많은 여자들이 내 앞에서 오줌을 질금질금 지렸다면 믿겠니? 참 황홀한 시절이었는데……, 라고.

내가 주로 이용하는 사이트에서 타깃이 된 여자를 상대로 성적인 평가를 일삼았던 경험대로라면 이런 정도의 상상은 어렵지 않았다. 남자의 과거는 화려할수록 자랑거리가 되지만 여자의 과거는 수치가 된다는 것도 내가 보고 들은 상식이었다. 유정 씨가 아무렇지도 않게 남자 얘기를 했을 때 그런가 보다 했던 것도 구체화되지 않은 막연한 '이야기'에 불과했기 때문이었다. 이 남자는 어떻고 저 남자는 어땠다는 평가를 했더라면 그녀를 마냥 좋아할 수만은 없었을 거다. 엄마가 말하는 '타고난 바람기' 또한 남편 없이 혼자서 식당이랑 다방을 운영했으니 단골들과 데이트를 즐긴 정도라고 생각했기에 웃고 넘겼다. 그런 이유로 나는 사진 속의 인물들에 대해 캐묻지 않았던 거다.

그런데 이틀 전에 내 사진을 발견했고, 오늘 잠깐 외출했다 돌아온 사이에 석태의 사진이 나타났다. 혹시 저 남자들의 '초대'가 나와 석태와도 무슨 연관성이라도 있는 것 아닐까? H가 내 아버지라면 나야 그렇다 쳐도 석태는 저들과 무슨 상관일까. 나는 '아방궁 이야기'에서 초대된 남자들의 이니셜을 받아쓰기 노트에 적었다. 'J', 'C', 'H' 그리고 그 밑에 '신변잡기'에 등장하는 인물들과 이니셜을 참고해 노트에 적었다.

첫 번째 사진 = 제비 = J, 두 번째 사진 = 시청 공무원 = C, 세 번째 사진 = 유부남 = H. 이들은 모두 손님방(아방궁?)에 초대되었음. 아방궁에 대해 알아볼 것.

저 사진의 인물들이 '초대'와 관련이 있다면 나와 석태도 연관성이 있다는 거다. 유정 씨와 석태가 사라진 후에 석태의 사진이 나타났다는 것은 나 역시 '실종'과 무관하지 않다는 것이 된다. 나는 이렇게 멀쩡하게 이 방에 있는데 왜일까. 그보다 '손님방'은 도대체 어떤 곳일까?

나는 어쩔 수 없이 확인하고 싶지 않아서 미뤄두었던 〈S의 초대〉를 읽어보기로 했다. 마우스를 잡은 손이 심하게 떨렸다.

S의 초대

그녀가 '아방궁'에 손님을 초대한 건 오랜만이었다. 그녀는 오래전부터 S를 눈여겨보고 있던 터라 그의 악행이 놀라울 것도 없었다고 했다. 다만 아직 어리니 잘 타이르면 개전의 싹을 볼 수도 있다고 생각했단다. 그녀는 자신의 안이한 생각과 흐려진 판단력 때문에 돌이킬 수 없는 상처를 입은 나한테 죽을죄를 지은 기분이라고 털어놓았다. 싹수가 노란 놈이 나이 먹는다고 바뀔 리 없다는 사실을 너무 늦게 깨달았다며 자신을 용서하지 말라고 했다. 그리고 더 이상 자신의 판단력에 의지하지 말고 매사를 내 스스로 결정하라고 당부했다. 그리고 내가 어떤 결정을 내리든 받아들이고 끝까지 지켜주겠다고 약속했다. 나는 그녀를 원망하지도 않고 용서할 입장도 안 되지만 그녀의 '약속' 만큼은 믿었다.

S는 졸부의 삼대독자로 제멋대로 자라서 저 외엔 사람 귀한 줄 모르는 놈이었다. S의 부모는 봉제 공장으로 돈을 버는 족족 어느 섬의 버려진 땅을 사두었다.

그런데 그곳에 공항이 건설되고 연륙교가 놓이면서 금싸라기가 되었다. 덕분에 평생을 놀고먹어도 삼대까지 쓸 수 있는 벼락부자가 됐는데 가난에서 벗어나려 몸부림치느라 아들을 하나밖에 낳지 못한 게 한이었다. 그들은 봉제 공장 외에는 달리 할 수 있는 것도 없고 새삼 따로 하고 싶은 일도 없어서 하던 공장이나 운영하며 아들바라기로 살았다.

그녀는 S를 처음 보는 순간 죽은 남편이 겹쳐졌다고 했다. 자기밖에 모르는 파렴치한에다 폭력적이고 분노 조절이 안 되는 인간. 귀한 자식이라고 응석받이로 키운 탓이었다. 그런 인간들의 특징은 강자에게 약하고 약자에게 강하다. 만만하게 보이는 상대를 타깃으로 삼아 지속적으로 괴롭힌다. 특히 여자들을 업신여기고 함부로 대한다. 자신의 생김새는 생각 안 하고 예쁜 여자를 좋아한다. 마음에 둔 여자에게 고분고분하다 자기 소유가 되면 폭력을 휘두른다.

S는 첫 대면부터 그녀를 잘 따랐다. 자기가 꿈꾸던 이상형이 나이 든 모습이라고 했다나. 꼴에 보는 눈은 제대로 박힌 모양이었다. 외동으로 자라 외로움을 많이 탔단다. 형제나 할머니가 있는 친구가 부러웠다고 했다. 그녀는 자신의 손자를 괴롭히지 않고 친하게 지

내면 손주로 받아주겠다고, 뿐만 아니라 오래전부터 손주며느리 감으로 점찍어 둔 아이가 있는데 소개시켜줄 수도 있다고도 했다. 손자에게는 비밀로 하기로 하고 사진까지 보여주었다. 그녀가 스무 살 때 찍은 흑백 사진을 휴대폰으로 찍어 '뽀샵' 처리한 거였다 S가 아둔한 건지 기술이 좋은 건지 쉽게 속아 넘어갔다. 그녀는 예전부터 자신의 미모에 안 넘어간 남자가 없었으니 예상은 했지만 손주뻘 되는 놈한테까지 통할 줄은 몰랐다고 했다.

S는 제대 후에도 자주 그녀의 집에 놀러왔다. 손자가 없는 틈을 타 그 아가씨를 언제 소개시켜줄 거냐고 졸랐다. 그녀는 아직 손자와 S 중에 누구를 소개시켜줄지 결정을 못 했으니 좀 더 기다려보라고 했다. 그래서인지 그녀 앞에서는 고분고분하고 착한 척했지만 밖에서는 여전히 망나니짓을 했다. 한데 그 자식이 지난 가을부터 내 주변을 얼찐거리며 괴롭히기 시작했다. 나는 그녀의 손님이니 설마 그러다 말겠지 생각했다. 그녀한테 여자 소개받기를 원하는 자식이 설마 나한테 흉악한 짓까지야 할까 싶었다. 나쁜 놈. 나는 그날의 치욕을 평생 잊을 수 없다. 나는 그 일이 있은 후 사흘 동안이나 앓아누웠다.

내 인생에 최악의 남자가 된 S. 그는 도서관에서 공부를 마치고 카페에 알바를 가는 나의 동선을 정확히 꿰고 있었다. 시도 때도 없이 불쑥불쑥 나타나서는 수치심과 공포감을 안기고 사라졌다. 그렇다고 일상을 포기할 순 없었다. 나는 매일매일을 열심히 살아야 생활이 유지되는 가난한 유학생이었다.

S가 내게 최악의 짓을 저지르진 않으리라고 믿었던 건 그가 그녀를 따랐기 때문이었다. 그는 내 앞에서도 그녀의 눈에 들려 애쓰는 모습을 종종 보였다. 하지만 그것은 나쁜 놈들의 속성을 제대로 몰랐기 때문에 일으킨 착각이었다.

지난 기말고사를 앞둔 어느 날 나는 카페 알바를 마치고 도서관으로 향했다. 공과금을 따로 받지 않는데 밤샘까지 하는 건 그녀한테 너무 염치없는 짓이라는 생각 때문이었다. 교정 옆의 공원을 지나는데 S가 불쑥 튀어나와 나의 입을 틀어막고 G산 쪽으로 끌고 갔다. 교정엔 도서관만 불이 켜져 있을 뿐 적막했다. 나는 G산의 으슥한 곳까지 끌려가면서도 안간힘을 다해 저항했다. 나무에 부딪치고 돌부리에 채여 온 몸이 상처투성이가 됐다. S는 그런 나를 얼어붙은 덤불숲으로 밀치곤 발로 옆구리를 걷어찼다. 숨이 턱 막혀 옴짝달싹할 수 없었다. 너무 캄캄하면 재미가 없지, S가 주머니에서 스마트폰을 꺼내 플래시를 켜고 돌에 기대놓았다. 빛에 노출된 나는 본능적으로 두 손을 들어 얼굴을 가렸다. 그렇게 나는 으슥한 산속에서 끔찍한 수모를 당했다. 죽을 수도 있겠다는 생각에 반항도 하지 못했다. 악몽이 빨리 지나가기만을 기다리며 끔찍한 고통을 견뎠다.

— 신고는 꿈도 꾸지 마라. 그래봤자 너만 개망신 당할 거라는 거 알지? 우리 집 꼰대가 삼대를 먹여 살리고도 남을 만큼 부자라는 거 아니냐. 삼대독자가 촌년 하나 조졌다고 깜빵 가게 생겼는데 오냐, 자알 댕겨 와라 할 것 같냐?

S가 바지춤을 올리며 지껄이더니 휘파람을 불며 유유히 사라졌다. 나는 간신히 흐트러진 옷을 추슬러 입고 기다시피 집으로 와 온몸을 씻고 또 씻었다. 피 묻은 팬티를 증거물로 놔두면서도 부질없는 짓일지도 모른다는 생각에 치가 떨렸다. 몸이 짓밟힌 것도 억울하고 고통스러웠지만 세상이 아무 일도 없었다는 듯 지나갈까 봐 더 무서웠다. 다른 한편으로는 성폭력 피해자를 바라보는 시선에 대한 두려움에 시달렸다. 나는

이러지도 저러지도 못한 채 온종일 식은땀을 흘리며 끙끙 앓았다. S가 내뱉은 말까지 전해들은 그녀는 분을 참지 못하고 치를 떨었다.

— 천하에 파락호 같은 놈. 감히 내 손님한테 몹쓸 짓을 하고도 살아남을 줄 알았더냐. 조만간 그놈한테 천벌이 내려질 테니 그런 줄 알아라. 그리고 이 일에 붙들려 있으면 지는 거다. 마음에 새겨두고 당당하게 살아. 니 잘못이 아니라는 거 알지?”

그녀의 품에 안겨 흐느끼는 내게 그녀는 그놈을 절대 용서하지 않겠다고 약속했다.

그 후 S는 지은 죄가 있어서인지 그녀의 눈치를 살폈다. 그녀는 시치밀 떼고 더 잘 챙겨줬다. 그랬더니 금방 경계심을 풀었다. 그러기를 며칠 후 놈이 오밤중에 그녀에게 전화를 해서는 제 어미한테 뺨을 맞았다며 징징거렸다. 알고 보니 덩칫값도 못 하는 찌질한 놈이었다.

— 저런 세상에, 귀한 자식한테 폭력을 쓰다니 교양 없기도 해라. 엄마가 애간장이 녹아봐야 자식 귀한 줄을 알겠네. 이참에 당장 짐 싸가지고 내 집으로 오는 게 어때?

— 진짜요? 며칠이나 재워주실 건데요. 짐 싸는 데

참고하려고요.

— 뭘 그런 걸 다 물어. 니 속 풀릴 때까지 편히 지내다 가면 되지.

— 정말 그래도 돼요? 역시 유정 씨가 최고라니까요.

— 식구들 자니까 초인종 누르지 말고 집 앞에서 기다려. 내가 시간 맞춰 나갈게. 오늘은 내 방에서 재워줄 테니까 잘 데는 걱정하지 말고.

— 유정 씨도 참, 제가 초딩도 아니고 별 걱정을 다 하시네요. 짐 싸는 대로 출발할게요.

커다란 백팩을 둘러매고 득달같이 달려온 S는 그날 밤 아방궁에 초대됐다.

'S'가 석태라는 건 두말할 필요조차 없었다. 그리고 '아방궁 이야기'의 작성자가 꼭지라는 것도. 그렇다면 유정 씨와 꼭지가 같은 닉네임으로 카페를 공유하고 있었다는 거다. 이제야 석태가 왜 실종됐는지를 깨달았다. 꼭지가 문제였다. 설마, 내가 동영상 찍은 것까지 아는 건 아니겠지? 그럴 리가 없다. 석태한테 폭행을 당하고 있는 상황에 나무 뒤에 숨어 있는 나를 봤을 리가 없다. 만약 봤다면 유정 씨한테 벌써 일러바쳤을 것이고 그렇다면 그녀가 여태 나를 가만뒀을 리가 없다.

나는 나름 치밀하게 계획을 세우고 조심스럽게 행동에 옮겼다. 범죄물은 수사관 입장에서만 보는 게 아니다. 범죄자들의 철두철미한 범죄 행위도 눈여겨보는 게 추리작가 지망생의 기본 자세다. 나는 석태를 꽉지 앞에 내세웠다. 그리고 그의 뒤에 숨어서 그를 부추겼다. 녀석의 내재된 폭력성을 꽉지에게 발산시키려는 목적이었다. 꽉지의 되바라진 행동이 석태의 눈에 거슬렸다는 걸 나는 단박에 알았다. 그리고 디데이가 오기를 손꼽아 기다렸다. 기말고사 기간에 카페 일을 마치고 도서관에 간다는 사실을 귀띔해준 것도 나였다.

우리 집에서 놀다가 저녁을 먹으면 급히 집에 가던 녀석이 소파의 내 옆자리를 지키고 앉아 관심도 없는 미드를 보며 시계를 힐끔거릴 때부터 때가 왔다는 걸 알았다. 그래서 석태가 나가자마자 뒤를 밟았다. 아니나 다를까, 녀석은 교정의 도서관 쪽으로 난 길목의 나무 뒤에 몸을 숨겼다. 나도 녀석과 조금 떨어진 나무 뒤에 숨어 동태를 살폈다. 오래지 않아 책가방을 맨 꽉지가 나타나 도서관으로 향했다. 그때 석태가 튀어나가 그녀를 낚아채 G산으로 끌고 갔다. 고맙게도 캄캄하면 재미가 없다며 스마트폰으로 플래시까지 켜는 거였다. 덕분에 나는 화질 좋은 동영상을 찍을 수 있었다. 내 동영상을 받아본 친구가 아예 '전문 찍새'로 나서지 그러냐고 부추길 정도였다. 유통은 자기가 책임지겠다나. 녀석한테 유포했다고 화를 내긴 했지만 사실 보낼 때부터 의도했던 바였다. 내가 직접 올리면 위험하니 녀석한테 보내줬던 거다. 석태를 부추긴 것과 같은 맥락이다.

'덜 떨어진 자식, 일을 냈으면 마무리를 잘할 일이지. 그깟 계집애 입단속 하나 제대로 못 시키고 입방정을 떨게 해 유정 씨 눈 밖에 나나 그래.'

나는 혀를 차며 노트에 적었다.

다섯 번째 사진 = 석태 = S(실종)

이제 유정 씨의 실종 사건은 새로운 국면으로 접어들었다. 납치됐을 거라고 생각했던 그녀는 오히려 석태의 실종에 유력한 용의자로 떠올랐다. 대체 '아방궁'은 어떤 곳일까? 말이 초대지 내용으로 봐선 그녀가 '나쁜 놈'이라고 생각하는 사람들을 그곳으로 유인하는 거였다. 설마 그깟 촌년 좀 건드렸다고 석태를 유인해서……, 아니겠지?

지레 겁을 먹은 나는 머리를 흔들었다. 아무래도 방정맞은 생각이었다. 평소에 '생명의 존엄성'을 강조하던 그녀가 보통 사람은 입에 올리기도 무서운 '살인'을 저지르리라고는 상상할 수 없었다. 설사 죽을죄를 지었더라도 법의 심판을 받아 죗값을 치르게 할 사람이었다. 그렇다면 석태는 도대체 어디로 사라진 것일까. '아방궁'은 나쁜 놈들을 가둬놓고 정신 교육이라도 시키는 교화소 같은 덴가? 아니면 지은 죄를 털어놓게 해 증거를 수집하는 공간인가? 카페의 글로 봐서 '아방궁'은 꽤 오래전부터 존재했던 곳이다. 그렇다면 엄마가 모를 리 없다. 나는 벌떡 일어나 점퍼를 걸치고 카페로 향했다.

카페엔 저녁 손님들로 북적거렸다. 엄마는 입을 귀에 건 채 계산대에서 카드를 긁고 있었다. 저렇게 돈 버는 재미에 푹 빠져 사니 집안 꼴이 어떻게 돌아가고 있는지 알리가 없다. 꼭지는 아직 보이지 않았다. 시계를 보니 일곱 시 삼십 분. 꼭지는 30분 후에나 출근할 터였다. 나를 발견한 엄마가 배가 고파 온 줄 알고 손님 좀 빠지면 뭐라도 만들어줄 테니 조금만 기다리라고 했다. 나는 그제야 허기를 느꼈다. 어제 먹던 갈비찜으로 아점을 먹은 이후 줄곧 유정 씨와 석태의 실종에 매달려 있느라 밥 때가 지난 줄도 모르고 있었다. 제대 이후 이렇게 뭔가에 집중

해본 적이 없었다. 너무 집중해서인지 배가 고픈데도 식욕이 나지 않았다.

"엄마, 밥은 됐으니까 나하고 잠깐 얘기 좀 해."

"웬일이니? 끼니 거를 생각을 다 하고. 무슨 일인데?"

"혹시 아방궁에 대해 알아?"

"아방궁? 너는 그딴 걸 물으러 바쁜 시간에 들른 거니? 스마트폰에 검색해 보면 금방 나오잖아. 이제 중드로 채널 바꿨나 보네. 하긴 미드도 질릴 때가 되긴 했지."

엄마의 반응에 기가 찼다. 하긴 제대 후 집에서 한 일이라고는 밥 먹는 거와 미드 보는 것밖에 없었으니 엄마 탓만 할 일도 아니었다. 엄마는 내가 언젠가는 대단한 추리소설을 써서 유명 인사가 될 거라고 믿었다. 매사에 낙천적인 엄마가 하나밖에 없는 아들을 믿지 않는 게 더 힘들 수도 있었다. 그래서 나도 '돈은 엄마가 벌 테니 너는 작품 구상이나 열심히 하라'는 엄마의 말을 믿고 따랐다.

엄마는 '카페 글'에서 본 '아방궁'에 대해 전혀 모르고 있는 게 분명했다. 바쁜 사람 붙잡고 설명해봤자 헛소리 한다고 잔소리만 들을 게 뻔했다.

"그건 됐고, 그럼 유정 씨 방에 있는 사진 속의 남자들이 누군지 알아?"

"사진 속의 남자들이라니?"

"궤짝 위에 있는 사진 말이야."

"궤짝 위에 그런 게 있었어? 난 못 봤는데."

"그걸 못 봤단 말야? 유정 씨 방 지저분하다고 맨날 뭐라 했으면서 어떻게 그걸 못 볼 수가 있어."

"안 보이니까 못 봤겠지. 중요한 사진이래?"

답답해 미칠 지경이었다. 아무리 눈썰미가 없기로 방문을 열기만 하면 보이는 것을 못 보다니 어이가 없었다. 하긴 평생 유정 씨 밑에서 시키는 일만 하다가 갑자기 규모가 만만찮은 카페를 떠맡았으니 제정신이 아닐 수밖에. 그렇다면 유정 씨가 카페를 엄마한테 넘겨준 후에 저 사진을 놓아두었을 가능성이 컸다. 나는 늘 그 사진을 아무 생각 없이 봐왔기 때문에 입대하기 전부터 있었다고 착각한 것일 수도 있었다.

"사진도 패스. 그럼 궤짝은 언제 어디서 구한 거래? 설마 그것까지 모르진 않겠지."

"얘가 오늘 이상하네. 아들, 드디어 작품 구상을 끝내고 작업에 들어가기로 한 거야?"

엄마가 당장 박수라도 칠 듯 두 손을 번쩍 치켜들었다. 이러다 카페 손님들을 향해 우리 아들이 추리작가라고 '선포'라도 할까 봐 더럭 겁이 났다. 여태껏 아들 자랑을 할 기회만 노렸지 실천에 옮겨보지 못한 갈급함이 온몸에 서려 있었다. 나는 발화 직전의 불씨를 진압하는 심정으로 목소리에 날을 세웠다.

"그게 아니고, 유정 씨 방이 수상하단 말야."

엄마가 치켜 올라간 두 손을 그냥 내려놓기가 민망한지 멀쩡한 머리를 매만졌다. 그리곤 내가 의기소침할까 봐서인지 격려의 말을 아끼지 않았다.

"하긴 대성할 작품이 나오려면 공을 많이 들여야지. 나는 대기만성이라는 말이 그렇게 좋더라. 그건 그렇고 진짜 유정 씨가 납치됐다고 생각하는 거야? 하늘이 두 쪽 나도 그럴 일 없으니까 걱정하지 마. 앤 아직도 할머니를 그렇게 모르니?"

하여간 엄마의 낙천성 하나는 끝내준다.

"걱정 안 해. 궁금해서 그러니까 얼른 궤짝에 대해 아는 대로 말해봐."

"그 궤짝은 이 집을 살 때부터 있었던 긴데, 유정 씨가 사극에서 본 뒤주를 닮았다고 혹시나 돈이 될까 해서 버리지 않은 걸로 알고 있는데."

"사극에서 본 뒤주라면 설마 영조가 사도세자를 가둬 죽였다는 그 뒤주?"

"그거 말고 뒤주 나오는 사극이 또 있나? 혹시 모르니까 스마트폰으로 검색해봐."

마침 식사를 마친 한 무리의 학생들이 우르르 몰려나왔다. 엄마가 계산을 하는 사이 꼭지가 카페로 들어왔다. 시계를 보니 정확히 여덟 시였다. 꼭지를 본 엄마가, 바

뺄 땐 단 몇 분이라도 일찍 나오면 큰일 나지, 라는 뼈 있는 말을 하며 눈을 흘겼다. 꼭지가 엄마에게 건성으로 머리를 꾸벅하고는 서둘러 앞치마를 둘렀다. 나는 그녀에게 석태의 실종 얘기를 할까 하다가 포기하고 곧장 카페를 빠져나왔다.

또 하나의 사진

속이 타들어갔다. 나는 주방으로 가서 냉수를 벌컥벌컥 마셨다. 유정 씨의 실종에 대해 캘수록 의혹만 커질 뿐 뭐 하나 속 시원하게 풀리는 게 없었다. 엄마의 말대로 그녀를 너무 모르고 있었다는 자괴감이 들었다. 과연 아방궁도, 사진도 모르는 엄마는 유정 씨에 대해 얼마나 알까. 그나저나 매사에 낙천적인 엄마에게 유정 씨의 부재가 단순 외출이 아니라는 걸 어떻게 설명해야 믿을까. 그보다도 대체 유정 씨는 어디로 왜, 사라진 걸까.

내가 탐정도 아니고 형사는 더더구나 아니고, 이쯤에서 다 때려치우고 싶었다. 이 심정으로 달리 할 수 있는 일도 없었다. 식욕까지 떨어진 마당에 미드를 본들 머리에 들어올까도 싶었다. 자주 들어가는 사이트에서 아무 일도 없었다는 듯 시시덕거릴 자신도 없었다. 하지만 생각과 달리 나는 자력에 이끌리듯 그녀의 방으로 다가갔다. 나는 방문을 열기 전에 문틈을 확인했다. 아까 나갈 때 혹시나 해서 종이 쪽지를 눈에 띄지 않게 끼워놓았었다. 어지간한 추리물에서야 이 정도는 기본 상식이지만 내가 아는 한 현실에서 문틈까지 확인하고 방문을 열 사람은 없다. 종이 쪽지는 끼워둔 그대로 있었다. 그럼 그렇지, 역시 석태 사진은 별거 아닐 수도 있었다. 〈S의 실종〉에서 본 대로라면 석태가 유정 씨의 방에 머물렀을 테고, 그녀에게 관심을 받고 싶었던 그는 집 나올 때 챙긴 자신의 사진을 그곳에 올려놓았는지도 몰랐다.

나는 한결 가벼워진 마음으로 방문을 열고 불을 켰다. 역시 궤짝의 사진부터 보였다. 어떻게 저걸 못 볼 수가 있을까. 사진 액자가 한두 개도 아니고 저렇게 많이 놓여 있는데……. 중얼거리며 사진을 세었다. 그리고 또 생각했다. 내가 언제부터 저 사진들을 셌지? 그런데 왜 세는 거지? 그 이유는 마지막 사진까지 세고 나서야 깨달았다. 액자의 수가 또 늘어 있었던 거다. 그래서 세지 않고는 단번에 개수 파악이 안 됐던 거다. 모두 여섯 개였다. 게다가 새로 나타난 맨 끝의 사진은 웬 할머니였다. 혹시 유정 씬가 싶어 자세히 들여다보니 얼토당토않았다.

하얗게 센 머리를 뽀글뽀글하게 파마한, 유정 씨와는 거리가 한참 먼 촌스러운 노인네였다. 안도감과 불안감이 동시에 밀려들었다.

어쨌거나 내가 방을 비운 사이 누군가 또 다녀갔다는 증거였다. 상대는 방문 틈에 끼인 종이 쪽지까지 눈치챌 수 있을 만큼 수준급의 관찰력을 갖춘 인물이거나, 나의 동태를 살피고 있는 인물일 가능성이 컸다. 이 게임을 주도하고 있는 장본인이 틀림없었다. 나는 혹시 CCTV가 설치돼 있는 게 아닌가 싶어 방안을 훑어봤다. 그런 게 쉽게 눈에 띌 리도 없을 뿐더러 이 난장판의 방안에서 맘먹고 숨긴 걸 찾아낼 자신도 없었다. 볼 테면 보라지, 나는 자포자기의 심정으로 노인의 사진을 뚫어지게 쳐다봤다. 어딘가 낯이 익다는 느낌이 들었다. 그동안 남자 사진만 있는 곳에 별안간 할머니 사진이 올라온 것은 무슨 의미인지 도통 감이 잡히지 않았다.

나는 이번엔 노트북 뚜껑을 확인했다. 아까 나갈 때 열어둔 그대로였다. 하긴 누군가 들어왔었다는 것이 확실해진 이상 노트북의 뚜껑이 어떻게 돼 있든 중요하지 않았다. 인터넷이야 스마트폰만 있으면 어디에서나 이용할 수 있는 거니 카페 '아방궁'에 새로운 글이 올라왔대도 그리 놀라운 일은 아니었다. 나는 불현듯 이 사건의 키는 저 사진과 스마트폰이라는 생각이 들었다.

스마트폰만 있으면 시공간을 웬만큼은 컨트롤할 수 있는 '포노 사피엔스' 세상이었다. 편리함에 중독된 현대인들은 스마트폰을 손에 쥐고 걷고, 타고, 먹고, 마시고, 친구와 연인을 만나기도 했다. 그야말로 스마트폰을 대상으로 집단적 분리불안장애를 앓고 있었다. 나나 엄마도 마찬가지였고 심지어 의식이 앞서가는 유정 씨도 예외는 아니었다. 집안에서도 늘 스마트폰을 곁에 두었고 벨이 울리지 않아도 수시로 확인했다. 그랬던 그녀가 며칠 집을 비울 작정으로 나가면서 스마트폰을 두고 나갔다는 게 도저히 납득이 되지 않았다. 잠깐 나갔다 올 생각이라면 몰라도 장기 여행이라면 깜빡하고 나갔더라도 곧 되돌아와서 챙겨갔을 터였다.

내가 맨 처음에 그녀의 외출을 두고 자의가 아닌 타의로 봤던 이유도 그래서였다. 타의라면 억지로 끌려나갔다는 것이고 그렇기에 납치와 자연스럽게 연결됐던 거다. 그런데 그녀의 실종을 추적하는 과정에서 카페 '아방궁'을 발견했고 유정 씨가 올린 것으로 보이는 '신변잡기'와 '초대들'을 보게 됐다. 예전에 초대된 남자들이 어떤 상황에 빠져 있는지는 모르겠으나 가장 최근에 초대된 S, 즉 석태는 실종 상태였다. 또 하나 중요한 건 내가 그 사실을 알게 된 후 석태의 사진이 나타났다는 것이다. 이런 정황으로 볼 때 저 사진들과 아방궁은 분명히 연관성이 있었다. 그렇다면 저 할머니도 초대됐다는 걸까? 그렇다고 생각하기에는 내가 초대되지 않았다는 점에서 미심쩍었다. 하지만 이미 받아쓰기 노트에 적어놨듯이 나의 추리에 완벽하게 일치되는 인물이 둘이나 있다는 게 영 찜찜했다.

역시 궤짝 위에 사진을 올려놓은 것과 아방궁의 초대가 연관성이 있다는 사실은 확실했다. 그런데 또 생각해 보니 사진의 순서대로라면 석태 대신 내가 초대됐어야 했다. 분명 현재 사건과 나는 연관돼 있는데 순서가 꼬이다 보니 그게 무엇인지 가닥이 잡히지 않았다. 아무리 머리를 짜내 봐도 모두가 일치되는 건 궤짝 위에 사진이 놓여 있다는 것뿐이었다. 저 사진들에 무슨 의미가 있길래 궤짝 위에 올려놓은 걸까. 잠깐, 방금 전에 엄마에게 들었던 '사극에서 본 뒤주와 닮아서'라는 말이 번쩍 떠올랐다. 나는 노트에 연관 단어를 추가해 메모를 해 보았다.

네 번째 사진 = 귀랑 = 사도 = 뒤주 = 갇힘 = 초대(?)
= 아방궁 = J + C + H + S = 사진 = 궤짝

만약 궤짝이 뒤주의 은유라면 '초대 = 유폐'가 성립된다고 봐도 무리가 없었다. 그렇다면 저 사진들을 괜히 궤짝에 올려놓은 게 아니라는 뜻이었다. 나는 궤짝 위의 사진들을 하나하나 들여다본 후 책상 앞으로 갔다. 다시 한 번 노트북을 확인할 필요가 있었다. 카페 '아방궁'에 들어가 보니 '아방궁 이야기'에 빨간색으로 N자가 떠 있었다. 새 글이 올라왔다는 표시였다. 비공개로 된 1인 카페이니 당연히 카페지기인 조롱박, 즉 유정 씨 아니면 꼭지가 올렸을 터였다. 또 무슨 황당한 이야기가 올라왔을지 가슴부터 뛰었다. 아무리 진정하려고 해도 손끝이 마구 떨렸다. 여러 번의 시도 끝에 '아방궁 이야기'를 클릭할 수 있었다. 〈O의 초대〉라는 제목이 달린 글이 올라와 있었다. 글을 올린 시간은 일곱 시 오십팔 분이었다. 내가 엄마를 만나고 카페에서 나오기 직전이었다. 나는 요동치는 가슴을 진정시키고 〈O의 초대〉를 열었다.

O의 초대

나는 A를 돕고 싶었다. 나보다 훨씬 공부도 잘하고 야무진 A는 S대에 합격했다. 그것도 지역 균형이 아니라 정시 합격이었다. 도시 학생들과 당당히 겨뤄보고 싶었다고 했다. 말은 그렇게 했지만 자존심 강한 A가 '지균충' 이란 소리를 듣고 싶지 않아 이를 악물고 공부한 결과였다. 또 한바탕 회오리바람이 불겠구나, 생각하니 가슴이 아팠다. 아니나 다를까 A가 훌쩍거렸다. 나는 왜 우느냐고 묻지 않았다. 그 이유를 너무나 잘 알기 때문이다. 1년 전의 약속이 떠올랐다. 약속이 아니더라도 A의 꿈을 지켜주고 싶었다. 하지만 대안은 없다. O는 결코 변하지 않았다.

A는 1년 전의 결심과는 달리 도저히 O를 죽게 내버려 둘 수 없을 것 같다고 했다. 그땐 물러선 내가 겁쟁이라고 생각했는데 막상 자신의 일이 되고 보니 마찬가지로 겁이 난다고 했다.

—난 꿈을 포기하고 싶지 않아. 말이 안 되는 줄 알지만 나를 좀 도와줘. 촌년이라는 소리 듣지 않으려고 서울말까지 연습했어. 나 지금 사투리 안 쓰는 거 알겠어? 안 어색하지.

—응, 하나도 안 어색해. 약속대로 내가 도와줄게. 그러니까 걱정하지 말고 내가 시키는 대로만 해. 알았지?

내가 희망을 잃고 방황하고 있을 때 그녀를 만나 구원을 받았듯이 이번엔 내가 A를 구원해줄 차례다. 그녀는 세상이 아무리 변해도 변할 생각이 없는 인간들은 절대 변하지 않는다, 고 말했다. 그러니 우리가 나서서 변화시켜야 된다고 했다. 그래서 나는 그녀의 방식을 따르기로 했다.

나는 A에게 어떻게 하든 O를 데리고 L시로 올라오라고 했다. 시외버스를 타고 전화를 하면 터미널로 나가겠다고. O가 이곳으로 오기만 하면 A와 내가 차마 하지 못한 일을 그녀가 대신 해주기로 되어 있었다. 나는 나대로 그녀 대신 해야 할 임무가 있으므로 서로 부채감은 갖지 않기로 했다.

사흘 후, O가 시외버스를 탔다는 A의 연락을 받았다. 안하무인에 고집불통인 '꼴'과 함께였다. '꼴'은 어른들 몰래 우리끼리만 사용하는 남동생의 별명으로 '꼴통'의 줄임말이다.

— 언니가 에버랜드 자유 이용권을 구했으니 올라오라고 했다고 꼴 앞에서 자랑을 했지. 예상대로 따라가겠다고 생떼를 쓰더라고. 이용권이 두 장인데 길도 모르는 우리 둘이 어떻게 가냐고, 내가 양보할 테니 너 혼자 올라가 언니랑 재밌게 놀다오라고 했지. 그랬더니 할머니가 아직 어린애를 어떻게 낯선 도시에 혼자 보내냐고 난리더라고. 그래서 정 걱정되면 따라가면 되지 않겠냐고 했더니 낼모레면 고딩 될 자식이 할머

니가 같이 가주면 나야 좋지, 하대. 쉽게 게임 끝. 좀 전에 탔으니까 세 시간 후에 도착할 거야. 그런데 며칠이나 붙잡아 두게? 아빠도 할머니 몰래 결심을 하려면 아무래도 시간이 걸릴 텐데.

-시간은 충분하니까 아빠한테 너무 독촉하지 마. 꼴은 금방 내려 보낼게.

유정 씨에게 O와 꼴의 상경 날짜를 알리자 뜻밖에도 그녀는 O의 초대를 만류했다. O 또한 가부장제가 만들어낸 피해자의 한 사람이라는 거였다. 하지만 나는 고집을 부렸다. 내 의지가 확고하다는 걸 알게 된 그녀는 마지못해 자신의 마지막 초대가 될 것이라고 했다. 다음부터는 나에게 맡기겠단다. 나는 아직 마음의 준비가 안 됐다고 했지만 그녀는 이제 쉬고 싶다고 했다. 대신 뒤에서 지켜봐줄 테니 너무 겁먹진 말라고 했다. 나는 진작부터 넘어온 결정권도 행사하지 못하고 있었다. 그녀에게 O의 초대를 의뢰하고 나니 그녀가 왜 K의 초대 여부를 나한테 일임했는지 알 것 같았다. 그녀가 요즘 부쩍 힘들어하고 있는 것도 그래서일 터였다. 나 역시 같은 이유로 잠깐 망설였지만 세상을 바꾸는 데 힘을 보태기 위해 독해지기로 마음먹었다. 그녀 역시 같은 생각으로 여태껏 버텨왔다고 했다.

다음 날 나는 O와 꼴을 데리고 에버랜드에 갔다. 표가 두 장뿐이니 당연히 O를 근처 카페로 데리고 갔다. 길을 잃을 수도 있으니 꼼짝하지 말라고 신신당부하고 꼴과 함께 놀이기구를 타며 놀아주었다. 저밖에 모르는 놈의 시중을 드는 건 피곤한 일이었다. 생각 같아서는 그곳에 버려두고 도망치고 싶었지만 엄마 아빠를 생각해 참았다. 점심시간도 훨씬 넘긴 시간에 더 놀겠다고 떼쓰는 꼴을 데리고 카페에 가보니 O는 사라지고 없었다. 나는 꼴과 함께 주변을 찾아다니다 근처 파출소에 실종 신고를 하고 시외버스 터미널로 향했다. 사색이 된 꼴에게 할머니가 심심해서 먼저 내려갔을 수도 있으니 걱정 말라고 달래 시외버스를 태워 내려 보냈다. 할머니 걱정되니 그만 가자고 해도 더 놀겠다고 떼를 쓴 장본인이니 그녀의 실종이 내 책임이라고 하진 않을 것이다. 나는 시골집에 전화를 걸어 O가 돌아오지 않았냐고 물어본 후 실종 사실을 알렸다. 그녀의 실종 사건은 한동안 떠들썩하다가 곧 묻힐 것이다. 그녀의 부재에 슬퍼할 사람은 아빠와 꼴 정도가 아닐까?

나는 궤짝 위의 마지막 사진을 뚫어지게 바라봤다. O가 분명했다. 하지만 'O의 초대'에 담긴 내용에 대해 내가 알고 있는 정보는 없었다. 다만 시골의 할머니라는 점에서 혹시 꼭지의 할머니가 아닐까 추정될 뿐이었다. 그런데 그렇게 생각하기에는 불편한 구석이 있었다. 꼭지는 서울의 명문대에 합격하고도 할머니의 반대로 등록금을 마련하지 못해 4년 전액 장학금을 받고 이곳 대학에 왔다고 했다. 그건 그렇다 쳐도 작성자의 여동생은 서울의 S대에 합격했다. 그것도 '지균충'이 아니라 정시 합격이라니! 촌구석의 노총각과 베트남 여자의 조합에서 나올 수 있는 그림이 아니었다. 아니, 나와서는 안 되었다. 개천에서 용 나는 건 판타지일 뿐이다. 유정 씨와 엄마의 지원을 받으며 온갖 학원을 다니고도 인 서울 근처에도 못 간 내 입장에선 자존심이 상해서라도 도저히 인정할 수 없었다. 그래서 나는 꼭지를 용의 선상에서 억지로 지워버렸다. 그보다는 사라진 유정 씨를 찾아내기 위해 '아방궁'이라는 곳에 대해 집중하는 게 훨씬 현실적이었다. 하지만 내가 아는 그녀의 주변에선 아무런 정보도 찾아낼 수 없었다. 정보는커녕 그녀의 실종에 관심조차 없다. 오로지 나 혼자만이 그녀의 행방을 추적하고 있다. 그것도 온라인 카페에 있는 정보만으로. 그나마도 최근에 올라온 'O의 초대'를 마지막으로 더 이상 읽을거리도 없었다.

'오지랖'이라는 사람과 주고받은 이메일을 빼고는. 이대로 포기하면 모를까 계속해서 추적하려면 그거라도 읽어봐야 될 것 같았다. 나는 결례를 무릅쓰고 그녀의 메일함을 열었다. 결국엔 그녀의 편지까지 훔쳐보게 됐다. 찜찜하면서도 흥분됐다.

보관돼 있는 메일은 '오지랖'과 '조롱박'이 주고받은 게 대부분이었다. 가장 최근에 받은 메일은 한 달 전쯤으로 제목은 '페미니스트로 살아가기'였다. 어째 익숙하다 싶었는데 노트북 바로 옆에 같은 제목의 책이 보였다. 편지글은 오지랖이 조롱박에게 페미니즘 책을 추천하고 간략하게 소개하는 내용이었다. 대충 읽어보니 '페미니스트의 삶을 시작하는 것은 비난을 받는다는 뜻[3]이며, 많이 외롭고 자주 화가 날 것'이라는 내용이었다. 지난번 추천해준 책들은 잘 읽어보았고 많은 도움이 되었으니 또 다른 책을 소개해 달라는 조롱박의 편지에 대한 답글이었다. 이 여자들이 도대체 누가 할 소리를 하는 건지 진짜 황당했다. 남자들이야 말로 툭하면 여혐이니 성추행이니 설쳐대는 꼴페미들 때문에 말과 행동에 얼마나 제약을 받고 있는지 모르고 있다. 나만 해도 박꼭지 때문에 수시로 화가 나 미칠 지경이었다. 알고 보니 원인은 오지

---

3) 사라 아메드, 『페미니스트로 살아가기』 121쪽, 도서출판 동녘, 2017

람한테 있었다. 더 읽어봤자 내 감정만 격해질 것 같아 메일함에서 빠져나와 버렸다. 똥이 무서워서 피하냐는 심정이었다. 무엇보다 유정 씨의 실종 사건을 밝히는 데 전혀 도움될 것 같지 않았다. 그보다는 역시 궤짝을 더 꼼꼼히 살펴보는 편이 훨씬 나을 것 같았다.

궤짝

나는 궤짝으로 다가가 문짝부터 밀어보았다. 꼼짝도 하지 않았다. 손잡이가 없으니 당겨볼 수도 없었다. 틈새로 단단하고 얇은 걸 끼워 넣어 지렛대 삼아 당겨보는 수밖에 없었다. 문구함의 가위를 가져다 끼워 넣어보려 했지만 들어가지 않았다. 이번엔 측면으로 가서 궤짝을 힘껏 밀어보았다. 역시 꼼짝도 하지 않았다. 안에 무거운 것이 들어 있거나 붙박여 있다고밖에 볼 수 없었다. 엄마의 말대로라면 진짜 돈이 될 거라고 생각하고 누가 훔쳐 갈까 봐 붙박아 놓았을 수도 있었다. 그래서 손잡이도 떼어낸 건가? 하지만 아무리 봐도 손잡이를 붙였다 떼어낸 흔적은 보이지 않았다. 애초에 손잡이를 만들지 않았다는 증거였다. 그때서야 '뒤주와 닮아서'라는 말이 떠올랐다. 뒤주라면 곡식을 담는 궤짝인데 측면에 문을 만들었을 리가 없었다. 여닫이문은 모양을 내기 위해 홈만 파 놓은 것일 수도 있었다. 그렇다면 입구는 위쪽에 있어야 했다. 나는 궤짝 위의 여섯 개나 되는 사진을 내려놓고 뚜껑을 열어보았다. 하지만 열리지 않았다. 꼼꼼히 살펴보았지만 잠금 장치 따윈 보이지 않았다. 문짝도 없는 궤짝이라니 기괴했다. 수납용이 아니라 진짜 장식용인가? 그래서 유정 씨도 이곳에 남자들 사진이나 올려놨겠지. 이럴 줄 알았으면 괜히 내려놨다. 귀찮았지만 사진들을 차례대로 다시 올려놓았다. 유정 씨가 언제 불쑥 들어올지 몰랐다.

그렇다. 그녀는 유괴된 게 아니라 스스로 사라진 거다. 그러니까 아무 때고 갑자기 나타날 수 있다. 별거 아닌 일로 괜한 헛심 빼지 말자. 느닷없이 엄습하는 피로감에 나는 방바닥에 주저앉아 버렸다. 엄마 말대로 유정 씨는 절대 납치당할 사람이 아니었다. 처음 그녀의 실종을 알았을 때의 절박했던 마음과는 달리 하루도 지나지 않아서 포기하고 싶어지는 걸 보니 역시 뭔가를 도모하는 건 내 적성에 안 맞았다. 작품 구상을 핑계로 백수 생활을 즐기는 내 주제에 골치 아프게 사건 해결을 한답시고 잔머리를 굴리다니 말도 안 되는 일이었다.

한순간에 모든 걸 내려놓고 나니 자연스레 본연의 모

습을 되찾고 싶어졌다. 갈비찜은 낮에 다 먹어치웠고 아쉬운 대로 꼭지가 차린 밥상에 올라왔던 멸치볶음에 캔맥이라도 마시면서 TV나 볼 생각으로 일어나려는 순간, 방바닥에 나뒹구는 털모자와 털목도리와 털장갑이 눈에 띄었다. 사흘 전의 이야기와 〈신변잡기〉의 두 번째 이야기에 공통으로 등장하는 것들이었다. 어제에 이어 오늘도 눈이 오고 바람이 불었다. 그런데 왜 저것들은 방안에 있고 그녀만 사라진 것일까. 게다가 어제 꼭지가 들렀을 때도 같은 복장을 하고 있었다.

털장갑 한 짝을 집어 들었다. 털실 끈으로 연결된 나머지 한 짝이 딸려 나왔다. 손등에 앙증맞은 리본까지 붙어있는 게 일흔이 다 된 노인의 것이라기엔 너무나 귀여웠다. 함박눈이 쏟아지는 날 새하얀 털장갑을 보고 있자니 유정 씨가 사무치게 그리워졌다. 나는 그것들을 포개어 두 손으로 꼭 감싸쥐었다. 그때 불현듯 떠오르는 영상하나가 뇌리에 박혔다. 이 방에 처음 들어왔을 때, 그녀의 아이디와 비밀번호를 찾는답시고 책상 서랍을 열었을 때 봤던 것, 바로 검지 편 주먹 모양의 흰색 캔디였다. 아마도 장갑 때문에 손 모양의 캔디가 떠오른 모양이었다. 어쩌면 이래저래 신경을 많이 쓰느라 당이 떨어져서인지도 몰랐다. 마침 허기가 지기도 했다. 막대사탕을 빨면서 텔레비전을 보는 것도 작품 구상에 전념하는 백수로

서 적절한 그림이었다.

책상 서랍을 열고 단박에 눈에 띄는 그것의 검지 부분을 집어 들었다. 흔히 먹는 막대사탕의 손잡이인 줄 알았다. 그런데 뜻밖에도 그것은 쇠붙이였다. 요즘엔 사탕에도 쇠붙이를 붙이나? 그러고 보니 주먹 부분엔 포장도 돼 있지 않았다. 만져보니 플라스틱 재질이었다. 하필이면 사탕 뭉치와 섞여 있어서 무작정 손잡이가 달린 사탕일 거라고 짐작한 거다. 이까짓 막대사탕 하나 순조롭게 먹을 팔자가 안 되다니, 오늘 운수가 왜 이 모양인지 모르겠다.

재질을 알고 나니 척 봐도 그것의 실체가 드러났다. 손가락으로 뭔가를 가리키는 모양을 띤 열쇠였다. 이 방 주인한테 제대로 우롱당한 기분이 들었다. 노인네가 유아적 취향에도 정도가 있지. 그나저나 어디에 쓰이는 열쇠일까. 다 포기하기로 마음먹었는데 새로운 호기심이 생겨났다. 나는 열쇠에 맞을 만한 자물통을 찾아보았다. 책상 서랍에는 잠금 장치가 아예 없었고 장롱은 열어젖혀 있었다. 방문에도 맞지 않았다. 현관문은 번호 키였다. 그렇다면 남는 건 단 하나, 이 집에서 열쇠를 이용할 만한 것은 궤짝밖에 없었다. 장난감 상자도 아니고 저 정도 크기의 궤짝에 문이 없다는 건 말이 안 된다. 역시 문제는 궤짝이었다.

나는 배고픈 것도 잊은 채 궤짝으로 다가가 꼼꼼히 살폈다. 그러다가 마침내 여닫이문 모양의 홈 중간에 다른 선보다 조금 굵게 1cm쯤 파여 있는 것을 발견했다. 나는 그곳에 검지 모양의 열쇠를 끼워보았다. 쏙 들어간 열쇠를 돌릴 겨를도 없이 툭 소리가 나면서 틈이 벌어지더니 양쪽의 문이 안쪽으로 빨려 들어갔다. 그래서 바깥쪽에 틈이 벌어지지 않았던 거였다. 문이 열리자 오른쪽 문에 꽂힌 열쇠가 빠지지 않았다. 궤짝의 문을 다시 닫으려면 왼쪽 문을 먼저 당긴 후 꽂힌 열쇠의 주먹 부분을 손잡이 삼아 오른쪽 문을 당겨야 했다. 실험해 보니 양쪽 문이 맞닿은 후에야 다시 틱, 소리를 내면서 열쇠가 빠졌다. 수수한 생김새에 비해 꽤 정교했다.

궤짝은 텅 비어 있었다. 안쪽으로 문이 열릴 수 있으려면 당연했다. 빈 궤짝은 왜 이곳에 놓아둔 것일까. 그보다도 문짝을 왜 공간 이용도 할 수 없는 구조로 만들어 놓은 것일까. 당연히 눈속임이 목적일 터였다. 그 정교함에 나도 깜빡 속지 않았던가. 그렇다면 누구의 눈으로부터 무엇을 숨기기 위함일까?

스마트폰의 플래시를 켜고 궤짝 안을 비춰보았다. 바닥 중간에 웬 고리가 달려 있었다. 당겨보니 얇은 베니어판으로 된 바닥이 쉽게 떨어졌다. 그것을 들어낸 나는 깜짝 놀라 엉덩방아를 찧었다. 궤짝 밑이 뻥 뚫려 있었는데 밑으로 내려가는 계단이 나 있었다. 문득 '아방궁'이라는 곳으로 통하는 문일지도 모르겠다는 생각이 들었다. 나는 벌떡 일어나서 궤짝의 측면을 힘껏 밀어보았다. 역시 벽에 붙박여 있어 꼼짝도 하지 않았다. 당장 들어가서 확인해 보고 싶었지만 선뜻 내키지 않았다. 저 사진 속의 주인공들이 다 '아방궁'으로 초대됐다면 자칫 스스로 걸어 들어가는 꼴이 되고 만다. 어쩌면 그것을 노리고 나의 사진을 미리 갖다 놨는지도 몰랐다. 설마 진짜로 나를 저 지하에 가둬 죽이려는 음모를 꾸미고 있는 걸까. 하나밖에 없는 손주라며 애지중지 키워준 유정 씨가? 물론 요즈음의 행태로 보아 그러고도 남을 것 같긴 했지만 아무리 그래도 손자를 설마.

아직은 백수지만 명색이 추리작가 지망생이다. 그래서 곰곰이 생각해보았다. 최근에 유정 씨가 나를 탐탁찮아했던 건 사실이었다. 내 눈에는 작품 구상을 너무 오래 하는 거 아니냐는 질책으로 읽혔다. 사흘 전에도 이제 직접 써보라고 치맥까지 쏘면서 부추겼다. 소재랍시고 황당한 이야기까지 들려주면서 말이다. 그렇다면 혹시 이 상황도 나의 영감을 이끌어내기 위한 그녀의 이벤트가 아닐까. 상상력을 자극하기 위한 상황극 말이다. 아무리 그래도 진시 황제가 미녀들을 끼고 놀았다는 '아방궁'이라니, 설마 나한테 19금 소설을 쓰라는 압력인가? 엄마

말대로 그녀도 남자깨나 밝히는 바람둥이니까.

나름 참신했다. 나만 해도 잠깐이지만 속아 넘어갈 뻔했다. 허구한 날 첨단을 달리는 과학 수사물을 끼고 살면서도 말이다. 요 며칠 겪고 본 것들만 잘 정리해도 꽤 괜찮은 추리물이 될 것 같았다. 낙천적이고 느긋한 엄마와는 달리 성질 급한 그녀가 직접 행동으로 나선 거다. 그렇다면 그 뜻에 부응할 수밖에. 잘 차려진 밥상인데 숟가락 하나 올려놓는 것쯤이야 귀찮아도 감수할 용의가 있다. 유정 씨의 흐뭇한 미소와 내 아들 최고, 를 외치며 환호하는 엄마의 모습이 겹쳐졌다. 상상만으로도 심장이 뛰었다.

나는 곧장 주방으로 달려가 냉수를 마시면서 널뛰는 가슴을 진정시켰다. 냉정을 되찾고 되짚어보니 아무래도 너무 앞서갔다는 생각이 들었다. 아무리 손자를 위하는 마음이 크더라도 방 밑에 지하 벙커를 파는 게 과연 가능할까. 그것도 한집에 사는 엄마와 나를 감쪽같이 속이면서 말이다. 엄마야 눈썰미가 없는데다 눈코 뜰 새 없이 바쁘니 어떻게 눈속임을 할 수 있다고 쳐도 나까지 모를 수는 없었다. 어릴 때부터 지금까지 그녀의 옆방을 지켰다. 제대 후엔 줄곧 집안에 틀어박혀 있었다. 벙커는커녕 손바닥만 한 바닥 공사도 본 적이 없다. 군대에 있을 때라면 몰라도. 하지만 그때는 유정 씨가 카페를 운영했으니 한가하게 벙커나 파고 있을 겨를이 없었을 거다.

그렇다면 벙커는 폐가를 인수했을 때부터 존재했을 가능성이 컸다. 집을 사고 보니 있었던 거다. 아까 엄마는 저 궤짝이 폐가에 있던 걸 버리지 않고 보관했다고 했다. 그렇다면 혹시나 돈이 될까 해서 보관해둔 게 아니라 벙커를 은닉하기 위해 놓아둔 거였다. 그녀는 무슨 목적으로 자신의 방 밑에 존재하는 벙커를 궤짝으로 감쪽같이 위장해 놓았던 걸까. 설마 태어나지도 않은 나를 위한 것은 아니었을 테고, 돈 들여 굳이 막을 필요가 없어서였다고 치자. 그런데 마침 손자 녀석이 추리소설을 쓴다는 핑계로 빈둥대니까 참다못한 그녀가 장소와 이야깃거리를 제공해주기로 한 걸까? 훈훈한 스토리긴 한데 너무 딱 들어맞는 우연이라 찜찜하다. 아니면 사귀던 남자가 같이 살자고 집안으로 쳐들어오면 처치해 버릴 생각으로 보존해둔 걸까? '신변잡기'에서도 결혼하자는 남자들 때문에 죽은 남편과의 악몽이 떠올랐다고 했다. 나는 다시 사진에 눈길을 돌렸다. 저 사진 속의 남자들은 이 집에 한 번이라도 방문한 적이 있다고 했던 기억이 떠올랐다. '초대들'에서는 노골적으로 그들을 초대하는 장면이 나온다. 하지만 나는 저들을 본 적이 없다. 심지어 열흘 전쯤에 석태가 왔었다는 것도 몰랐다. 설마 저 밑에 있는 게 아닐까? 과연 어느 쪽이 더 현실적인지 가늠해 보았다. 결론은 역시 '우연' 쪽으로 기울었다. 영화나 드라마에서야 무슨 일이 일어나도 설득력으로 밀어붙이면 그만이지만 현실에서, 그것도 당장 내 집에서 일어날 수 있는 일에는 한계가 있었다. 아무리 유정 씨가 강심장의 소유자일지언정 방 밑에 사람을 묻어놓고 어떻게 잠을 잘 수가 있을까.

어쨌거나 저 지하 세계는 유정 씨한테 매우 특별한 공간인 건 분명했다. 그녀가 감쪽같이 사라진 마당에 저곳에 들어가야 되나 말아야 되나 헷갈렸다. 저곳으로 통하는 입구인 궤짝이 밖에서 잠겨 있는 걸로 봐서는 그녀가 저곳에 스스로 들어가 있을 리는 없었다.

그렇다면 역으로 나를 '사도'라 칭한 작자가 그녀를 감금했을지도 모른다. 신고를 할까, 생각하다 이내 머리를 저었다. 사이렌이 울리고 경찰들이 들이닥치고 인근 사람들이 수군거리는 그림이 떠올랐다. '칠십이 가까운 노파, 내연남한테 지하 벙커에 갇히다'라는 헤드라인 밑에 유정 씨의 사진과 통나무 카페 사진이 함께 실릴지도 몰랐다. SNS에선 사진과 기사를 열심히 퍼 나르고 내가 애용하는 사이트에선 그녀의 신상을 털 것이다. 그리곤 '늙은 걸레'쯤으로 매도할지도 모른다. 딸인 엄마와 손자인 나도 함께 난도질당할 것이다. 그럴 바에야 차라리 벙커에 갇히는 게 나았다. 무엇보다 언젠가는 나의 소유가 될 이 집과 카페를 지키고 싶었다. 이 상황에 신고를 하는 건 찬란한 미래를 시궁창에 빠뜨리는 것과 마찬가지다.

나는 그녀의 방으로 돌아가 다시 곰곰이 생각해 봤다. 외출한 흔적이 없는 그녀가 궤짝이 잠긴 채 사라졌다는 건 외부인의 소행이 틀림없다는 결론이 나왔다. 그건 또 하나의 열쇠를 소유한 누군가가 존재한다는 뜻이기도 했다. 열쇠를 그녀의 책상 서랍에 넣어두고 달아날 리가 없으므로.

어쩌면 석태의 소행일지도 몰랐다. 가출했다는 날 유정 씨가 내준 이 방에서 우연히 아방궁의 존재를 알게 된다. 나처럼 말이다. 시치미를 떼고 있다가 꼭지의 일로 추궁을 받게 되자 열쇠를 훔쳐 도망친다. 집에 숨어 두문불출하다 내가 전화를 해대니 지레 겁을 먹고 유정 씨와 접촉을 시도한다. 사흘 전 사라졌다 나타난 날 사실은 석태를 만나고 온 거였다. 녀석은 유정 씨가 그냥 넘어가지 않을 거라는 걸 알고 어제 슬그머니 나타나 그녀를 가두고 달아나 버린 거다. 그동안 석태가 했던 행동으로 봐서 충분히 가능성이 있었다.

어쩌면 고미경이라는 여자가 찾아온 것도 석태의 부탁을 받고 동태를 살피러 온 건지도 몰랐다. 집 나간 아들이 열흘씩이나 소식이 감감한데 신고하지 말라는 것도 수상쩍다. 석태는 실종된 게 아니라 집에서 잘 지내고 있었던 거다. 내가 고미경을 만나고 있을 때 집안에 숨어들어 자신의 사진을 두고 갔을 수도 있다. 게임광인 그는 해킹에도 일가견이 있었다. 나쁜 쪽으로는 머리가 비상하게 돌아가는 놈이었다. 남의 계정에 들어가 카페에 글을 올리는 건 해커들한테는 어려운 일도 아니었다. 노트북을 보란 듯이 켜 놓은 것도 나를 의식한 그 자식의 수작일 수 있었다.

나는 궤짝 안에 몸을 디밀고 그녀를 불러봤다. 내 목소리가 메아리쳐 되돌아왔다. 유정 씨가 어제부터 줄곧 갇혀 있었다면 이미 탈진 상태일 수도 있었다. 탈출구를 알면서도 빠져나오지 못하는 걸 보면 재갈이 물린 채 결박당해 있을 가능성이 컸다. 나는 생수 한 통과 스마트폰을 챙겨 다짜고짜 궤짝 안으로 들어갔다. 그녀를 감금한 게 석태의 짓이라는 생각이 너무나 크게 지배한 나머지 앞뒤 맥락을 따질 겨를도 없었다. 궤짝 문이 열려 있으니 내려갔다 아니면 되돌아오면 그만이었다. 배터리가 빵빵한 최신폰을 주머니에 넣으니 보디가드가 따라붙기라도 한 듯 든든했다. 언제 어디서든 외부와의 소통이 가능하다면 두려울 게 없었다.

벙커

스마트폰 플래시를 비춰가며 계단을 내려갔다. 계단은 생각보다 깊지 않은 곳에서 끝났다. 성인 한 명 들어설 만큼의 좁은 공간에 불과했다. 내가 생각했던 '아방궁'과는 거리가 멀어도 한참이나 멀었다. 이렇게 보잘것없는 공간을 위장하기 위해 방안에 궤짝까지 설치해 놨을 것 같진 않았다.

자세를 낮추고 계단 끝 벽면을 밀어봤다. 역시 덧대 놓은 나무판 하나가 끼익 소리를 내며 뒤로 밀렸다. 들여다보니 제법 넓은 터널이 뚫려 있었다. 분명 집 뒤의 G산 방향이었다. 지하에 벙커를 파는 것보단 산 쪽으로 터널을 뚫는 게 훨씬 효율적일 것 같긴 했다.

플래시 빛이 끝에 닿지 않는 걸로 봐서는 꽤 긴 터널이었다. 용도가 방공호인지 '아방궁'인지는 모르겠으나 선뜻 들어서기가 망설여졌다. 그렇다고 그냥 돌아서기는 자존심이 허락하지 않았다. 비록 작가 지망생이라는 명분을 내걸고 빈둥거리는 백수지만 왕년에 현역으로 군복무를 마친 육군 병장 출신 아닌가. 게다가 플래시까지 장착된 최신형 스마트폰까지 쥐고 있다는 걸 새삼 확인하니 주춤했던 용기가 되살아났다.

여차하면 후퇴할 생각으로 오른발을 계단 쪽을 향해 딛고 왼발을 뻗어 터널 입구를 디뎠다. 발끝에 뭔가 채였다. 신발도 신지 않은 발에 닿는 느낌으로 돌부리는 아니었다. 플래시를 비춰보았다. 까맣고 네모난 모양의 스위치였다. 연결된 전선은 보이지 않았다. 발로 툭 차봤더니 꿈쩍도 하지 않았다. 전선이 땅속에 묻혀 있는 것 같았다. 혹시나 해서 발가락으로 튀어나온 부분을 눌러보았다. 탁, 소리가 나는가 싶더니 터널의 오른쪽 벽면에 반짝거리는 줄무늬가 생겼다.

캄캄한 밤하늘에서 별똥별이 쏟아지는 것처럼 보였다. 나도 모르게 빛에 이끌려 터널 안으로 몸을 들이밀었다. 이내 눈부심이 잦아들고 빛의 정체가 드러났다. 크리스마스 트리를 장식하는 울긋불긋한 꼬마전구였다. 그것들이 터널의 오른쪽 벽면에 쭉 걸려 있었다.

터널의 실체를 알고 나니 그리 놀랄 일도 아니었다. 이것이야말로 유정 씨의 취향이었다. 터널을 밝히기 위해 형광등을 다는 대신 꼬마전구로 벙커의 통로까지 화려하게 장식할 사람은 그녀밖에 없었다. 생각해보니 오늘이 크리스마스 이브였다. 유정 씨가 교회를 다니는 건 아니었다. 그래서 크리스마스에 별스럽게 분위기를 내는 편도 아니었다. 하지만 카페를 엄마한테 넘기고 딱히 할 일이 없다 보니 특별 이벤트를 생각했을 수도 있었다. 눈사람을 만들어 카페 앞에 세워놓던 그 감성으로 말이다. 어쩌면 저 통로 끝의 '아방궁'으로 불리는 공간에 파티 준비를 해놓았을지도 모른다. 그렇다면 엄마도 알고 있을 가능성이 컸다. 나한테 깜짝 파티를 열어주려고 일부러 시치미를 뗀 거다. 어쩐지 유정 씨가 납치됐다는 데도 지나치게 태연했다. 석태도 유정 씨와 한패일지도 모른다. 나는 이 집의 귀한 손자이고 마침 생일도 며칠 남지 않았다.

생각해보니 유정 씨가 주변 사람들을 동원해 나를 감동시킬 이유는 차고 넘쳤다. 진작 눈치를 챘어야 했다. 그동안 너무 빈둥거려 눈치까지 없어져 버렸나 보다. 쓸데없이 속을 끓인 것이나 이곳에 들어올 때 겁을 집어먹은 것이 한심했다. 유정 씨의 실종에 초점을 맞추다 보니 괜한 추측과 억측에 사로잡혔던 거다. 범죄 드라마를 너무 많이 봤다. 석태를 만나면 고미경에게 전화라도 한 통 하라고 해야겠다. 남한테는 잘도 폭력을 쓰는 놈이 제 빰 맞은 건 어지간히 분한 모양이다. 하여간 싸가지 없기로는 둘째가라면 서러운 놈이다.

손에 쥐고 있던 스마트폰을 주머니에 넣고 점멸하는 빛을 의지해 터널로 들어갔다. 터널은 구부정하게 몸을 수그려야 될 정도로 낮았으나 꽤 길게 이어져 있었다. 빨리 유정 씨를 만나고 싶은 생각에 마음이 조급해졌다. 그녀는 나의 출현에 오, 제법인데? 하는 표정을 지을까, 아니면 왜 이렇게 늦은 거냐고, 그러니 여태 한 줄도 못 쓰고 있는 거 아니냐고 핀잔을 줄까. 그만큼 힌트를 줬건만 그렇게 추리력이 빈약해서야 어느 세월에 유명 작가가 되누, 쯔쯧. 그녀의 혀 차는 소리가 들리는 듯했다. 사흘 전에 들려준 이야기나 추리물을 써보라고 몰아붙였던 것도 다 이유가 있었다. 물론 카페 아방궁의 '초대들'은 나의 추리력에 혼선을 주기 위해 꾸며낸 이야기에 불과하겠지. 더 늦지 않고 이곳을 찾아낼 수 있어서 다행이었다. 구부정한 자세로 걷다 보니 생각만큼 빨리 걸을 수가 없었다.

15미터쯤 걸었을까, 점점 빛이 잦아드는 느낌이 들어 고개를 들어보니 전방이 암흑이었다. 마침내 꼬마전구의 연결이 끊긴 지점에 다다른 것이었다. 그렇다면 저

어둠 속에 '아방궁'이라는 공간이 존재할 것이다. 통로의 빛이 끝에 닿지 않는 걸로 봐서 꽤 깊고 넓은 공간인 것 같았다.

희붐하게 보이는 곳까지 더 들어갔다. 아니나 다를까 통로보다 공간이 훨씬 넓어진 느낌이 들었다. 팔을 휘저어도 아무런 장애물도 걸리지 않았다. 머리 위도 허공이었다. 나는 플래시를 켜려고 주머니에서 스마트폰을 꺼내려다 관두었다. 깜짝 이벤트를 준비한 사람에 대한 예의가 아니었다. 대신 몸을 일으키며 험, 헛기침을 해보았다. 허우어엄엄, 메아리만 들려올 뿐 아무런 반응이 없었다. 몸을 바로 세우면서 그녀를 불렀다.

"유정 씨, 나 왔어. 장난 그만 치고 불 좀 켜봐."

역시 반응이 없었다. 내가 뱉은 말들만 메아리가 되어 돌아왔다.

"설마 아무도 없는 건 아니겠지?"

목소리가 떨렸다. 비로소 공포감이 밀려들었다. 주머니에서 스마트폰을 꺼내려고 하는데 손이 마음대로 움직여지질 않는다. 여태껏 깜빡거리던 통로 쪽의 빛도 사라져 버렸다. 아니, 그럴 리가 없다. 너무 무서워서 보이지 않을 뿐이다. 당황한 나머지 눈앞이 캄캄해진 거다. 그런데 통로가 어느 쪽이더라. 내내 직진만 했으니 당연히 뒤쪽이겠지. 나는 가까스로 몸을 움직여 뒤돌아섰다.

뒤쪽 역시 어둠뿐이다. 너무 돌았나? 다시 옆으로 돌아본다. 역시 캄캄하다. 당황해서 방향 감각을 잃어버렸나 보다. 불시에 어지럼증이 일어 바닥에 쓰러졌다. 온몸을 바닥에 붙이고 나서야 주머니에 손을 넣을 수 있었다. 스마트폰 화면을 터치하고 엄마의 전화번호를 꾹 눌렀다. 하지만 폰은 먹통이었다. 생각해보니 이곳은 야산 밑의 알량한 굴속이 아니라 L시에서 가장 크고 높은 G산 밑의 깊숙한 벙커였다. 전파가 차단된 폰의 배터리는 급격히 줄어들어 있었다. 서둘러 출구를 찾아야 했다. 나는 폰의 플래시를 켰다. 눈앞에 깊고 널찍한 공간이 나타났다. 바닥은 고르게 다져져 있었지만 마루나 장판을 깐 흔적은 보이지 않았다. 벽도 바위나 돌부리가 그대로 박혀 있었다. 반면 천정엔 서까래를 올리고 기둥까지 받쳐져 있었다. 최소한 천정이 무너져 내려 압사당할 일은 없을 것 같았다.

긴 통로까지 만들어 이렇게나 넓은 벙커를 파 놓은 걸 보면 누군가를 가두기 위해서라기보다는 스스로 은닉하려는 목적으로 만든 공간으로 보였다. 이를테면 방공호 같은 거였다. 그러고 보니 우리 집은 G산과 맞닿아 있으니 방공호를 파기에 딱 좋은 위치였다. 안 그래도 요즘 북핵이다 전염병이다 불안한 시국인데 이렇게나 훌륭한 방공호가 있었다니 한결 마음이 놓였다.

그런데 누가 언제 이런 걸 파두었을까. 서까래와 기둥이 삭은 정도로 보아 적어도 수십 년은 돼 보였다. 그렇다면 폐가에 살던 사람들이 파 놓았을 가능성이 컸다. 시청 공무원에게 이 집을 소개받았을 때 '아방궁'을 발견하고 인수를 결심했다는 글귀가 떠올랐다. 역시 여기가 바로 '아방궁'이었다. 이곳에 그 사람들을 초대했다면 기본 살림살이와 비상식량 정도는 준비해두었을 터였다. 하지만 아무리 둘러봐도 살림살이라고는 없었다. 그리고 내가 상상했던 크리스마스 트리는커녕 흔한 야광 별 하나 붙어 있지 않았다. 그렇다고 유정 씨가 일일이 음식을 만들고 음료까지 준비해 이곳까지 운반해 왔다고는 상상이 가지 않았다.

추리소설이 아니라 공상 만화를 구상하는 편이 나을 뻔했다. 이곳은 '아방궁'처럼 향락에 빠져 즐기는 장소가 아니었다. 돌부리 투성이인 흙벽과 거친 맨바닥에서 살아남기 위해 견디는 쪽에 가까운 공간이었다. 공포에 어느 정도 익숙해지면 굶주림이 덮칠 것이다.

나는 영상을 통해 숱한 죽음들을 봐왔다. 아무리 끔찍한 살인 행위를 목격해도 조작된 것이라는 사실을 알기에 피해자의 고통을 배제한 채 즐길 수 있었다. 이번엔 내가 피해자 역할을 떠맡은 셈이다. 비록 스스로 걸어 들어왔지만 분명 그녀에 의해 갇힌 거다. 전혀 달갑잖은 경험이다. 아무리 작품 구상에 도움이 된다 쳐도 이렇게까지 생생한 경험은 노 땡큐다. 그녀의 배려는 항상 지나치다.

유폐

유정 씨의 의도에 부응해줬으니 더 이상 이곳에 머물고 싶지 않다. 이렇게 으스스한 공간에 더 있다가는 심장이 터져버릴 것 같다.

플래시를 비춰 침착하게 통로를 찾았다. 당황하면 눈앞에 있는 것도 보이지 않는 법이다. 한 바퀴, 두 바퀴, 아무리 둘러보아도 통로를 찾을 수가 없다. 점멸등까지 설치돼 있던 통로가 사라지다니 믿을 수가 없다. 공포감 때문에 엄연히 존재하는 출구를 놓치고 있는 걸까, 아니면 플래시 빛 때문에 보이지 않는 걸까?

스마트폰을 꺼 보았다. 또다시 암흑일 뿐 통로의 불빛은 보이지 않았다. 다시 스마트폰을 켜고 찬찬히 벽을 훑었다. 꼼꼼하게 손으로 밀고 발로 차보기도 했다. 역시 출구는 열리지 않는다. 대신 한쪽 귀퉁이에 뭔가 희끗한 것이 보인다. 다가가 보니 흰색 노트북 위에 책이 한 권 놓여 있었다. 그것은 유정 씨 책상 위에 놓여 있었던 흰색 노트북과 오지란의 소설 『냉장고』였다. 믿기지 않았다. 분명 궤짝의 열쇠를 찾기 직전에 이 노트북으로 카페 '아방궁'에 들어가 〈O의 초대〉를 읽었다. 그리고 노트북 옆에 놓여 있던 소설 『냉장고』도 똑똑히 보았다. 게다가 내가 이곳으로 오기 직전에 방을 비운 건 냉수를 마시러 주방에 잠깐 다녀온 일밖에 없었다. 그 잠깐 사이에 이것들이 공간 이동을 하다니, 귀신이 곡할 일이었다.

너무 무서워 헛것이 보이나 싶어 그것들을 만져보았다. 딱딱한 감촉과 무게감이 느껴지는 게 분명 헛것은 아니었다. 이것들이 발이 달려 스스로 걸어 들어오지 않은 이상 누군가 옮겨 놓았을 것이고 그럴 만한 이유가 있을 터였다. 나는 떨리는 손으로 노트북 뚜껑을 열었다.

통나무 카페 사진이었던 바탕 화면이 오지란 작가의 『냉장고』 표지 사진으로 바뀌어 있었다. 게다가 거대한 양문형 냉장고의 냉동실 부분 상단에 '유귀랑 님에게'라는 제목의 폴더가 깔려 있었다. 마치 폴더가 냉동실 안에 오래 보관된 고깃덩어리 같아서 기괴해 보였다. 전파가 차단돼 인터넷이 연결되지 않으니 파일에 담아 바탕 화면에 저장해 놓은 것 같았다.

나쁜 예상은 어김없이 들어맞았다. 이런 추리력을 진작 발휘했더라면 이곳까지 스스로 기어들어와 갇히는 일은 없었을 텐데. 뒤늦은 후회가 밀려들었다. 파일 읽을 시간을 충분히 주겠다는 듯 노트북의 전원이 빵빵했다. 나를 초대한 작자(물론 유정 씨겠지만)가 왜 이런 '생쇼'를 연출했는지 이유나 알아야겠다. 나를 굶겨 죽일 속셈이 아니라면 이곳에서 빠져나갈 수 있는 힌트라도 숨겨놓았을 거다. 속수무책으로 공포를 견디는 것보단 그렇게 싫어했던 '읽기'라도 하는 게 낫다. 설사 나를 죽이고야 말겠다고 쓴 글을 읽게 되더라도 절대 동요하지 않으리라 마음을 다잡았다. 사실은 유정 씨에 대한 믿음이자 희망이었다. 그리고 폴더를 열었다.

폴더엔 〈만남〉, 〈통나무 카페〉, 〈폐가〉, 〈k의 초대〉 등 네 개의 파일이 담겨 있었다. 나는 누군가 보고 있기라도 한 듯 반듯한 자세로 앉아 〈만남〉의 파일부터 열어보았다.

만남

오지란 작가의 『냉장고』를 만난 건 순전히 우연이었다. 그때까지만 해도 한 권의 책이 내 운명을 통째로 바꿔놓으리라곤 상상도 하지 못했다. 그날은 수능을 치른 다음 날이었다. 임시 휴일이었지만 나는 습관처럼 학교에 갔다. 집에 있어봤자 할머니의 등살에 수만이의 뒤치다꺼리나 할 게 뻔했다. 치사하게 먹는 것까지 차별하는 데는 오만 정이 다 떨어졌다. 멸치볶음만 해도 그렇다. 수만이한테는 볶음용 멸치를 똥까지 바른 다음 윤기가 자르르하게 볶아 귀한 깨소금까지 솔솔 뿌려주고, 아지랑 내게는 손가락만 한 국물용 멸치를 똥째로 고추장 범벅을 해서 준다. 내가 멸치볶음을 제일 좋아해 그런지 그게 그렇게 서러웠다. 무심결에 수만이의 멸치볶음에 젓가락을 댔다 할머니한테 손등을 얻어맞은 게 한두 번이 아니다. 언젠가 유정 씨한테 말했더니 수만이가 먹던 것보다 더 맛있는 멸치볶음을 해다 줬다. 대신 귀랑에게는 국물용 멸치볶음을 해줄 생각인데 왜 그런지는 자신도 모르겠다고 했다.

엄마가 할머니한테 시집살이를 당하는 모습도 보기 싫었다. 어쩌면 내가 공부를 열심히 하게 된 이유인지도 모른다. 중학교에 입학하면서부터 눈을 뜨면 아침 먹기 바쁘게 등교하여 교문이 닫힐 때까지 머물렀다. 친구들이 모두 집에 가고 혼자 남으면 딱히 할 일이 없어 텅 빈 교실에서 공부를 했다. 이듬해 아지가 중학생이 된 후론 함께 남아 있다가 어두워진 후에야 집에 돌아갔다. 동생과 함께 손을 잡고 다니니 무섭지 않았다. 할머니한테 '지지배들'이 겁도 없이 밤이슬 맞고 다닌다고 욕을 먹고 빗자루로 등짝을 맞기도 했지만 어차피 일찍 들어와도 어떻게든 트집을 잡아 괴롭혔기 때문에 상관없었다. 시간을 때우기 위해 공부를 했던 나와 달리 아지는 공부를 정말로 좋아했다. 아지는 성적이 오르는 재미에 푹 빠져들었고 나는 그런 모습을 보는 게 좋았다. 하지만 쓸모없는 딸년들을 대학까지 보낼 수는 없다는 할머니 때문에 우울했다. 나는 진즉에 대학 진학을 포기했지만 아지만은 어떡하든 좋아하는 공부를 맘껏 할 수 있기를 바랐다.

그동안 공부한 것을 테스트해보자는 심정으로 수능을 본 나는 예상 점수표를 붙들고 발을 동동 구르는 친구들을 부러운 눈으로 바라보는 것밖에 할 일이 없었다. 책상에 턱을 괴고 멍때리고 있는데 담임이 들어와 교장 앞으로 된 서류 봉투를 내밀며 교장실에 좀 다녀오라고 했다. 담임도 우리 할머니를 설득하다 지쳐 내 진학 상담은 포기했는지 수능 점수는 묻지도 않았다. 나는 섭섭한 마음을 감추지 못하고 서류 봉투를 낚아채듯 받아들고 교장실로 향했다. 교장실은 비어 있었다. 잔뜩 뿔이 나 있던 나는 서류 봉투를 교장의 책상 위에 던져놓고 돌아서다 발밑에 걸리는 쓰레기통을 무심결에 걷어찼다. 서둘러 쓰레기통에 흩어진 쓰레기들을 주워 담다 발견한 게 바로 『냉장고』였다. 한 번도 펼쳐본 흔적이 없는 새 책이었다. 책 표지를 펼쳐보니 작가의 메모지가 클립으로 끼워져 있었다. 이곳 학교를 다녔던 졸업생인데 뒤늦게 등단하여 첫 책이 나왔기에 보내드린다는 내용이었다. 후배들을 위하여 도서관에 비치해주시면 고맙겠으나 혹시라도 양에 차지 않아 버리시려거든 메모지는 제거해주시길 부탁드린다, 라는 추신까지 적혀 있었다. 그런데도 교장은 메모지를 끼워둔 채 쓰레기통에 버린 거였다. 프로필 사진을 보니 쉰쯤은 돼 보이는 여성이었다. 나는 왠지 작가가 여자라 이런 대접을 받았다는 생각이 들었다. 교장의 얼굴에 할머니가 겹쳐졌다. 인간에 대한 최소한의 예의도 지키지 않는 무례함이 닮아 있었다. 나는 메모지를 빼낸 후 책을 쓰레기통에 넣으려다 활짝 웃는 작가의 얼굴이 안쓰러워 그대로 들고 교장실을 나왔다. 그리고 교실로 되돌아가는 대신 도서관에 가서 『냉장고』를 읽었다. 읽는 내내 가슴이 아팠고 읽고 나서는 후련했다. 어쩐지 작가 자신의 이야기고 내 이야기인 것 같았다. 어쩌면 이 세상 모든 여자들의 이야기일 수도 있었다. 그녀와 소통하고 싶었다. 그녀라면 답답한 내 심정을 헤아려 줄 거라는 막연한 믿음이었다. 프로필 밑에 이메일 주소가 적혀 있었다. 나는 전산실로 가 그녀에게 편지를 썼다. 무작정 누구에게도 하지 못했던 나의 이야기를 푸념처럼 늘어놓았다. 그녀에겐 그래도 될 것 같았다. 메일을 보내놓고 며칠을 안절부절못했다. 그녀가 메일을 보는 게 두렵기도 했고 혹시 답장이 올지도 모른다는 기대감도 있었다. 며칠 후 정말로 답장이 왔다. 그때의 감동은 평생 잊지 못할 것이다. 나는 벅찬 마음으로 다시 편지를 썼다. 그렇게 몇 번의 편지가 오간 후 그녀는 내게 도움이 될지도 모른다며 자신의 친구를 소개해줬다. 바로 유정 씨였다.

대학 진학을 포기한 나에게 담임은 내 수능 성적으로 서울의 명문대에도 충분히 합격할 수 있으니 포기하지 말고 부모님을 어떻게든 설득해보라고 했다. 이미 포기하고 마음을 비우고 있었던 내 가슴이 다시 요동치기 시작했다. 나는 담임한테 허락을 받았다고 거짓말을 하고 담임이 추천한 대학에 지원서를 썼다. 사실 우리 집은 엄마와 아빠가 특산물 재배에다 소까지 키웠기 때문에 예전처럼 그렇게 가난하진 않았다. 그래서 일단 합격하면 무슨 수가 생기겠지 하는 막연한 기대감도 있었다. 그런데 할머니가 시집가버리면 그만인 딸년들 대학 공부까지 시킬 필요가 없다고 펄쩍 뛰었다. 그럴 돈 있으면 남동생 수만이의 장래를 위해 부지런히 저축해야 된다는 거였다. 할머니가 한번 고집을 부리면 아무도 꺾지 못했다. 자신의 뜻을 관철시키지 못할 낌새가 보이면 입에 거품을 물고 쓰러지기 일쑤였다. 쓰러진 할머니가 눈을 까뒤집고 숨을 쉬지 않으면 신기하게도 배가 풍선처럼 부풀어올랐다. 한두 번 놀란 경험이 있고부터는 웬만하면 할머니의 뜻을 거스르지 않고 받아주었다. 한데 기죽어 살던 엄마가 수만을 낳고부터 고분고분하지 않아 집안이 발칵 뒤집히는 일이 종종 생겼다. 내가 합격 통지서를 받아왔을 때도 그랬다. 할머니의 뜻에 따라 반대했던 아빠가 집안의 경사라며 기대 이상으로 기뻐했다. 나는 희망을 품고 집안 분위기를 살폈다. 온 가족이 저녁밥을 먹는 자리에서 아빠가 송아지를 팔아 등록금을 충당하고 학교 근처에 자취방을 얻어주면 어떻겠냐고 운을 떼었다. 밥을 먹고 있던 할머니가 갑자기 숟가락으로 밥상 모서리를 내리치며 소리를 질렀다.

— 누구 맘대로 송아지를 팔어? 나는 그 꼴 못 본다.

— 엄니, 어채피 애들 가르칠 목적으로다 키운 거잖유. 그러고 꼭지가 합격한 대핵교는 아무나 들어가는 것두 아니래유. 엄니도 참, 꼭지가 넘두 아니고…….

— 쟈가 왜 넘이 아녀. 넘이 별거간. 시집가버리문 넘 되는 겨. 하여간 송아지는 우리 수만이 대학 가기 전이는 못 파니께 그런 줄 알어라. 팔라문 나부텀 죽이야 헐겨.

아빠가 더 이상 말을 못 하고 우물쭈물하자 이번에는 엄마가 나섰다. 엄마는 베트남에서 갓 스무 살에 시집와 우리 셋을 낳아 기르며 농사일이나 집안 살림이나 토박이 못잖았지만 우리말은 아직도 서툴렀다. 할머니는 그런 엄마에게 시어머니한테 고분고분하기 싫어 일부러 그런다고 트집을 잡았다.

— 딴 건 다 영락읎시 척척 깨치는디 해필 말꽁다리만 잇덜 못허고 댕강 분질러 뻔지는지 몰러. 암만혀

도 시에미 종애곯릴라구 부러 저러는 겨. 저 불여시가.

어쩌면 할머니의 말이 맞는지도 몰랐다. 그렇게 야무지고 똑 부러지는 엄마를 시종 부려먹으면서도 가족으로 인정하지 않는 할머니한테 엄마도 스트레스를 풀 장치가 필요했을 터였다. 할머니가 아무리 엄마를 괴롭혀도 모른 척하는 아빠도 '넘이 나라 말 배기가 쉽간디요. 지부텀두 뀐이랑 여태 살문서 베트남 말 한자락두 못허잖유' 하면서 역성을 들었다. 그래서 할머니도 엄마의 반말에 불만을 드러내면서도 마지못해 받아주는 편이었다.

— 엄니, 엄니 여자, 꼭지 여자, 쌤쌤. 꼭지 공부 잘허는디 대핵교 댕기문 왜 안 디여?

— 네 이년, 시에미 앞이서 어따대구 함부로 주둥일 놀려? 근본 읎시.

할머니의 호통에도 굴하지 않고 엄마가 양쪽에 앉은 나와 아지의 어깨를 감싸 안고 대들었다.

— 우덜 근본 시려. 시에미 시려.

평소 같았으면 이쯤에서 아빠가 엄마의 입을 틀어막거나 눈을 부라리는 척이라도 해서 할머니의 편을 들었는데 그날은 아빠도 못 들은 척 밥만 푹푹 퍼먹었다. 할머니는 안 그래도 분통이 터져 죽을 지경인데 성깔머리가 만만치 않은 아지까지 나서서, 공부도 못하는 수만이가 대학 가기 기다렸다간 송아지가 늙어 죽을 게 뻔하니 그전에 파는 게 이문 아니겠냐고 거들었다. 공부를 지지리 못하는 건 사실이지만 '딸년' 주제에 감히 '아드님'에게 '지적질'을 해대니 기분이 상한 꼴통 수만이가 평소대로 험악한 욕설을 내뱉었다.

— 주댕이 닥쳐, 재수탱이 지지배야.

— 이 식끼가 디질라고.

평소 같았으면 아지도 꾹 참고 있다가 할머니의 눈을 피해 정강이를 걷어차거나 귓불을 잡아당기는 걸로 응징했을 텐데, 그날은 다짜고짜 쏘아붙이고 들고 있던 숟가락으로 수만의 머리통을 때렸다. 그 꼴을 보고 있던 할머니의 눈이 뒤집혔다.

— 이, 이…것…들…이 시, 시방 뭐 허는 짓거리…….

할머니가 말끝을 맺지 못하고 옆으로 픽 쓰러졌다. 부릅뜬 눈이 휙 돌아가더니 입에 거품을 물고 배가 부풀어 오르고, 숨도 쉬지 않았다. 우리들은 꾀병인 걸 알면서도 진짜 응급 환자처럼 몸을 제 맘대로 부리는 할머니의 신묘함에 무릎을 꿇을 수밖에 없었다. 할머니가 처음 발작을 부렸을 때엔 119를 부른다, 이웃 마을 의원을 실어 나른다, 근동이 다 떠들썩했지만 횟수를 더하면서 아빠가 응급 처치를 하고 원인 제공자가 요구를 철회하는 걸로 조용히 해결했다. 이번에도 아빠가 달려들어 할머니의 배를 깔고 앉아 가슴팍을 꾹꾹 누르다 콧구멍에 입을 대고 숨을 불어넣었다.

— 꼭지야아, 이러다가 할머니 돌아가시겄다아.

입을 꾹 다물고 할머니의 부풀어 오르는 배를 물끄러미 바라보고 있던 나는 아빠의 다급한 소리에 체념하고 말았다.

— 할머니, 송아지 안 팔어도 돼유. 그렇게 이제 그만 허고 숨 쉬셔유.

내 말이 끝나기 무섭게 할머니가 푸유, 하고 큰 숨을 내쉬었다. '갸 죽어뻔지게 냅두지.' 아지가 내 등 뒤에서 귓속말을 했다. 하지만 아지였어도 송아지를 포기할 수밖에 없었을 거라는 걸 우리 가족 모두가 알았다. 그날 밤 나는 아지를 데리고 읍내로 나가 술을 진탕 마셨다.

— 이번에 집 나가면 할머니 죽기 전이는 절대 안 들어올 겨.

— 그려 언니. 그러고 내가 내년엔 저놈의 송아지를 꼭 팔어먹고 말 참인게 그땐 언니도 협조혀야 혀. 알겄지?

— 옴마, 내가 무슨 수로 협조를 헌댜.

— 언닌 인자 대학생이잖여. 내년 이맘때면 도시물도 솔찮이 먹었을 틴디 촌 노인네 하나 못 혀볼라구.

— 그러다 진짜 죽어뻔지문?

— 우덜이야 경사지. 헌디 다 쏴여. 꼴통 장개가서 머시매 낳기 전이는 절대 안 죽는단게.

술에 취한 우리는 겁도 없이 이런 이야기를 주고받으며 어깨동무를 하고 읍내 거리를 쏘다녔다. 그동안 쌓였던 응어리가 다 녹아내린 듯 속이 후련했다. 어른들이 왜 술을 마시는지 이해가 됐다. 자정이 다 되어가는 시간에 평소 알고 지내는 버스 터미널 직원의 전화를 받은 아빠가 트럭을 몰고 터미널 의자에 널브러져 있는 우리를 데리러 왔다. 아빠는 몸도 가누지 못할 정도로 취한 우리를 업어다 트럭에 실으면서도 아무 말도 하지 못했다. 효자이기만 하고 아내와 딸들을 지켜주지 못하는 아빠가 이때만큼 미운 적이 없었다.

다음 날 엄마가 끓여준 콩나물국을 먹고 정신을 차린 나는 유정 씨에게 전화해 전날 있었던 소동을 이야기했다. 그녀를 알게 된 후 나는 여자이기 때문에 억울한 일을 당할 때마다 털어놓고 위로를 받았다. 물론 메일과 전화로만 소통을 했지 얼굴은 본 적도 없었다.

그녀는 할머니가 그렇게까지 구제불능일 줄 몰랐다며 혀를 찼다. 유정 씨는 함께 사는 부모님보다 훨씬 믿음이 갔고 의지가 됐다.

— 따지고 보면 본인도 여잔데 어찌 그리 당당하대. 아들 낳은 위세라면 엄마도 수만이를 낳았으니 언년 씨 못잖겠구만.

— 할머닌 아빠를 낳고 사별했대요. 청상과부가 혼자 힘으로 아들을 키우며 평생 수절했다는 자부심이 대단하세요. 아빠도 그래서 더 할머니한테 꼼짝 못 하는 것 같아요.

— 아유, 못났기도 해라. 남자가 싫어서면 모를까 억지로 혼자 산 게 뭐 대단한 일이라고. 그 핑계로 자손들 괴롭히다 죽으면 저승에서 만난 남편이 퍽도 좋아하겠네.

유정 씨는 허울에 갇혀 아내와 딸자식을 지켜주지 못하는 아빠의 못난 사고방식도 못마땅하다고 했다.

— 그런 애비는 없느니만 못해. 엄마가 안됐긴 하지만 강인한 분 같으니까 걱정하지 말고 짐 싸서 나와. 그 정도 성적이면 우리 동네 대학엔 장학생으로 들어갈 수 있을 테니까 지원해보고. 우리 집에 비어 있는 별채에서 묵고 통나무 카페에서 알바로 용돈 벌어 쓰면

꼭지도 당당하고 문제 없겠네.

나도 당장 집을 뛰쳐나가고 싶었던 심정이라 염치 불구하고 그녀의 제안을 받아들였다. 그녀를 만나기 전이었다면 엄마랑 아지가 걸려서 엄두도 못 낼 결정이었다. 그녀는 가족을 위해 자신을 희생시키는 것은 바보 같은 짓이라고 했다. 엄마도 고국에 있는 가족을 위해서 이곳까지 시집을 왔고 이제는 우리 삼남매를 위해 희생한다. 그나마 다행인 것은 엄마와 아빠가 진심으로 서로를 사랑한다는 거다. 언젠가 엄마에게 유정 씨의 말을 전했더니 아빠를 사랑하지 않았다면 동생들을 낳기 전에 나를 데리고 도망쳤을 거라고 했다. 할머니의 시집살이를 견디는 것도 사랑하는 남자를 낳아준 분에 대한 예의라고 했다. 아빠는 왜 그런 엄마를 할머니로부터 보호해주지 않는 걸까. 왜 자신의 사랑하는 아내를 어머니만큼 소중하게 생각하지 않는 걸까. 그리고 일은 엄마 아빠가 다 하는데 경제권은 왜 할머니에게 있는 걸까. 이게 다 아빠가 지나치게 효자여서 그렇다는 생각이 들었다. 그래서 나는 절대 효자하고는 결혼하지 않기로 결심했다.

작성자는 유정 씨가 아닌 박꼭지였다. 유정 씨를 떠올리며 품었던 믿음과 희망이 날아가 버렸다. 그녀는 내가 이곳에 스스로 걸어 들어올 거라는 걸 어떻게 알고 노트북을 이곳에 갖다 놓은 걸까. 나는 그것도 모르고 그녀의 계략에 말려든 꼴이 되고 말았다. 엊그제 내게 밥을 차려주러 왔다가 절대 용서하지 않겠다느니, 반드시 후회하게 될 거라느니 지껄여댔던 것도 다 이유가 있었다. 그녀는 내게 마지막 식사를 제공하면서 무슨 생각을 했을까. 조만간 닥칠 운명도 모르고 까분다고 비웃었겠지. 천덕꾸러기 촌년이라고 우롱하고 얕잡아 봤던 그녀에게 제대로 당했다. 촌구석에서 구박이나 받고 자란 자신을 대학까지 다니게 해준 은인의 손자한테 이렇게까지 하다니. 그녀가 무서웠다. 설마, 나를 진짜 죽이려는 것은 아니겠지? 어쩌면 꼭지야말로 나를 골려주기 위해 장난치고 있는 건지도 모른다. 유정 씨를 생각해서라도 설마……. 나는 '설마'에 다시 한번 희망을 걸고 다음 목록을 클릭했다.

통나무 카페

시외버스 터미널에 마중 나온 유정 씨를 보는 순간 나는 와락 그녀의 품에 안겨 울고 말았다. 그녀가 나의 등을 쓸어주며 말했다.

— 꼭지의 마지막 눈물이 되길 바래. 내가 있는 한 꼭지의 눈에서 눈물이 나올 일은 없을 거야. 우리는 친구잖아, 꼭 가족끼리만 서로를 지켜 줄 의무가 있는 건 아니니까. 그리고 가족이라고 무조건 사랑할 필요는 없다고 생각하면 마음이 편해질 거야.

그녀의 말을 들으니 그동안 쌓였던 설움이 모두 사라지는 것 같았다. 우리는 그녀가 미리 대기시켜 놓은 택시를 타고 통나무 카페 근처에서 내렸다. 그녀는 피차 불편한 상황을 피하자며 자신이 먼저 카페에 가 있을 테니 잠시 후에 들어오라고 했다. 십 분쯤 주변을 둘러보고 통나무 카페에 가니 출입구에 '알바생 구함'이라고 적힌 전단지가 붙어 있었다. 나는 유리문을 밀고 카페로 들어갔다. 출입문 가까이 앉아 있던 유정 씨가 반색을 하며 혹시 일자리를 구하러 왔냐고 물었다.

나는 말없이 고개를 끄덕였다. 계산대에 앉아 있던 여자가 내게 다가왔다. 그녀가 카페의 사장이자 유정 씨의 딸인 유혜영이라는 걸 유정 씨로부터 들은 사전 정보를 통해 알고 있었다. 그녀는 나의 옷차림과 커다란 트렁크를 훑어보더니 촌에서 막 상경한 학생이냐고 물었다. 나는 이번에도 고개만 끄덕거렸다.

— 보아하니 막 고등학교 졸업하고 집 나온 모양이구만 잘 데는 있고?

나는 입을 다문 채 고개를 저었다.

— 학생이 촌에서 자라 뭘 모르는 모양인데 여긴 숙식 제공까지 하는 식당 같은 데가 아니에요.

혜영 씨가 황당하다는 표정을 지으며 팔짱을 꼈다. 그때 유정 씨가 끼어들었다.

— 여기 대학교에 입학할 학생인 것 같은데 갈 데 없으면 우리 집 별채가 비었으니 거기 묵도록 해요. 생활비는 알바해서 벌어 쓰면 되겠네. 안 그래, 유 사장?

— 엄마는 우리 집이 무슨 난민 보호소인 줄 아우? 사장 자리를 내줬으면 믿고 맡길 일이지 왜 자꾸 나와서 참견이시래.

혜영 씨가 볼멘소리를 하고는 입을 삐죽거렸다. 유정 씨가 손님들을 의식해 목소리를 깔았다.

— 니가 꼴난 사장 자리를 꿰차더니 간이 배 밖으로 나왔구나. 너는 내가 고용한 사장일 뿐 여기 주인은 엄연히 나다. 그리고 내 집에 내 손님을 들인다는데 무슨 군말이 많아. 내가 하는 짓이 마땅찮으면 니 아들 데리고 내 집에서 당장 나가거라.

기세등등하던 혜영 씨의 태도가 금세 돌변했다.

— 아유, 엄만 툭하면 그 소리야. 우리가 엄마를 두고 나가긴 어딜 나가. 별채에 짐 풀면 저녁부터 당장 일할 수 있겠네. 보다시피 우리 카페가 좀 바쁘거든. 호호.

그렇게 나는 일자리와 숙소를 얻게 됐고 유정 씨의 안내에 따라 별채에 짐을 풀고 안채로 들어가 유귀랑을 만났다. '허우대 멀쩡한 놈이 일할 생각은 안 하고 쓰지도 않을 추리소설을 구상한다는 핑계로 빈둥거리면서 할머니를 부려먹는다'는 유정 씨의 손자였다.

유정 씨를 빼닮은 귀랑은 호리호리한 몸에 얼굴도 곱상하게 생긴 게 귀티가 흘렀다. 그런 그가 첫 대면부터 나를 무시하고 조롱했다. 오지란 작가와 유정 씨를 알기 전이었다면 주눅이 들어 절절맸을 것이다. 하지만 나는 이제 할머니가 딸년이라고 구박해도 아무 말도 하지 못했던 박꼭지가 아니었다. 촌티 줄줄 흐르는 촌년이라고 무시했던 귀랑은 내가 사사건건 따지고 들자 기분 나빠했다. 툭하면 이름을 가지고 놀리고 가슴이 빈약하다느니 여자가 목소리가 그렇게 커서 시집도 못 가겠다느니 언어 폭력을 일삼았다. 나는 여러 번 경고도 하고 화도 냈지만 고치기는커녕 수위를 높여갈 뿐이었다. 그래도 나는 유정 씨를 생각해 참았다. 어쨌거나 그녀가 사랑하는 손자니까 그가 무슨 짓을 해도 참으려고 했다. 석태 그 자식한테 성폭행을 당하기 전까지는.

폭행을 당하면서도 숲속에서 반짝거리는 불빛을 눈여겨봤던 건 혹시나 도움을 청할 수 있을까 하는 절박함 때문이었다. 그것이 사람인지 동물인지는 중요하지 않았다. 입이 틀어막혀 있으니 눈으로라도 그것을 불러내어 내 몸을 짓누르고 있는 짐승을 떼어내고 싶었다. 하지만 그 빛은 나무 뒤에서 나서지도 사라지지도 않았다. 그리고 그 빛의 정체가 동영상을 찍는 스마트폰이라는 걸 깨닫는 데 오랜 시간이 걸리지 않았다. 심지어 그가 유귀랑이라는 것까지도. 다양한 각도에서 동영상을 찍으려고 움직이는 사이사이 보이는 흰색 파카와 흰색 털모자가 낯이 익었다. 흰색을 좋아하는 유정 씨가 귀랑의 생일 선물로 사준 거라는 걸 알고 있었다. 나는 몸부림을 치는 대신 그를 눈으로 쫓았다. 나와 눈이 마주치면 도와줄지도 모른다는 절박감과 너를 절대 용서하지 않겠다는 저주가 뒤섞였다. 내가 몸부림을 치고 반항을 하면 그에게 더 자극적인 영상을 제공해주는 꼴밖에 안 됐다. 석태가 내 주변을 얼쩡거리며 괴롭히게 된 계기도 귀랑 때문이었다. 처음 도서관 앞 벤치에서 그들을 만난 게 우연이 아니라는 걸 그때 깨달았다. 반드시 살아남아 너희를 절대 용서하지 않겠다고 다짐하며 고통을 견뎠다.

유정 씨의 충격은 예상보다 컸다. 아비 없이 자란 딸이 불쌍하여 손자를 오냐오냐 키웠더니 괴물을 만들었다고 자책했다. 얼마나 상심이 컸던지 내 병간하는 동안 일체 곡기를 끊고 물로 연명을 했다. 입맛도 없거니와 손주를 잘못 키운 벌이라고 했다.

— 그렇다고 애지중지 키운 녀석을 내 손으로 '아방궁'에 처넣을 수도 없고 어떻게 하면 좋을지 모르겠어.

— 아방궁요?

— 이 집에는 나만 알고 있는 비밀 공간이 있어. 이 세상 누구와도 공유한 적이 없는 공간이지. 혜영인 딸이지만 믿음이 가지 않았거든. 여태껏 살아오면서 비밀을 공유할 친구 하나 찾지 못했던 내가 헛산 건 아닌

가 자괴감이 들던 참에 서점에 갔다가 『냉장고』라는 소설을 발견한 거야. 귀랑이가 하도 미드에 미쳐 살길래 추리소설이나 사다줄까 했지. 작품 구상을 하는 데도 드라마보다는 책이 더 도움이 될 것 같아서. 표지에 끌려 무작정 집어 들었어. 커다란 냉장고를 바라보는 작은 여자의 뒷모습이 '아방궁' 앞에 선 나의 환영 같았거든. 이런 걸 운명이라고 해야 하나?

— 그렇다면 설마 그 '아방궁'이라는 곳의 용도가 오지란 작가님의 『냉장고』와 같다는 말씀인가요?

— 역시 꼭지는 눈치가 빠르네. 노안이라 눈이 빠질 지경인데도 그날 밤 잠도 안 자고 읽고 나서 다음 날 작가한테 무작정 메일을 보냈지. 『냉장고』를 쓸 정도의 작가라면 '아방궁'에 대해 말할 수 있을지도 모르겠다는 생각이 들었어. 오지란 작가와 여러 번 메일을 주고받으면서 페미니즘에 대해서도 조금 알게 됐고. 이렇게 꼭지랑 친구까지 됐으니 인연이란 게 참 묘해. 얄궂게도 나 때문에 그런 놈들을 만나 몹쓸 짓을 당했으니 내가 면목이 없네.

— 그런 말씀 마세요. 저도 유정 씨를 만난 건 행운이라고 생각해요. 혹시 오지란 작가님과도 그 '아방궁'의 비밀을 공유했나요?

유정 씨는 씁쓸한 표정으로 머리를 저었다. 그런 기밀을 메일로 말하는 게 무서웠다고 했다. 그래서 직접 만남을 시도했지만 『냉장고』가 페미니즘 열풍과 함께 회자되면서 작가도 덩달아 바빠지는 바람에 만남이 이루어지지 못했다는 거였다. 바쁜 중에도 내 편지에 답해주고 유정 씨를 소개해준 작가님이 새삼 고마웠다. 유정 씨도 내가 나타나 얼마나 감사한지 모른다고 했다. 그날 그녀는 내게 '아방궁'에 대해 자세히 말해주었다. 그리고 이참에 그곳을 내게 양도해주겠다고 제안했다.

모든 문제의 시작과 끝은 박꼭지였다. '유정 씨의 실종 사건'도 내가 이곳에 들어온 것도 꼭지의 작품이었다. 정황상 직접 폭행을 가한 석태는 이미 이 세상 사람이 아닌 게 분명했다. 석태 이야기를 꺼냈을 때도 떨지 않았을 때 눈치챘어야 했다. 박꼭지의 표독스러운 얼굴을 떠올리니 더 이상 희망은 내 것이 아니었다. 하긴 유정 씨가 모든 걸 알고 있는 이상 이곳에서 어찌어찌 탈출한다 해도 무사하긴 글러 먹었다. 죽을 때 죽더라도 알고나 가자는 심정으로 다음 목록을 열었다.

폐가

유정 씨는 시청 공무원이 소개해준 부동산 업자에게 폐가를 소개받고 흉측한 몰골에 기겁했다. 부지가 넓으니 싼값에 사서 싹 밀어버리고 살림집과 카페를 새로 지으면 되지 않겠냐는 중개업자의 사탕발림도 귀에 들어오지 않았다. 그럼에도 불구하고 폐가를 인수하기로 마음먹은 것은 바로 옆에 대학교가 들어설 거라는 공무원의 귀띔 때문이었다. 학업을 중도 포기했던 그녀로선 대학이야말로 꿈의 공간이었다. 대학생들이 공부를 마치고 자신의 카페에서 차를 마시며 발랄하게 대화를 나누는 모습을 상상하는 것만으로도 가슴이 벅차올랐다. 업자의 말대로 볼품없는 폐가는 헐어버리고 예쁜 집과 카페를 짓기로 마음먹었다.

그녀가 폐가를 보존하기로 마음먹은 건 잔금을 치르기 위해 주인 여자를 만나고 난 후였다. 폐가의 인수인계를 마친 후 여자가 마지막으로 폐가를 둘러보고 싶다고 했다. 부모님의 혼이 아직도 이곳에 깃들어 있어서라고 했다. 여자는 곧장 안채로 향했다. 자신의 어머니가 기거하던 곳이라고 했다. 그곳에서 여자는 궤짝으로 다가가 쓰다듬었다.

일제에 부역하여 처첩을 거느리고 호의호식하던 폐가의 주인 남자는 만일을 위해 심복을 시켜 뒤뜰의 산 밑 깊숙한 곳에 벙커를 팠다. 그리고 통로를 만들어 안방과 연결하고 입구를 궤짝으로 위장해 놓았다. 벙커가 완성된 후 비밀 누설이 두려웠던 남자는 심복을 벙커에 가두고 출입문에 자물통을 걸었다. 하지만 심복은 심복대로 주인 남자를 믿지 않았다. 남자 몰래 함정을 파고 벙커와 별채로 연결되는 비밀 통로를 만들었다. 별채에 기거하던 남자의 애첩은 벽장을 통해 비밀 통로로 내려가 자물통을 따주고 심복을 멀리 피신시켰다.

광복 후 독립군이 몰려들자 주인 남자는 가산을 정리해 가족들을 멀리 떠나보냈다. 해방군의 눈을 피해 죽은 듯이 애첩과 함께 살려고 했던 남자는 안방의 궤짝을 통해 지하로 숨어들면서 애첩에게 열쇠를 맡겼다. 애첩은 심복을 불러들여 남자를 함정에 빠뜨리고 안채의 궤짝을 솜이불로 가득 채웠다. 애첩은 남은 재산과 열쇠를 딸에게 주어 내보내고 안방에서 기거하다 생을 마감했다. 심복은 별채와 벙커를 오가며 남몰래 애첩을 돌보다 그녀가 죽자 산으로 숨어들었다. 남자는 애첩이 자신의 밀고로 처형당한 독립군의 누이라는 걸 알지 못했다. 심복은 독립군의 친구로 애첩의 약혼자였다.

유정 씨는 애첩의 딸의 생부는 심복일지도 모른다고 했다. 어쩌면 그렇게 믿고 싶은 건지도 모르겠다는 생각이 들었다. 나에게 그녀의 생부가 누구인지는 중요하지 않았다. 유정 씬 가족주의에 얽매이지 않는다면서, 그래서 손자도 처단하길 주저하지 않았으면서 굳이 애첩의 딸의 생부가 심복이길 바라는 건 무슨 심리일까. 생모가 매국노인 생부를 유폐시키는 걸 두고 봤다는 게 납득하기 힘들어서? 내가 손자를 유폐시키는 걸 돕기까지 한 유정 씨답지 않았다.

애첩의 딸은 새 주인에 대한 예의로 천기누설을 했다지만 유정 씨는 애첩의 혼이 자신을 폐가로 이끈 거라고 믿었다. 그녀는 폐가의 비밀 통로를 살려두기 위해 안채와 별채를 그대로 유지한 채 내부 수리를 하고 사랑채는 허물고 텃밭 터를 합쳐 이층짜리 통나무 카페를 지었다.

애첩의 딸에게서 궤짝의 열쇠를 건네받은 유정 씨는 먼저 솜이불부터 제거하기로 했다. 궤짝의 문은 안

쪽으로 열리게 돼 있어 솜이불을 빼내지 않고는 열 수 가 없었다. 하지만 문을 열지 않고는 솜이불을 빼내지 못하게 돼 있었다. 혹시 뚜껑이 열리나 싶어 들춰봤지만 꼼짝도 하지 않았다. 대못이 박혀 있으니 당연했다. 애첩은 대체 솜이불을 어떻게 채웠던 것일까. 난감해하는 그녀를 보고 있던 애첩의 딸이 빙그레 웃으며 말했다.

— 그 궤짝은 남의 눈을 속일 목적으로 만든 거라는 걸 잊지 마세요.

그녀가 어디선가 망치를 들고 와 본체보다 튀어나온 궤짝의 뚜껑을 아래서 위로 돌아가며 톡톡 쳤다. 뚜껑은 대못을 매단 채 쉽게 분리됐다. 대못이 박혔던 자리에 대못의 길이보다 약간 짧게 파놓은 홈이 있었다. 유정 씨는 그 감쪽같음에 감탄하면서도 매번 이렇게 성가신 짓을 해야 하는 것에 불만을 드러냈다.

— 이곳을 직접 설계한 아버지는 스스로 들고남이 자유로웠지요. 어머니가 솜이불을 채운 건 그런 아버지의 탈출을 막기 위해서였어요. 밀폐와 방음 효과를 한 번에 노린 거죠. 물론 심복이 함정에 빠뜨리긴 했지만 벙커를 설계했을 정도니 탈출이 불가능한 건 아니죠. 하지만 당신이 굳이 솜이불을 채울 필요가 있을까

요? 타인에 의해 유폐된 자는 저 깊숙한 곳에서 길을 잃고 말거니까요. 별채의 통로를 폐쇄하지 않은 이유예요. 아버지는 모르는 공간이었으니까요.

그녀가 떠난 후 유정 씨는 솜이불을 들어내고 뚜껑의 대못을 단단히 박았다. 분실 방지를 위하여 열쇠 모양을 바꾸고 서랍의 잡동사니 속에 던져두었다. 알고 보니 궤짝의 문은 안쪽에서도 수동으로 따고 잠글 수 있는 장치가 돼 있었다. 그녀의 말대로 애첩이었던 어머니가 솜이불을 채울 수밖에 없었던 이유였다. 설계자의 치밀함이 엿보였다.

계단 밑의 비밀통로는 2단계로 되어 있었다. 궤짝 밑으로 난 계단은 생각보다 깊지 않은 곳에서 끝났다. 사람 하나 들어설 만큼의 좁은 공간이었다. 그 작은 공간의 측면 판자를 젖히면 별채로 이어지는 통로였는데 별채의 벽장으로 이어져 있었다. 유정 씨는 벽장의 통로를 벽지로 위장하고 깨끗한 솜이불을 항상 채워놓았다.

G산 쪽 방향으로 덧대놓은 나무판이 2단계로 가는 통로의 문이었다. 들여다보면 제법 넓은 터널이 뚫려 있었다. 벙커로 들어가는 2단계 통로였다. 집 뒤뜰

의 산 쪽으로 터널을 뚫어 산 밑에 벙커를 팠던 거였다. 플래시 빛이 끝에 닿지 않을 정도로 꽤 긴 터널이었다. 뒤뜰엔 환기 구멍을 파고 빗물이 스며들지 않도록 장독대를 설치해 위장까지 해놓았다. 장독대로 늘 장을 뜨러 다녔던 혜영도 여태껏 눈치채지 못할 만큼 정교했다.

유정 씨는 전파사를 운영했던 H를 시켜 별채에서 전기를 끌어왔다. 까맣고 네모난 모양의 스위치는 2단계 출입구 밑에 묻었다. 그것을 발로 누르면 곧바로 전기가 연결돼 터널의 오른쪽 벽면에 반짝거리는 줄무늬가 생겼다. 캄캄한 밤하늘에서 별똥별이 쏟아지는 것처럼 보였다. 유인할 자의 눈길을 끌기 위해서였다.

H는 자신의 아들인 귀랑의 미래를 위해 성심성의껏 이곳을 꾸몄다. 정세가 불안하게 돌아가던 시기였으니 벙커가 필요한 이유는 얼마든지 댈 수 있었다. 핵전쟁, 각종 화학 무기, 심지어는 외계인의 지구 정복설까지. 그녀는 궁지에 몰린 H에게 단란한 가족의 안전한 미래를 주입시켰다.

십오 미터쯤 걸어가면 점점 빛이 잦아들고 전방이 다시 암흑이 된다. 꼬마전구의 연결이 끊긴 지점이다. 하지만 전방엔 더 넓고 깊은 벙커가 펼쳐져 있다.

유정 씨는 이곳을 '아방궁'이라고 이름 지었다. 더러운 욕망을 주체하지 못해 스스로 기어들어올 남자들에게 딱 어울릴 공간이라고 그녀는 말했다. '아방궁' 앞의 통로가 끝나는 지점에도 문이 달려 있는데 구조를 알지 못하는 사람은 닫을 수도 열 수도 없었다. 그 문은 입구의 천장에 매달려 있고 여닫는 레버는 땅속으로 연결돼 있었다. 주인 남자는 벙커의 안에만 레버가 묻혀 있다고 알고 있었지만 심복은 문밖에도 따로 레버를 묻어놓았다.

'아방궁'의 천장엔 서까래를 올리고 기둥까지 받쳐져 있었다. 벽과 바닥은 마감하지 않은 채로 크고 작은 돌이 박힌 흙이 그대로 드러나 있었다. 하지만 바닥 중앙엔 성인 남자가 누울 정도의 크기로 널빤지가 깔려 있었다. 주인 남자는 심복이 자신을 위해 마루를 깔아놓았다고 생각했을 테지만 사실은 심복이 남자 몰래 파놓은 함정이었다. 널빤지를 조정하는 레버는 '아방궁'의 문밖 왼쪽 벽에 박힌 바위 밑에 설치돼 있었다. 남자가 '아방궁'의 문을 내리고 숨어 있을 때 심복이 문밖에서 레버를 당겨 함정에 빠뜨릴 목적이었다. 널빤지 밑엔 너비 1.5미터, 깊이 3미터는 족히 될 규모의 함정이 있었다. 함정의 규모로 봐 남자 하나만을 처단할 목적은 아닌 듯했다. 어쩌면 심복은 남자 일가족을 모두 처단해버리고 아방궁을 독립군의 은신처로 삼으려 했던 건지도 모른다.

유정 씨는 그곳을 정리하고 별채를 수리하여 손님방으로 꾸몄다. 벽장에는 위장용으로 솜이불을 넣어 두었다. 그리고 남자를 유폐시킨 애첩의 심정이 되어 파렴치한 남자들을 별채로 유인했다. 죽은 남편의 친구라는 이유로 다방 운영에 참견하던 제비, 정보 제공의 대가로 수시로 돈을 요구한 시청 공무원, 이혼당하고 쫓겨 나자 딸에게 기생하려 한 유부남, 하나같이 파렴치한 인간들이었다.

— 그런데 애지중지 키운 손자 귀랑이 하필 얼굴도 모르는 제 아비를 닮아가고 있지 뭐야. 게다가 군대에 다녀오더니 웬 불한당 같은 놈을 사귀어서 순박한 꼭지를 겁탈하고 농락했잖아. 귀랑인 뜯어말려도 시원찮을 판에 그 장면을 동영상으로 찍기까지 했어. 내가 꼭지 볼 면목이 없네. 동영상은 내가 알아서 없애버릴게.

유정 씨가 내 손을 꼭 잡고 한숨을 내쉬었다.

젠장, 꼭지의 기록이 사실이라면 유정 씨는 나라를 배신한 폐가의 주인 남자와 꼭지의 동영상을 찍은 나의 죄질을 동급으로 생각한 거다. 그렇지 않고서야 유정 씨가 나한테 이럴 수는 없다. 그깟 꼭지가 뭐라고. 그녀는 정말 유일한 손자인 나보다 피 한 방울 안 섞인 박꼭지가 더 소중했던 걸까. 그녀의 비상식적인 정신 세계를 도저히 이해할 수가 없다. 나는 처참한 심정으로 〈k의 초대〉를 클릭했다. 드디어 내 이야기를 확인한다고 생각하니 이 와중에도 긴장이 됐다.

k의 초대

나는 유정 씨의 뜻에 따라 '아방궁'을 승계받기로 했다. 그녀의 허락을 받아내긴 했지만 귀랑을 초대하기로 결심하는 건 쉬운 일이 아니었다. 그래서 차일피일 미루며 그가 내게 용서를 빌기를 바랐다. 그것이 내게 은혜를 베풀어준 그녀에 대한 보답이라고 생각했다.

— 예나 지금이나 여자는 절대 남자의 마수에서 벗

어날 수가 없어. 힘으로는 더구나 엄두도 못 내지. 꼭지도 알다시피 법이나 제도도 우리를 보호해주지 않아. 다른 건 다 변하는데 어째 젠더 문제만큼은 진화되질 않나 몰라. 남자들이 자신들을 위해 만든 법은 개나 줘버리고 우리는 우리 스스로를 지켜야 해. 오지란 작가님은 우리가 먼저 공부하고 깨닫고 공유하면서 서서히 변화시켜야 된다고 하는데 여태도 못 한 걸 어느 세월에. 당장 내가 늙어 죽을 판인데. '아방궁'은 돈과 권력, 핏줄 따위에 굴복하지 않고 죗값을 치르게 할 수 있어. 석태처럼 말이야. 특히 정에 이끌리면 아무것도 못해.

그녀의 말을 믿고 나는 첫 번째 초대 손님을 유귀랑으로 정했다. 유정 씨는 여자들에게 폭력을 행사하는 작자들은 대부분 가까운 사람이기 때문에 정에 약해지면 평생 폭력의 덫에서 벗어날 수 없다고 여러 번 강조했다.

— 혈육이라도 예외는 아니라는 걸 명심해.

나는 그녀가 말은 그렇게 했어도 무척 상심해 있다는 걸 알았다. 내가 할머니를 초대해 달라고 부탁했을 때도 나를 먼저 걱정했다. 살날이 창창한 내가 친할머니를 유폐시키고 괴로워하지 않을 자신이 있냐고 물었다. 나는 망설이지 않고 고개를 끄덕였다, 하지만 그녀는 어떻게든 나를 설득하려고 애썼다. '아방궁'은 어디까지나 '나쁜 남자들'을 위한 공간이라며 이렇게 말했다.

— 언년 씨도 관습화된 가부장제에 희생당하면서 세뇌당했을 뿐이야. 언년이라는 이름으로 평생을 살아오면서도 원망 한번 해본 적이 없었다는 것만 봐도 그렇잖아. 자신이 무슨 잘못을 저질렀는지도 모르는 불쌍한 노인에 불과해.

— 무지가 변명이 될 순 없어요. 아무리 그렇게 살아왔다고 해도 인간으로서 지켜야 할 기본 도리가 있는 거잖아요. 자신이 겪었으니까 더욱 그러면 안 되는 거잖아요. 인간에 대한 최소한의 예의를 꼭 배워야 아나요? 여자라는 이유로 꿈을 빼앗는 건 죄악이에요. 아지를 위해서도 절대 용서할 수 없어요. 대물림될 죄악은 뿌리째 뽑아내야 해요.

나의 확고한 반박에 그녀는 고개를 끄덕이면서도 적잖이 당황한 눈치였다. 말로는 혈육의 정에 이끌리면 안 된다고 하면서도 틀에 박힌 생각은 어쩔 수 없나 보았다. 나는 그때서야 어쩔 수 없는 '나이 먹은 노인' 의 한계라는 걸 깨달았다. 그래서 더욱 매몰차게 그녀를 몰아붙였다. '아방궁'을 승계받은 이상 유정 씨라고 사정을 봐줘선 안 됐다. 그런데도 그녀는 어떡하든 할머니를 지키려고 노력했다. 내가 수만이를 데리고 에버랜드에 간 사이 떡과 수정과를 대접하면서 할머니를 설득했다. 공부를 잘하는 아지를 위해 송아지를 팔아 대학에 보내주고 아들 부부한테도 좋은 부모 노릇할 기회를 주라고. 그러자 할머니가 손님이 왔는데 꼴난 떡 한쪽 내놓으면서 쓸데없이 남의 집 일에 간섭이냐며 버럭 화를 냈다. 유정 씨가 웃는 얼굴로 할머니를 달랬다.

— 이건 간식이니까 조금만 드시고 꼭지랑 수만이가 돌아오면 같이 저녁 먹으러 가요. 꼭지가 생선구이를 좋아하더라고요.

— 생선? 우리 수만이가 비린 걸 싫어하는디. 꼭지 그년은 하여간 동생 앞길 막는 건 타고났다니께. 위로 두 딸년이 공부 운을 다 써버리는 통에 우리 수만이가 부아 나서 공부를 작파한 것만도 분통이 터져 죽겄구먼.

— 별걸 다 손녀들 탓으로 돌리네요. 언년 씨도 여자면서 그러시면 안 되죠.

— 아니 이 여편네가 뭐라는 겨 시방. 여자는 여자

끼리만 싸고돌자는 겨? 그럼 남자들 씨가 마를 틴디 집안 대는 누가 잇고 나랏일이고 농삿일은 어쩌라는 겨. 암탉이 울면 나라고 집구석이고 망조 들린다는 말 하나도 틀린 거 없다니께.

— 싸고돌라는 게 아니라 차별하지 말자는 거잖아요. 그리고 여자 위한다고 남자들 씨가 왜 말라요? 집안 대도 아들 없으면 딸이 이으면 되죠. 여자라고 정치고 농사고 못 할 건 또 뭐예요. 요즘 세상에 힘을 써야 하는 것도 아닌데.

— 그러니께 여자들이 자꾸 바깥일한다고 나대싸서 남자들이 기를 못 피는 거 아뉴. 하여간 딸년들 똑똑헌 집구석치고 아들 잘된 꼴을 못 봤다니께. 헌디 송아지를 팔라는 게 말이여 막걸리여.

— 끝까지 이러실 거예요? 정말 답답해 죽겠네.

— 가만있는 늙은이를 붙들고 신소리헌게 누군디 되려 큰소리랴. 저녁밥이구 뭐구 다 필요없으니께 수만이 오면 당장 내려 갈규.

— 맘대로 하세요. 대신 꼭지가 부탁한 것도 있으니까 집 구경시켜드릴 테니 저를 따라오세요.

할머니의 생각이 절대 바뀌지 않을 거라는 걸 알고 유정 씨도 결국 내 뜻대로 할 수밖에 없었다. 할머니가 사라진 후 아빠는 잠시 시름에 잠겨 있었지만 곧 자신이 보살펴야 할 가족이 많다는 걸 깨닫고 기력을 회복했다. 엄마는 시집살이시키던 시어머니가 사라지자 딴사람이 됐다. 할머니 때문에 억눌려왔던 본모습을 찾은 것이다. 종일 콧노래를 부르며 집안 살림을 하고 아빠한테는 드러내놓고 애정 표현을 했다. 아빠가 슬픔에서 쉽게 벗어날 수 있었던 것도 그런 엄마 덕분이었다. 결국 송아지도 팔기로 했다. 아지는 등록금이랑 학교 근처에 자취방도 얻게 됐다.

엄마는 대학생이 된 두 딸을 마음껏 자랑스러워했다. 조만간 맛있는 음식을 잔뜩 해갖고 나를 보러 온다고 들떠 있다. 그동안 '살림하는 여편네가 집을 비우는 건 용납할 수 없다'는 할머니의 억지 때문에 속만 끓였었다. 전화 통화할 때마다 '꼭지 보고 싶어도 엄마 못 가. 엄마 못나서 미안' 하면서 울먹이던 엄마였다. 아지는 내게 여러 번 전화해 집안 분위기를 전해주었다. 내가 무슨 짓을 저질렀는지 무서워 차마 물을 수 없다고 했다.

—못 믿겠지만 난 아무 짓도 하지 않았어. 그냥 우리한테 좋은 일이 일어났을 뿐이야. 그러니 걱정하지 말고 현실을 받아들여. 알았지?

— 그래 언니, 난 그냥 언니만 믿을래.

아지는 똑똑한 만큼 당차기도 했다. 다행이었다. 수만이만 갑작스레 바뀐 집안 분위기에 적응하지 못하고 방황했다. 장래를 위해선 다행스러운 일이다. 할머니 밑에서 계속 자랐다가는 언젠가는 '아방궁'의 손님이 됐을 테니까. 한 사람이 사라지고 가족 모두가 제자리를 찾았다. 나는 결과적으로 잘된 일이라고 생각했다. 유정 씨가 내게 '아방궁'의 운영을 물려줘도 겁먹지 않고 잘해낼 수 있을 것 같다.

이번에도 예외는 아니다. 유정 씨가 어떤 심정이든 나는 계획을 철회할 생각이 없다. 그녀도 내 의지를 알아선지 아니면 귀랑이 구제 불능이라고 생각해서인지 순순히 협조해주었다.

유귀랑은 날이 갈수록 나를 비참하게 만들었다. 석태를 부추기고 동영상까지 찍은 것도 용서가 되지 않는데 염치도 없이 석태를 들먹이며 협박까지 했다. 그래도 유정 씨를 생각해 마지막으로 빠져나갈 기회는 주고 싶었다. 그래서 유정 씨의 실종을 연출하고 그에게 『냉장고』를 권해보라고 했다. 살아날 운명이면 책을 읽고 반면교사로 삼기를 바랐다. 다행히 책을 읽기는 했지만 뉘우치기는커녕 여자인 데다 '듣보잡'이 쓴 형편없는 소설이라고 비난했다. 남초 커뮤니티에나 들락거리는 주제에 페미니스트 작가로 뜨고 있는 오지란 작가를 알 리가 없었다.

나는 유정 씨와 번갈아 비밀 통로를 통해 별채와 안채를 드나들며 귀랑의 동태를 살폈다. 그리고 틈틈이 이 글을 쓰고 있다. 카페 아방궁을 그에게 노출시킨 것도 자신의 위기를 깨닫고 반성하기를 바라서였다. 그러면 유정 씨를 봐서라도 그의 파렴치한 행동을 용서해줄 생각이었다. 하지만 귀랑은 끝내 자신이 무슨 잘못을 하고 있는지조차 깨닫지 못했다. 그런 데다 결국 동영상을 친구에게 공유해 인터넷에 유포했다는 사실을 알게 됐다. 유정 씨가 동영상을 유포했다는 그의 통화를 엿듣고 내게 전했다. 최악이었다. 나는 성폭행당할 때보다 더 큰 절망감에 빠졌다. 어쩌면 무한 반복되는 고통에 시달리다 삶을 포기하게 될지도 모른다. 내가 죽어도 영상은 '유작'이란 제목으로 살아남아 어느 남자들의 눈과 귀를 자극하겠지. 상상만으로도 끔찍했다. 귀랑이 저 혼자 보자고 찍은 것 같지 않다고 짐작은 했다. 하지만 이렇게 일찍 유포했으리라곤 미처 생각하지 못했다.

요즘엔 성폭행 동영상이 성인물로 등록돼 유통되는데, 전문 배우가 출연한 것보다 더 인기가 많다고 했다. 돈이 되니까 몰카 찍을 목적으로 여자들에게 접근하는 놈까지 있다고 들었다. 자신이 저지른 성범죄를 만천하에 공개하여 돈벌이로 삼는 세상이다. 유정 씨는 이해가 되지 않는다고 했다.

— 그거 다 불법 아닌가? 사이버 수사대가 그런 놈들 잡아서 구속한다며?

— 저도 그런 줄 알고 있었는데 알아보니 외국 아이피를 사용하면 추적이 불가능하대요. 게다가 해외로 유출해 성인물로 등록한 뒤 한국으로 역수입하면 정식 등록된 성인물로 유통되는 거라 법망에 걸려지지도 않는대요.

— 그래도 엄연히 범죄 영상이니 없애 달라고 하면 지워줄 거 아냐.

— 당사자가 요청하지 않으면 안 지워준대요. 그러니까 야동 웹하드 사이트에 올렸다면 지금 당장 제가 확인할 수도 지울 방법도 없어요. 누군가 그것을 알아보고 제게 말하지 않는 이상요. 그리고 이미 유통된 동영상은 지워도 소용없어요. 지워도 지워도 다시 올라오거든요. 우리 학교 선배도 헤어진 남자 친구가 올린

몰카 때문에 자살 시도까지 했는데 아직도 버젓이 유통되고 있다더라고요. 결국 학교도 그만두고 잠적했대요. 이제 저도 남 일이 아니게 됐어요. 어쩜 좋아요.

— 세상에 흉악하기도 하지. 그것을 찍어 유통하는 인간이나 찾아보고 즐기는 인간이나 제정신이 아니네. 멀리서 찾을 것도 없이 바로 내 손자가 그런 놈이라니. 꼭지 보기가 민망하고 부끄러워.

유정 씨가 절망에 빠진 목소리로 한탄했다. 나는 혹시 그 동영상을 없애기 전에 봤냐고 물었다. 유정 씨는 차마 볼 수 없어 그냥 지워버렸다고 했다. 얼굴을 가린다고 가렸지만 혹시 노출됐을지도 몰라 불안했다. 공중 화장실에서 용변 보는 것도 누가 볼까 봐 불안한데 발가벗겨진 채로 성폭행당하는 모습이 고스란히 공개됐다고 생각하니 수치심을 넘어 공포로 다가왔다. 나는 이제 평범한 삶을 꿈꿀 수 없게 됐다. 죽을 때까지, 아니 죽어서도.

새삼 복수심이 불타올랐다. 유귀랑을 지금까지 유폐된 그 누구보다 크고 긴 고통을 느끼며 죽어가게 하리라. 영문도 모르고 널빤지 위에 올라간 그들을 함정에 빠뜨려 순식간에 죽음에 이르게 한 유정 씨와 달리

나는 공들여 공포의 시간을 끌 것이다. 자신의 발밑에 묻힌 죽음의 공포와 앞으로 맞이하게 될 자신의 죽음에 대한 공포까지 그는 세포 하나하나에 새기게 될 것이다. 그는 죽어가면서 생의 마지막까지 공포에 떨게 될 것이다. 차라리 빨리 죽게 해달라고 빌며 널빤지 위에 스스로 올라가더라도 나는 순순히 레버를 잡아당기지 않을 것이다. 그의 고통을 가능한 한 길게 끌고 싶으니까. 그럼에도 내가 겪을 고통의 길이에 비하면 아무것도 아니라는 게 분할 뿐이다.

나는 그가 '아방궁'에 스스로 기어들 거라는 걸 믿어 의심치 않는다. 유정 씨의 손자인 게 특권인 줄 알고 있는 귀랑은 이 집안이 자신을 중심으로 돌아가고 있다는 착각에 빠져 있다. 그래서 이 집도 카페도 결국엔 자신의 소유가 될 거라고 믿는다. 작가 지망생이라는 허울을 쓰고 평생 놀고먹으면서 할머니, 엄마, 미래의 아내 시중을 받으며 살고 싶은 거다. 심지어는 나까지도 제 맘대로 부려먹으려 드는 염치없는 자다.

나는 그의 염치없음을 이용하기로 했다. '아방궁'의 입구를 조금만 장식해 놓으면 자신을 위한 이벤트를 준비했다고 믿을 것이다. 디데이를 크리스마스이브로 잡은 것도 그래서였다. 예수가 태어난 날 그는 사라지는 것이다. 여자들이 구원을 받아야 진정한 인류 평화가 이루어진다.

나는 귀랑이 끝까지 왜 아방궁에 초대됐는지를 모를까 봐 걱정된다. 절대로 쉽게 깨달을 인간이 아니다. 그래서 나는 '아방궁'에 이 노트북과 『냉장고』를 가져다 놓을 생각이다. 그는 이 노트북이 유정 씨의 것인 줄 알겠지만 그녀에게 입학 선물로 받은 것이다. 우린 카페 '아방궁'을 만들어 아이디와 비번을 공유하고 한 공간에서 각자의 이야기를 쓰면서 교류했다. 쉰에 가까운 나이 차이에도 이토록 완벽한 관계를 유지할 수 있다는 사실이 놀랍다. 그녀가 꼰대 근성에 매몰되지 않고 나이주의와 가족주의에서 벗어나 각성된 삶을 살아온 덕분이었다.

귀랑이 2단계 통로로 기어들 때쯤엔 별채에 있던 유정 씨가 비밀 통로를 통해 안방의 궤짝으로 빠져나와 궤짝 위에 놓인 사진들을 모두 궤짝 안에 몰아넣고 문을 걸어 잠글 것이다. 귀랑과의 게임을 결심하고부터 늘 준비해왔던 일이었다. 혜영 씨가 눈썰미가 없어 사진을 못 봤던 게 아니다.

귀랑이 이 글을 다 읽을 무렵이면 나는 카페에서 알바를 하고 있을 것이다. 유정 씨가 뒷정리를 마치고 카페에 들어오면 나는 화장실에 가는 척 내 방에 들어가 벽장에 설치된 스위치를 켤 것이다. 나는 '아방궁'을 승계받은 후 초대될 사람들이 자신의 마지막 모습을 보고 반성하기를 바라는 마음으로 전등을 설치해놓았다. 과연 귀랑은 밝아진 벙커에 홀로 선 자신의 모습을 보고 어떤 생각을 할까. 여전히 억울하기만 할까? 어쩌면 끝까지 반성 못 할지도 모른다. 그래도 어쩔 수 없다. 그들이 쉽게 변할 것 같았으면 우리도 이런 수단까지 쓰지는 않았을 테니.

유귀랑, 그러게 평소에 책을 좀 읽지 그랬어. 부디 이번에는 『냉장고』에 담긴 의미를 잘 새기고 자신의 잘못을 깨닫길 바래. 생의 마지막 시간을 성찰로 마무리하는 것도 나쁘지 않잖아? 조만간 동영상을 유포한 당신의 '베프'를 보내줄 테니 외롭더라도 조금만 참고 기다려. '베프'뿐 아니라 당신과 같은 족속들이 쥐도 새도 모르게 사라진다는 괴담이 돌아서 스스로 멈출 때까지 초대는 계속될 테니 지옥에서 조우하시길. 그럼 영원히 안녕. 조롱박 박꼭지.

모든 게 박꼭지 때문이었다. 아니, 그 애를 유정 씨한테 소개해준 오지란 작가 때문이다. 꼭지가 이곳 대학에 입학한 것도 카페에 알바를 구하러 온 것도 우연이 아니었다. 꼭지는 유정 씨를 이곳에 와 만난 게 아니라 이미 만나서 이곳에 온 것이었다. 나와 엄마만 감쪽같이 속았다.

결국, 유정 씨의 실종은 그녀와 나 사이의 게임이었다. 아니다. 게임판을 벌여놓고 꼭지에게 일임한 채 한발 물러나 심판을 보고 있었다. 〈O의 초대〉에서 'k의 초대를 망설이고 있다'는 작성자의 문장이 생각났다. k는 귀랑, O는 말할 것도 없이 꼭지의 할머니 언년이다. 제비와 창식을 제외한 사진 속의 개성 없게 생긴 남자는 한수, 그는 내 아버지다. 나는 죽음을 앞두고 아버지를 알았고 똑같은 운명에 처했다. 엄마는 이 기막힌 사실을 언제나 알게 될까. 어쩌면 죽을 때까지 모를 수도 있다.

내 사진이 네 번째인데도 내가 아니고 석태가 초대된 건 그녀들의 망설임 때문이었다. 어쩌면 기회를 준 거였는지도 모른다. 석태가 사라졌을 때부터 그녀들의 게임은 시작된 것이다. 석태가 사라졌을 때 심각성을 깨닫지 못한 게 뼈아프게 후회됐다. 그리고 억울했다. 동영상을 유포해 큰돈을 벌면서도 멀쩡하게 잘 사는 놈들이 수두룩하다는데 나는 성폭행을 하지도 않았고, 돈벌이로 동영상을 유포한 것도 아니다. 단지 동영상을 찍어 친구한테 보내준 죄밖에 없다. 그런데 법의 심판대에 서서 항의할 기회도 주지 않고 바로 처형이라니 너무 가혹하다. 꼭지는 그렇다 치더라도 유정 씨까지 나를 처단할 줄 미처 몰랐다.

엄마는 지금쯤 이 사실을 알고나 있는 걸까. 아마도 모르고 있을 것이다. 카페 사장 자리를 꿰찬 후 다른 것엔 도통 관심이 없었다. 엄마는 '멀티'가 안 되는 사람이다. 전화 통화를 하면서 빨래를 개고 요리하는 틈틈이 청소까지 하는 유정 씨와는 달랐다. 친구와 전화 수다를 떨기 시작하면 내가 아무리 배가 고프다고 신경질을 부려도 쌀통에서 쌀을 푸다 멈추고, 쌀을 씻다 그만두곤 했다. 유정 씨 같으면 쌀을 씻어 안치고 식탁까지 차렸을 시간까지 통화를 하면서도 말이다. 여자라면 누구나 할 수 있는 그깟 살림살이에도 그 모양이었으니 규모가 만만찮은 카페를 떠맡고서는 집안일에 도통 관심이 없었다. 그러니 아들이 두 여자한테 속아 무슨 일을 겪고 있는지도 모르고 카페에서 계산대나 지키고 있다. 하여간 나도 부모복은 지지리도 없는 놈이다. 그나마 있던 할머니 복마저 박꼭지 때문에 날아가고 말았다. 이래서 집안엔 남자가 있어야 한다. 이게 다 할아버지랑 아버지가 없어서 여자들이 나댄 결과다. 이럴 줄 알았으면 나라도 정신 바짝 차리고 여자들 단속을 하는 건데. 괜히 유정 씨 비위를 맞춘다고 호락호락 넘겼던 게 후회스럽다. 그깟 카페는 시간이 흐르면 어차피 나한테 올 건데 뭐하러 조바심을 냈는지 모르겠다.

생각해보니 유정 씨와 메일을 주고받던 오지랖이 바로 오지란 작가였다. 아버지를 냉동실에 유인해 가둬 죽이는 소설을 썼을 때 알아봤어야 했다. 진짜로 가족 중 누군가를 냉동실에 가둬 죽인 건 아닌지 모르겠다. 이곳에서 나가면 경찰에 신고해 그녀의 냉장고를 살펴보라고 해야겠다.

박꼭지야 당한 일이 있어 오지란하고 연대했다 치고, 평생 남자들한테 사랑을 받기만 한 유정 씨는 무슨 불만이 있어 그런 여자들하고 어울린 건지 이해할 수가 없다. 멀쩡한 노인네가 노망이 들어도 분수가 있지, 그깟 촌년한테 휘둘려 하나밖에 없는 귀한 손자까지 이 지경을 만들다니. 어쩌다가 여자들이 날뛰는 요지경 판이 됐는지 모르겠다.

아무리 그래도 유일한 상속자인 내가 내 집에서 갇혀 죽기야 하겠냐는 배짱이 잠깐 생겼다가 금세 사라졌다. 내가 없어진 걸 알면 엄마가 어떻게든 찾아낼 테지만 카페에 손님이 너무 많다는 게 문제다. 엄마는 내가 장차 돈 걱정 없이 글이나 쓰게 하려고 열심히 돈을 벌고 있다. 나를 위해 벌어들이는 돈에 정신이 팔려서 내가 사라진 것도 깨닫지 못할 것이다. 설사 내가 없어졌다는 걸 알게 되더라도 유정 씨가 둘러대면 그런가 보다 할지도 모른다. 엄마는 한꺼번에 여러 가지를 챙길 수 있는 능력이 안 된다. 카페가 바쁜 지금은 나보다는 카페가 먼저다. 설 무렵에나 돼야 엄마가 한가해질 텐데 그때까지 이곳에서 살아남을 수 있을까. 운명의 장난치고는 너무 가혹했다.

뒤통수 쪽에서 반짝 빛이 들어왔다. 돌아보니 서까래를 받친 기둥 중간에 꼬마전구 하나가 달랑거렸다. 꼭지 말대로 전등에 불이 들어온 것이다. 벙커 안이 워낙 깜깜해서 촛불을 켠 것처럼 환해졌다. 나는 서둘러 문을 여는 손잡이부터 찾았다. 꼭지가 쓴 글대로라면 바닥에 묻혀 있을 터였다.

손가락으로 벙커 주변을 아무리 헤집어도 손잡이 따윈 잡히지 않았다. 거칠고 딱딱한 땅을 맨손으로 헤집었더니 손가락 끝에 상처가 나기 시작했다. 양말 신은 발바닥으로 한기가 스며들었다. 빛에 익숙해지자 벙커의 바닥과 벽이 온통 피로 얼룩져 있는 게 보였다. 나보다 먼저 초대된 자들의 피일 게 분명했다. 그것을 보자 다시금 공포심이 밀려들었다.

오래된 핏자국들은 궤짝 위 사진의 주인들이 이곳에서 몸부림치다 죽었다는 증거였다. 예전의 남자들이야 이미 해골이 됐을 테고 최근에 갇힌 석태와 꽉지 할머니도 이 추위에 여태 살아남았을 리 없었다. 그렇다면 이곳 어딘가에 그들의 시체가 나뒹굴고 있을 터였다. 상상은 실제보다 더 큰 공포를 낳는다. 나는 실체를 확인하려고 벙커 안을 샅샅이 살펴보았다. 하지만 해골이나 시체 따윈 보이지 않았다.

그럼 그렇지. 사람을 죽인다는 게 말처럼 쉬운 일도 아니고. 앙큼한 꽉지가 나를 공포에 몰아넣기 위해 지어낸 이야기일 것이다. 유정 씨가 쓴 '신변잡기'를 보고 상상력을 발휘했겠지. 어쩌면 나보다 먼저 추리소설을 쓰고 싶었는지도 모른다. 호시탐탐 내 자리를 넘보고 있는 애니까. 유정 씬 적당히 골탕을 먹인 후에 문을 열어주라고 했을 테고. 나도 한 짓이 있으니 이 정도 트릭은 이해한다. 이곳을 나가면 본격적으로 추리소설을 쓸 것이며 이번에 겪은 일을 참고해야겠다. 꽉지라면 몰라도 유정 씨는 분명 하나뿐인 손자를 배신하지 않을 테니까. 나는 주문을 외듯 중얼거렸다. 그렇게라도 하지 않으면 지레 죽을 것 같았다. 주문에 답이라도 하듯 어디선가 삐거덕, 나무 문 열리는 소리가 났다. 드디어 그녀가 나를 구하러 온 것이다. 유정 씨, 나는 그녀를 부르며 사방을 두

리번거렸다. 하지만 어디에도 유정 씨는 보이지 않았다. 대신 내가 서 있는 곳에서 두 걸음 정도 떨어진 곳의 바닥이 뻥 뚫려 있었다. 〈폐가〉에 나온 이야기대로 사람들을 빠뜨렸다는 함정인가 보았다. 그렇다면 내가 겪고 있는 일들이 모두 사실이란 말인가. 나는 그곳의 실체를 확인하고 싶었다. 하지만 다리가 후들거려 도저히 발걸음이 떨어지질 않았다.

자세를 굽히고 무릎걸음으로 그곳에 다가갔다. 뚫린 구멍을 내려다보니 암흑이었다. '아방궁' 이야기가 사실이라면 어둠 저쪽에 시체들이 쌓여 있을 터였다. 원귀들이 손을 뻗어 나를 잡아챌 것 같았다. 뒤로 물러나고 싶었지만 몸이 말을 듣지 않았다. 암흑의 공간에서 뿜어져 나오는 음산한 기운에 빨려들 것 같았다. 나는 손바닥으로 바닥을 밀어내며 엉덩이를 뒤로 뺐다. 그때 꼬마전구마저 꺼져버렸다. 벙커는 다시 암흑이 되었다. 도무지 퇴로를 찾을 수가 없다. 자칫하다간 구멍에 빠져버릴 수도 있었다. 온몸에 식은땀이 배어나왔다. 기도가 막힌 듯 비명조차 터져 나오지 않았다. 나의 세포 하나하나에까지 죽음의 공포가 새겨지게 할 거라는 꼭지의 다짐대로 돼가고 있었다.

내가 이곳을 벗어나기 위해 할 수 있는 것은 아무것도 없었다. 나는 아무런 의미도 없이, 단지 공포를 이기기 위해 석태와 유정 씨의 '실종 사건'을 되새겼다. 그리고 유정 씨와 엄마가 나를 사랑한다는 믿음 하나로 여태껏 너무 무례하게 살아왔다는 걸 깨달았다. 앞으로도 계속 그렇게 살고 싶었고 유정 씨가 아무리 불만을 터뜨려도 나를 사랑하는 마음은 변함없을 거라고 믿었다. 솔직히 그녀에게는 그래도 되는 줄 알았다. 사랑하는 가족이니까. 꾁지 또한 그녀의 호의로 편하게 대학 생활을 하는 애니까 손자가 그 정도는 해도 되는 줄 알았다. 꾁지가 갑질한다고 불만을 터뜨려도 무시했던 것은 복에 겨운 소리로 들렸기 때문이었다.

돌이켜보면 유정 씨는 끊임없이 경고의 메시지를 보내왔다. 여자들을 함부로 대하지 말라고, 괴롭히지 말라고, 남자와 똑같은 인격체로 대하라고. 그런데도 계속해 그녀를 부려먹고 꾁지한테 함부로 대했다. 여자들을 비하하고 수치심을 유발하는 말들을 일상에서 습관적으로 사용했다. 심지어는 석태를 부추겨 그녀를 성폭행하게 하고 동영상까지 찍었다. 그런데도 당당할 수 있었던 것은 피해 당사자인 꾁지가 내가 한 짓을 모른다고 믿어서였다. 한데 그녀는 다 알고 있었다. 그런데도 시치미를 떼고 있었다. 유정 씨도 그렇고 무서운 여자들이다. 내가 그녀들보다 우위에 있다고 생각한 건 나만의 착각이었다.

"유정 씨, 그래도 이건 아니잖아. 혹시 나를 벌줄 생각이라면 그만해도 돼. 지금 무지 반성하고 있단 말야."

나는 소리를 지르며 스마트폰 플래시를 켜고 나무판이 덧대 있거나 움푹 파인 곳을 찾아 발로 차고 몸으로 부딪쳤다. 스마트폰의 배터리가 다돼서 다시 암흑이 되기 전에 출구를 찾아야 했다. 어떡하든 벙커를 차단하는 문의 손잡이를 찾아야 한다. 마음이 급해지니 허둥거렸고 분별력도 사라졌다. 발에 차이는 돌부리가 손잡이로 보였고, 벽에 박힌 바위가 문짝으로 보였다. 내 몸은 점점 피멍이 들어갔다. 그 와중에 손에 쥐고 있던 스마트폰을 떨어뜨려 배터리가 다 닳기도 전에 전원이 나가버렸다. 다시 암흑이 되자 선불리 움직였다가 함정에 빠지기라도 할까 봐 옴짝달싹도 할 수 없었다.

"유정 씨, 잘못했어. 나 좀 꺼내줘. 꼭지야, 미안하다. 용서해줘. 엄마, 나 어떡해."

절망에 빠진 나는 꿇어앉아 두서없이 용서를 구했다. 하지만 메아리만 되돌아올 뿐이었다. 나는 이제 '아방궁'에 정식으로 '초대'됐다는 사실을 인정할 수밖에 없었다. 돌이킬 수 없다는 걸 깨닫고 나니 갑작스레 허기가 지고 갈증이 났다.

유정 씨가 어제 해준 갈비찜을 '아점'으로 먹은 이후

먹은 게 없다. 생각해보니 그것은 유정 씨가 내게 제공한 마지막 식사였다. 이생에서의 마지막 식사인 줄도 모르고 감동에 겨워 갈비를 뜯는 내 모습이 그녀의 눈에 얼마나 한심해 보였을까. 그래서 당시 나를 보는 그녀의 눈빛이 그토록 측은했던 거다. 카페에 갔을 때 엄마가 차려준다는 저녁을 거절한 게 사무치게 후회됐다.

나는 주머니를 더듬어 생수병을 찾는다. 주머니는 비어 있다. 통로 입구에서 물을 마시려다 유정 씨가 나를 위해 차려놓았을 만찬을 기대하며 내려놓던 내 모습이 떠오른다. 나는 왜 그녀가 나만을 위해 존재한다고 생각했을까. 꼭지 말대로 나는 여태껏 이 집안의 손자인 게 벼슬인 줄 알고 살았다. 나의 골수에 박힌 특권 의식이 생수 한 통만큼의 생명까지 단축시켜버렸다. 발바닥부터 스며들기 시작한 한기는 이미 머리끝까지 올라와 있다. 이 상태로 얼마나 더 버틸 수 있을까.

내가 제대한 지도 벌써 3년이다. 군기를 너무 오래 뺐어. 작품 구상 좋아하네.

누군가 내 귓가에 속삭인다. 내 입에서 새어 나오고 있지만 내가 하는 말은 아니다. 자아가 분리된 느낌이다. 집중해야 한다. 미드를 볼 때처럼 말이다. 엄마는 언젠가는 나의 부재를 깨닫게 될 것이고 실종 신고를 할 것이다.

나는 유귀랑의 실종 신고를 받은 경찰의 입장이 되어 사건을 추리한다.

이름 유귀랑. 성별 남. 나이 27세. 수도권 전문대 졸업. 무직. 제대 후 줄곧 할머니와 엄마의 등골을 빼먹으며 빈둥거림. 추리작가 지망생이나 글은 한 줄도 쓰지 않음. 미국의 범죄 수사 드라마 시청이 유일한 취미. 군대 동기인 석태가 유일한 친구지만 연락이 끊긴 지 오래됐음. 할머니는 그가 취재 여행을 떠난 줄 알고 있고 카페를 운영하는 어머니는 아들이 집을 나간 것도 몰랐다고 함. 가출 동기나 원한 관계 없음.

일단 석태라는 친구부터 만나봐야겠군.

석태를 수소문한 경찰은 그도 실종 상태였다는 사실을 알게 된다. 놀랍게도 마지막 행선지는 유귀랑의 집이다. 하지만 귀랑의 할머니도 어머니도 그를 보지 못했다고 한다. 별채에 얹혀사는 대학생 박꼭지도 마찬가지다. 그런데 박꼭지를 조사하던 중 그녀의 할머니도 유귀랑의 집에 방문 후 실종됐다는 사실을 발견한다. 우연이 겹치면 필연이라는 말이 있다. 경찰은 수색 영장을 발부받아 유귀랑의 집을 수색한다.

과연 경찰이 우리 집을 수색한다 해도 벙커를 발견할 수 있을지 의문이다. 오랫동안 살아온 엄마도 나도 까맣게 몰랐던 곳이다. 유정 씨는 꼭지와 함께 이곳을 더욱 공고히 은닉하고 잠잠해질 때까지 누군가를 초대하는 짓은 하지 않을 것이다. 경찰은 우리 집 주변을 탐문 수색하고 한동안 잠복 근무를 할지도 모른다. 하지만 아무런 단서도 수상한 점도 찾지 못할 것이다. 물론 유정 씨와 꼭지는 벙커의 통로를 통해 수시로 만나 대책을 논의할 테지만, 경찰은 두 사람이 공범이라는 걸 상상조차 못 할 것이다. 증거를 찾지 못했으니 나의 실종은 미제 사건으로 묻힐 수밖에 없다. 저 밑의 해골들처럼.

유정 씨는 그렇게 철저하게 세상을 속이면서 수십 년 동안이나 사형을 집행해왔다. 예전 같지 않게 첨단 과학 수사가 도입되고 곳곳에 CCTV도 설치돼 있어 노출의 위험이 따르겠지만, 그녀 못지않게 영악한 공범자가 생겼으니 그녀도 만만찮은 힘이 생긴 셈이다. 그녀들의 눈 밖에 난 자들에 대한 처단은 앞으로도 계속될 것이다.

가만, 아직 할 일이 남아 있다. 내가 화자가 되어 처음이자 마지막이 될지 모를 추리소설을 써보는 거다. 노트북의 전원이 다할 때까지, 아니면 내 목숨이 끊어질 때까지. 나는 죽더라도 글은 남을 테니. 어쩌면 유정 씨의 범죄 은닉 행위에 대한 수사의 단서가 돼 줄지도 모른다. 나는 노트북 앞에 쪼그려 앉아 한글 파일을 열고 소설의 도입 부분을 쓰기 시작했다.

나는 '미궁'에 갇혔다. 미궁에 자진해서 들어간 테세우스는 아리아드네의 도움을 받아 미궁으로부터의 탈출에 성공했지만 고립무원인 나에게는 아무런 조력자도 없다.

출구도 없고 먹을 것도 없다. 춥고 어두운 공간에 존재하는 것이라곤 나보다 먼저 갇혀 목숨을 잃은 시체들뿐이다. 그리고 걷잡을 수 없이 밀려드는 공포감이 있다. 목을 축일 물 한 모금, 탈출구를 찾을 빛 한 조각 없는 공간에서 할 수 있는 건 아무것도 없다. 그렇지만 이대로 죽을 수는 없다. 선택지는 두 가지 뿐이다. 가만히 앉아 죽음을 기다릴 것인가, 빠져나가기 위해 사투를 벌이다 만신창이가 된 채 죽음을 맞이할 것인가. 목숨을 단축시킬 수도 있겠지만 나는 후자를 선택하기로 했다. 내 집의 지하 벙커에서 할머니와 꼭지에 의해 순순히 죽임을 당할 수는 없다. 내가 처한 이 상황을 외부에 알릴 방법을 모색해야 한다. 하지만 스마트폰마저 망가져버려 긴급 통화조차 시도할 수도 없다. 초장에 너무 당황한 탓이다.

다이달로스는 미궁 위가 뚫려 있어서 날개를 만들어 하늘로 도망칠 수 있었다. 하늘이 무너져도 솟아날 구멍이 있다는 말을 믿고 침착하게 대처한 결과다. 그렇다면 이제부터라도 침착하게 주변을 살펴 탈출을 모색해보자. 비록 사방이 막힌 지하 벙커지만 이곳에도 어딘가 빠져나갈 구멍이 있을지 모른다……. [*]

사건들

소라넷

1999년 5월 개설된 국내 최대 음란물 사이트 소라넷은 2016년 폐쇄되었다. 개설 초기 '야설' '야사' 등의 게시로 수많은 남성들에게 '각광'받으며 급속히 성장했다. 이후 캐나다와 호주 등 해외에 서버를 두고 수사 기관의 추적을 피해 다니며 이용자가 직접 게시한 여성의 나체 사진, 성행위 사진 및 동영상 공유는 물론 몰카, 약물 이용 강간 등 범죄 영상을 제작하고 공유했다. 운영진은 아동 청소년 성 착취 동영상 700여 건을 유통시키기도 했다. 이들의 범죄 행각의 심각성을 뒤늦게 인지한 경찰은 2015년 수사에 착수하였지만 외국을 옮겨 다니며 수사망을 빠져 나간 해외 거주 운영진 4명 중 유일하게 한국 여권을 소지한 A(여, 46)씨를 강제 귀국시켜 검거했다. 재판에 넘겨진 A씨는 징역 4년을 선고받았지만 1심에서 선고한 사이트 운영 불법 수익금 14억 원은 증거 불충분으로 대법원 최종심에서 면제받았다.

사이트에 접속하여 시청하거나 불법 동영상 등을 유포한 100만 명의 회원 중 처벌받은 사람은 단 한 명도 없었다. 디지털 성범죄에 관대한 법은 이후 발생한 동종 범죄의 나쁜 신호가 되었다.

AVSNOOP(Adult Video Snoop, 염탐꾼)

제2의 소라넷으로 불린 AVSNOOP는 소라넷에 대한 경찰의 수사 착수 이후 2017년 폐쇄되었지만 N번방 창시자 '갓갓'은 "소라넷의 계보를 잇겠다"고 홍보하며 AVSNOOP와 같은 이름의 개인 블로그를 개설해 텔레그램 비밀 방 입장 방법을 알리는 데 사용했다.

웰컴투비디오(W2V)

접속 기록 추적이 불가능한 인터넷 공간 '다크웹'에서

국제 최대 아동 성 착취물 사이트 웰컴투비디오(W2V)를 운영한 손정우(남, 24)가 2018년 검거되었다. 2015년 7월부터 2018년 3월까지 128만 명의 회원에게 유통된 20만 건 이상의 아동 음란물에는 생후 6개월 신생아부터 10세 어린이까지 포함되어 있었다. 이를 통해 약 4억 원의 수익을 챙긴 손정우가 받은 처벌은 고작 징역 1년 6개월, 9,000건 이상의 영상을 내려받은 사용자는 불과 300만 원의 벌금형을 받았을 뿐이다. 미국 법무부는 손정우에 대해 범죄인 인도를 요청한 상태다. 아동 성 착취물을 소지하기만 해도 5~20년 형 처벌을 내리는 미국에서 W2V에서 단 한 번 영상을 내려받은 한 이용자는 징역 70개월과 보호관찰 10년 형을 선고받았다.

웹하드 카르텔

2018년 갑질 폭행 사건으로 사회적 공분을 일으킨 한국미래기술의 Y회장이 웹하드 카르텔 운영 혐의로 추가 기소되었다. 웹하드 카르텔은 웹하드 사이트와 범죄 조직을 의미하는 멕시코 카르텔의 합성어로 음란물 불법 유통 수익 극대화를 위해 헤비 업로더, 필터링 업체, 웹하드 업체, 디지털 삭제 업체 등이 담합한 조직이다. Y회장은 웹하드 업체 2곳, 필터링 업체 1곳을 운영하며 헤비

업 로더들과 공모해 음란물을 게시하고 고의적으로 모니터링과 필터링을 소홀히 하는 방법으로 71억 원의 불법 이익을 챙겼다. 불법 음란물 동영상이 기업 차원에서 조직적으로 유포되고 있음을 드러낸 사건이다.

정준영 카카오 단톡방

2019년 버닝썬 사건에 연루된 가수 정준영과 최종훈이 집단 성폭행 혐의로 1심에서 각각 징역 6년과 5년을 선고받았다. 특히 정준영은 불법 동영상 촬영 및 유포 혐의가 추가되었다. 판결문에 따르면 정준영은 2015년 11월 26일 하루에만 세끼 밥 먹듯 세 차례에 걸쳐 한 여성의 사진과 동영상을 카카오톡 대화방에 유포하였다. 동영상 촬영 장소는 자신의 집, 유흥주점, 비행기 안, 외국 호텔 등 장소를 가리지 않았으며 유포 대상은 동료 연예인과 기업가 등이었다. 뒤늦게 수사에 착수한 경찰이 정준영의 황금폰을 압수했을 때는 이미 초기화된 상태였다. 추가 범죄 가능성이 농후한 것으로 의심되는 대목이다.

기자 단톡방

시민단체 디지털성범죄아웃(DSO)은 2019년 5월 기자,

PD 등이 포함된 일명 '기자 단톡방' 참여자들을 검찰에 고발했다. 조선일보, 한국일보 등 주요 일간지 기자를 포함한 200여 명의 참여자들은 버닝썬 동영상 등 각종 불법 음란 촬영물 및 성폭력 피해자 정보, 성매매 후기 등을 공유한 혐의로 입건되었다. 그러나 대한민국 검찰은 죄질이 경미하다며 피의자 대부분을 무혐의, 기소유예 처분하였다. 검언유착의 뿌리는 깊고도 넓다.

"역겨웠던 그 방, 지인이 들어왔다."

피고인들이
반성하고 있다,
초범이다,
나이가 어리다,
범죄 수익이 적다며
솜방망이 처벌한 사법부가
N번방 '갓갓'과 박사방 조주빈이라는 떡잎을 키웠다.

대한민국의 사법부를
성 착취 동영상 제작과 유포 방조죄로 고발한다.

눈 밖에
난 자들

발행일 | 2020년 5월 20일 초판 1쇄

지은이 | 성은영
발행처 | 아마존의나비
발행인 | 오성준
편 집 | 정일영
디자인 | studio motive

등 록 | 2014년 11월 19일 (제2018-000191호)
주 소 | 서울 마포구 양화로 56 동양한강트레벨 1022호
전 화 | 02-3144-8755 팩스 | 02-3144-8757
이메일 | osjun@chaosbook.co.kr

ISBN | 979-11-90263-08-5 03810
정 가 | 14,000원

아마존의나비는 카오스북의 임프린트입니다.